LA PUISSANCE ET LA GLOIRE

Paru dans Le Livre de Poche :

GRAHAM GREENE

La Puissance et la Gloire

ROMAN TRADUIT DE L'ANGLAIS PAR MARCELLE SIBON

Préface de François Mauriac de l'Académie française

ROBERT LAFFONT

PRÉFACE

L'ŒUVRE d'un romancier catholique anglais — d'un Anglais revenu au catholicisme — comme est *La Puissance et la Gloire* de Graham Greene, me donne toujours d'abord une sensation de dépaysement. Certes, j'y retrouve ma patrie spirituelle, et c'est bien au cœur d'un mystère familier que Graham Greene m'introduit. Mais tout se passe comme si je pénétrais dans le vieux domaine par une porte dérobée, inconnue de moi, cachée dans le mur plein de lierre, comme si j'avançais, derrière le héros du roman, à travers des branches enchevêtrées, et reconnaissais tout à coup la grande allée du parc où j'ai joué enfant et déchiffrais, sur le tronc d'un chêne, mes initiales gravées un jour des vacances d'autrefois.

Un catholique français ne s'introduit dans l'Eglise que par la porte principale ; il est mêlé à son histoire officielle ; il a pris parti dans tous les débats qui l'ont déchirée au cours des siècles et qui ont surtout divisé l'Eglise gallicane. Dans tout ce qu'il écrit, on découvre d'abord s'il est du côté de Port-Royal ou des Jésuites, s'il a épousé la querelle de Bossuet contre Fénelon, s'il est du bord de Lamennais et de Lacordaire ou si c'est avec Louis Veuillot qu'il se sent accordé. L'œuvre de Bernanos, à laquelle il est impossible de ne pas penser en lisant *La Puissance et la Gloire,* est bien significative à cet égard. Toutes les controverses catholiques des quatre derniers siècles s'y déroulent dans le filigrane. Derrière l'abbé Donissan du *Soleil de Satan,* apparaît le curé d'Ars. Les saints de Bernanos, comme ses prêtres libéraux, comme les pieux laïques qu'il décrit avec une si allègre férocité, trahissent ses vénérations et ses exécrations.

Graham Greene, lui, a pénétré comme par effraction dans le royaume inconnu, dans le royaume de la nature et de la Grâce. Aucun parti pris ne trouble sa vision. Aucun courant d'idées ne le détourne de cette découverte, de cette clef qu'il a trouvée tout à coup. Il n'a aucune opinion préconçue sur ce que nous appelons un mauvais prêtre ; on dirait qu'il n'a dans l'esprit aucun modèle de sainteté. Il y a la nature corrompue et il y a la Grâce toute-puissante ; il y a l'homme misérable, qui n'est rien, même dans le mal, et ce mystérieux amour qui le saisit au plus épais de sa ridicule misère et de sa honte dérisoire pour en faire un saint et un martyr.

La puissance et la gloire du Père éclatent dans ce curé mexicain qui aime trop l'alcool et qui a fait un enfant à une de ses paroissiennes. Type si vulgaire, si médiocre, que ses péchés mortels ne relèvent que de la moquerie et du haussement d'épaules, et il le sait. Ce que nous montre cet extraordinaire livre, c'est, si j'ose dire, l'utilisation du péché par la Grâce. Ce prêtre réfractaire et condamné à mort par les pouvoirs publics et dont la tête est mise à prix (le drame se passe dans un Mexique livré à des gouvernants athées et persécuteurs) qui cherche à se sauver, comme ont fait d'ailleurs tous les autres prêtres et même les plus vertueux, qui se sauve en effet et passe la frontière, mais qui revient chaque fois qu'un mourant a besoin de lui, et même lorsqu'il croit que son secours sera vain, et même lorsqu'il n'ignore pas que c'est d'un guet-apens qu'il s'agit et que celui qui l'appelle l'a déjà trahi, ce prêtre ivrogne, impur, et tremblant devant la mort, donne sa vie sans perdre à aucun moment le sentiment de sa bassesse et de sa honte. Il croirait à une farce si on lui disait qu'il est un saint. Il est miraculeusement préservé de l'orgueil, de la suffisance, du contentement de soi. Il va au martyre, ayant toujours à l'esprit la vision du néant souillé et sacrilège qu'est un prêtre en état de péché mortel, de sorte qu'il se sacrifie en rapportant tout à Dieu de cette puissance et de cette gloire qui triomphent dans ce qu'il considère comme le plus misérable des hommes : lui-même.

Et à mesure qu'il approche du terme, nous voyons ce pécheur médiocre se conformer lentement au Christ jusqu'à lui ressembler, mais ce n'est pas assez dire : jusqu'à s'identifier avec son Seigneur et son Dieu. La Passion recommence autour de cette victime choisie parmi les déchets humains et qui refait ce qu'a fait le Christ, non plus comme à l'autel, sans qu'il lui en coûte rien, en offrant le sang et la chair sous les espèces du vin et du pain, mais en livrant comme sur la croix son propre sang, sa propre chair. Chez ce faux mauvais prêtre, ce n'est pas la vertu qui apparaît comme le contraire du péché, c'est la foi — la foi en ce signe qu'il a reçu au jour de son ordination, en ce dépôt que lui seul (puisque tous les autres prêtres ont été massacrés ou ont fui) porte encore dans ses mains indignes et pourtant consacrées.

Dernier prêtre qui subsiste dans le pays, il ne peut pas croire qu'après lui il n'y aura plus personne pour offrir le Sacrifice, ni pour absoudre, ni pour distribuer le pain qui n'est plus le pain, ni pour aider les mourants au seuil de la vie éternelle. Et pourtant, sa foi ne vacille pas, bien qu'il ignore qu'à peine se sera-t-il écroulé sous les balles, un autre prêtre apparaîtra tout à coup furtivement.

Nous sentons que c'est cela, cette présence cachée de Dieu dans un monde athée, cette circulation souterraine de la Grâce, qui éblouit Graham Greene, bien plus que la façade majestueuse que l'Eglise temporelle dresse encore au-dessus des peuples. S'il existe un chrétien que l'écroulement de l'Eglise visible ne troublerait pas, c'est bien ce Graham Greene que j'ai entendu à Bruxelles évoquer devant des milliers de catholiques belges déconcertés et en présence d'un nonce apostolique rêveur, le dernier pape d'une Europe totalement déchristianisée, faisant la queue à un commissariat, vêtu d'une gabardine tachée, et tenant de cette main où brille encore l'anneau du pêcheur, une valise de carton.

C'est dire que ce livre s'adresse providentiellement à la génération que l'absurdité d'un monde fou prend à la gorge. Aux jeunes contemporains de Camus et de Sartre, proies désespérées d'une liberté dérisoire, Graham Greene révélera, peut-être, que cette absurdité n'est au vrai que celle d'un amour sans mesure.

Le message s'adresse aussi aux croyants, aux vertueux, à ceux qui ne doutent pas de leurs mérites et qui ont toujours présents à l'esprit plusieurs modèles de sainteté, avec la technique appropriée pour atteindre aux divers degrés de l'ascension mystique. Il s'adresse en particulier aux chrétiens prêtres et laïques, aux écrivains surtout qui prêchent la croix mais dont ce n'est pas assez dire qu'ils ne sont pas crucifiés. Grande leçon donnée à ces obsédés de la perfection, à ces scrupuleux qui coupent en quatre leurs misérables manquements et qui oublient qu'au dernier jour, selon le mot de saint Jean de la Croix, c'est sur l'amour qu'ils seront jugés.

Cher Graham Greene, à qui je suis attaché par tant de liens, et d'abord par ceux de la reconnaissance (puisque, grâce à vous, mes livres trouvent aujourd'hui en Angleterre le même accueil fervent qu'ils recevaient dans mon propre pays, du temps que j'étais un jeune auteur heureux), qu'il m'est doux de penser que la France où votre Œuvre est déjà si aimée, va découvrir, grâce à ce grand livre, *La Puissance et la Gloire*, sa véritable signification ! Cet Etat que vous décrivez, qui traque le dernier prêtre et l'assassine est bien celui-là même que nous voyons s'édifier sous nos yeux. C'est l'heure du prince de ce monde, mais vous le peignez sans haine : même les bourreaux, même votre chef de la police sont marqués par vous d'un signe de miséricorde : ils cherchent le vrai ; ils croient, comme nos communistes, l'avoir atteinte et la servir, cette vérité qui exige l'immolation des créatures consacrées. Les ténèbres recouvrent toute la terre que vous nous décrivez, mais quel rayon brûlant les traverse ! Quoiqu'il advienne, nous savons qu'il ne faut pas avoir peur, vous nous rappelez que l'inexplicable sera déchiffré, qu'il reste une grille à appliquer sur ce monde absurde. La liberté que Sartre concède à l'homme, nous en connaissons par vous la limite adorable : nous savons qu'une créature aimée autant que nous le sommes n'a d'autre liberté que celle de refuser cet amour, dans la mesure où il s'est fait connaître à elle et sous les apparences qu'il lui a plu de revêtir.

FRANÇOIS MAURIAC.

PREMIÈRE PARTIE

I

LE PORT

MR. TENCH sortit de sa maison sous l'aveuglant soleil mexicain et dans la poussière blanche pour aller chercher son cylindre d'éther. Du haut du toit, quelques buses à l'aspect famélique le considérèrent d'un œil indifférent : il n'était pas encore devenu charogne. Un vague frisson de révolte monta au cœur de M. Tench qui arracha, en s'y cassant les ongles, deux ou trois cailloux de la route pour les lancer d'un geste mou contre les oiseaux. L'un d'eux s'envola dans un claquement d'ailes au-dessus de la ville ; il survola la minuscule plaza, le buste de l'ex-président, ex-général, ex-humain, survola les deux baraques où l'on vendait de l'eau minérale et fila droit vers le fleuve et la mer. Il n'y trouverait rien du tout : de ce côté-là les requins se chargeaient des charognes. Mr. Tench traversa la placette.

Il salua d'un « buenos dias » un homme assis contre un mur au milieu d'une petite tache d'ombre et qui tenait un fusil. Mais ce n'était pas comme en Angleterre : l'homme ne répondit rien, il se contenta de fixer Mr.

Tench d'un œil malveillant, comme s'il n'avait jamais eu le moindre rapport avec cet étranger, comme si Mr. Tench n'avait pas recouvert d'or ses deux prémolaires. Mr. Tench continua sa route en transpirant, dépassa l'ancienne église où était maintenant installée la Trésorerie, et s'en alla vers le port. A mi-chemin, il se demanda brusquement pourquoi il était sorti... Un verre d'eau minérale ? C'était tout ce qu'on trouvait à boire dans ce pays de prohibition, de la bière aussi, mais elle était monopole d'Etat, et coûtait trop cher ; on n'en buvait qu'aux grandes occasions. Une affreuse sensation de nausée tordit l'estomac de Mr. Tench. Non, il n'était pas sorti pour acheter de l'eau minérale. Ah oui, bien sûr, son cylindre d'éther... Le bateau était arrivé. Il avait entendu, après le déjeuner, ses coups de sifflet triomphants, pendant qu'il était allongé sur son lit. Il passa devant la boutique du barbier, la maison des deux dentistes, et laissant à droite la douane, à gauche un entrepôt, déboucha sur le fleuve.

Entre les plantations de bananiers, le fleuve roulait lourdement vers la mer. Le *Général-Obregon* était amarré à quai et l'on déchargeait de la bière... Déjà, une centaine de caisses s'entassaient sur le port. Mr. Tench se réfugia à l'ombre du bureau de la douane et se demanda : « Qu'est-ce que je fais ici ? » Sous l'action de la chaleur, sa tête se vidait de tout souvenir. Il fit de sa bile un crachat qu'il projeta mélancoliquement dans le soleil. Puis il s'assit sur une caisse pour attendre. Rien à faire. Personne ne viendrait chez lui avant cinq heures.

Le *Général-Obregon* avait à peu près trente mètres de long. Ses bastingages un peu démolis, un seul canot de sauvetage, une cloche suspendue à une corde pourrie ; à l'avant, une lampe à huile ; il avait pourtant l'air de pouvoir affronter encore deux ou trois années d'Atlantique, s'il ne sombrait pas au milieu du golfe, dans une tempête venue du Nord, ce qui, naturellement, serait sa fin. Ça n'avait pas beaucoup d'importance. On s'assurait automatiquement en prenant son billet. Une demi-douzaine de passagers appuyés sur la rambarde, au milieu des volailles aux pattes entravées, regardaient fixement le port : l'entrepôt, la rue vide et calcinée, les maisons des dentistes et celle du coiffeur.

Mr. Tench entendit grincer un étui à revolver juste derrière lui et il tourna la tête. Un douanier le regardait d'un air furibond. Il bafouilla des mots que Mr. Tench ne put saisir.

« Vous dites ? demanda Mr. Tench.

— Mes dents ? bredouilla le douanier.

— Oh ! répondit Mr. Tench, oui, vos dents. »

L'homme n'en avait pas, c'est pourquoi on le comprenait si mal. Mr. Tench les lui avait toutes arrachées. Il fut secoué d'un nouveau haut-le-cœur. Quelque chose n'allait pas, des vers, la dysenterie... ?

« Votre râtelier est presque terminé, dit-il, vous l'aurez ce soir. » Promesse absurde. C'était, bien entendu, parfaitement impossible, mais c'est ainsi que l'on vivait, en remettant tout à plus tard. Le type s'en contenta ; il fallait peut-être oublier, et, en tout cas, que pouvait-il faire ? Il avait payé d'avance. Pour Mr. Tench, la vie entière était là : avoir horriblement chaud, oublier, remettre à demain, se faire payer comptant si possible et puis, à quoi bon ? Son regard se posa sur l'eau lente du fleuve : vers l'embouchure, la nageoire d'un requin dépassait, tel un périscope. Plusieurs navires, qui s'étaient échoués au cours des années, contribuaient maintenant à étayer la rive, leurs cheminées obliques pointées comme des canons sur quelque lointain objectif au-delà des bananiers et des marais.

« Le cylindre d'éther, pensa Mr. Tench, j'ai failli l'oublier. » La bouche ouverte, il se mit à compter mélancoliquement les bouteilles de *cerveza* Moctezuma. Cent quarante caisses. Douze fois cent quarante : un épais crachat lui emplit la bouche : douze fois quarante-huit.

Il dit à haute voix, en anglais : « Dieu, qu'elle est ravissante ! » Douze cent, seize cent quatre-vingts : il cracha, en regardant avec une attention vague une jeune fille debout à l'avant du *Général-Obregon*... Belle silhouette mince, celles d'ici sont généralement si lourdes, les yeux noirs, comme toujours, avec l'inévitable éclair d'une dent en or, mais quelque chose de frais, de jeune... Seize cent quatre-vingts bouteilles à un peso la bouteille.

Quelqu'un lui demanda en anglais :

« Que dites-vous ? »

Mr. Tench pivota brusquement.

« Etes-vous Anglais ? » fit-il, surpris, mais à la vue d'un visage rond aux joues creuses noircies par une barbe de trois jours, il modifia sa question :

« Vous parlez anglais ?

— Oui. » L'homme répondit que oui, qu'il parlait anglais. Il se sentait dans l'ombre, petit personnage raide, vêtu d'un costume foncé de citadin, usé et sale. Il portait une mallette à la main, un livre sous le bras ; on voyait dépasser un bout d'illustration, une scène d'amour, aux couleurs criardes.

« Excusez-moi, dit-il. J'ai cru à l'instant que vous m'aviez parlé. »

Il avait des yeux à fleur de tête. Il donnait une impression de gaieté bizarre et l'on eût dit qu'il venait de célébrer tout seul un anniversaire.

Mr. Tench se racla la gorge et cracha.

« Qu'ai-je dit ? »

Il ne se souvenait de rien.

« J'ai entendu : Dieu, la ravissante !

— Tiens, qu'est-ce que j'ai bien pu pouvoir dire ? »

Il fixa des yeux le ciel implacable. Une buse y planait comme un observateur.

« Quoi donc ? Ah ! cette jeune fille, probablement ! On ne voit pas souvent un aussi joli morceau par ici. Une ou deux par an, pas plus, qui vaillent la peine qu'on les regarde.

— Elle est très jeune.

— Oh ! je n'ai aucune arrière-pensée, dit Mr. Tench d'un air las. Il est permis de regarder. Voici quinze ans que je vis seul.

— Ici ?

— Oui, ou dans les environs. »

Ils laissèrent en silence le temps passer ; l'ombre du bureau de la douane s'étira de quelques pouces dans la direction du fleuve ; la buse se déplaça un peu, comme l'aiguille noire d'une horloge.

« Arrivé par le bateau ? demanda Mr. Tench.

— Non.

— Partez par le bateau ? »

Le petit homme éluda la question, puis comme une explication paraissait nécessaire : « Je le regardais, simplement, dit-il, je pense qu'il va repartir bientôt ?

— Pour Veracruz, expliqua Mr. Tench, dans quelques heures.

— Sans escale ?

— Où pourrait-il faire escale ? »

Il ajouta :

« Comment êtes-vous venu ? »

L'étranger répondit d'un air vague :

« Canoë.

— Vous avez une plantation ?

— Non.

— C'est bon d'entendre parler anglais, dit Mr. Tench, mais vous, vous l'avez appris aux Etats-Unis. »

L'homme acquiesça. Il n'était pas très loquace.

« Ah ! que ne donnerais-je pas, dit Mr. Tench, pour y être en ce moment ! »

Il ajouta d'une voix sourde, angoissée :

« Vous n'auriez pas, par hasard, quelque chose à boire, dites-moi, dans votre valise ? Les gens de là-bas quelquefois... J'en ai connu un ou deux... Ça leur servait de médicament.

— Je n'ai que des remèdes, dit l'homme.

— Médecin ? »

Les yeux injectés de sang glissèrent au coin des paupières et lancèrent un regard sournois vers Mr. Tench. « Sans doute diriez-vous plutôt charlatan.

— Spécialités pharmaceutiques ? Il faut bien que tout le monde vive.

— Et vous, vous prenez le bateau ?

— Non, je suis venu jusqu'au port, pour... pour... oh ! bien, ça n'a pas d'importance. » Il posa la main sur son estomac et dit : « Vous n'auriez pas un remède contre... oh ! flûte, je ne sais pas contre quoi. C'est cette garce de ville, ma maladie. Vous ne pouvez pas m'en guérir. Personne ne le peut.

— Vous voudriez retourner chez vous ?

— Chez moi ? dit Mr. Tench. C'est ici que je suis chez moi. Avez-vous vu le cours du peso à Mexico ? Quatre au dollar. Quatre. O Dieu ! *ora pro nobis.*

— Etes-vous catholique ?

— Non, non, ce n'est qu'une façon de parler. Je ne crois pas à ces machines-là. » Il ajouta hors de propos : « Il fait trop chaud.

— Je crois que je vais chercher un endroit où m'asseoir.

— Venez chez moi, dit Mr. Tench, j'ai un hamac de supplément. Le bateau ne partira pas avant je ne sais combien d'heures. Si vous voulez le regarder partir.

— Je pensais rencontrer quelqu'un, dit l'étranger, je voulais voir un homme du nom de Lopez.

— Lopez ? Il y a plusieurs semaines qu'on l'a fusillé, dit Mr. Tench.

— Mort ?

— Vous savez comment ça se passe par ici. Un de vos amis ?

— Non, non. » L'homme se hâta de protester. « Rien que l'ami d'un ami.

— Ah ! bien, c'est comme ça », dit Mr. Tench. Il se

racla la gorge de nouveau et cracha dans la lumière dure du soleil. « On dit qu'il avait aidé... oh ! des indésirables... à... à s'échapper. Sa femme vit maintenant avec le chef de la police.

— Sa femme ? Il était donc marié ?

— Non, non. Je veux dire la fille qui vivait avec lui. »

Mr. Tench eut un moment de surprise en voyant l'expression qui passait sur le visage de l'étranger. Il répéta :

« Ah ! c'est comme ça ! »

Ses yeux se fixèrent sur le *Général-Obregon*.

« C'est un beau brin de fille. Naturellement, dans deux ans, elle sera pareille à toutes les autres : grosse et niaise. Oh ! bon Dieu, que j'ai envie d'un verre. *Ora pro nobis !*

— J'ai un peu de cognac », dit l'étranger.

Mr. Tench, brusquement, tourna les yeux vers lui.

« Où donc ? »

L'homme au visage creusé porta la main à sa hanche, comme pour révéler la source même de son inexplicable et nerveuse gaieté. Mr. Tench lui saisit le poignet.

« Attention, dit-il, pas ici. »

Son regard parcourut la nappe d'ombre. Une sentinelle, assise sur une caisse vide, dormait à côté de son fusil.

« Venez chez moi, dit Mr. Tench.

— Je voulais, dit le petit homme en hésitant, je voulais le regarder partir.

— Oh ! il ne s'en ira pas avant des heures, lui assura une fois de plus Mr. Tench.

— Des heures ? En êtes-vous sûr ? Il fait très chaud au soleil.

— Venez donc chez moi. »

Chez moi : on se servait de cette expression pour désigner quatre murs entre lesquels on dormait. Il n'avait jamais eu de « chez soi ». Ils traversèrent la petite place calcinée où le général mort verdissait à l'humidité, à côté des baraques d'eau minérale installées sous les palmiers. On eût dit une carte postale sur un tas

d'autres cartes postales : en battant les cartes, on
retrouve Nottingham, le faubourg de grande ville où l'on
naquit, un bref séjour à Southend. Le père était dentiste
lui aussi. Le plus lointain souvenir de Mr. Tench datait du
jour où il avait trouvé dans une corbeille à papiers l'empreinte d'une mâchoire : bouche de glaise sans dents,
béante et rugueuse qui paraissait sortir des fouilles du
Dorset : Neandertal ou pithécanthrope. Il en avait fait
son jouet favori : on avait essayé de l'en détourner avec
un Meccano, mais la destinée avait parlé. Il y a toujours
dans notre enfance un moment où la porte s'ouvre et
laisse entrer l'avenir. Ce port fluvial accablé de chaleur
humide et ses vautours gisaient au fond de la corbeille
à papiers : lui-même les en avait tirés. Il est heureux
pour nous que nous ne puissions distinguer les horreurs et les hontes éparses autour de notre enfance,
dans les placards, sur les rayons des bibliothèques, partout.

Les chemins n'étaient pas pavés : pendant les pluies,
le village (car ce n'était qu'un village) glissait dans la
boue. Ce jour-là, le sol était dur sous les pieds comme
de la pierre. Les deux hommes passèrent en silence
devant les boutiques du coiffeur et des dentistes : les
busards avaient pris, sur les toits, l'air satisfait qu'ont
les oiseaux de basse-cour ; ils cherchaient les parasites
sous leurs vastes ailes frustes et poussiéreuses. Mr. Tench
dit : « Pardon », en s'arrêtant devant une petite baraque
de planches à un étage, avec une véranda dans laquelle
se balançait un hamac. La cabane était un peu plus
grande que ses voisines, le long de cette rue étroite qui
se perdait dans les marais à deux cents mètres de là.
Mr. Tench dit d'une voix agitée :

« Voulez-vous faire le tour du propriétaire ? Sans me
vanter, je suis le meilleur dentiste de l'endroit. Ce n'est
pas tellement mal, comme maison. »

L'orgueil frémissait dans sa voix comme une plante
aux racines précaires.

Il entra le premier, puis referma la porte à clef derrière eux ; traversa une salle à manger où deux rocking-chairs étaient placés d'un côté et de l'autre d'une table nue ; une lampe à huile, de vieux journaux américains, un placard.

« Je vais sortir les verres, dit-il, mais d'abord, laissez-moi vous montrer... Vous êtes un homme instruit... »

Le cabinet du dentiste ouvrait sur une cour où quelques dindons malpropres se promenaient, inquiets et solennels. Une fraise actionnée par une pédale, un fauteuil de dentiste recouvert de peluche d'un rouge criard, une vitrine dans laquelle des instruments étaient jetés pêle-mêle. Un forceps trempait dans une tasse, une lampe à alcool démolie était repoussée dans un coin, des tampons d'ouate traînaient sur tous les rayons.

« Très bien, dit l'étranger.

— Ce n'est pas si mal, hein ? demanda Mr. Tench, pour cette ville. Vous ne pouvez pas imaginer quelles difficultés j'ai. Cette machine à fraiser, dit-il avec amertume, est fabriquée au Japon. Je ne l'ai que depuis un mois et elle commence déjà à s'abîmer. Mais je n'ai pas les moyens d'acheter une machine américaine.

— Votre fenêtre est très belle », dit l'étranger.

Un panneau de vitrail y était encastré : une madone regardait les dindons de la cour à travers le rideau de toile métallique.

« Je me le suis procuré, dit Mr. Tench, quand on a pillé l'église. Ça ne pouvait pas aller, un cabinet de dentiste sans verres de couleur. Ça ne fait pas civilisé. Chez nous, je veux dire en Angleterre, le vitrail représente en général le Gai Cavalier, je ne sais pas pourquoi... ou bien la Rose des Tudor. Mais il ne faut pas être trop difficile ! »

Il ouvrit une porte et dit :

« Mon atelier. »

La première chose qu'on voyait était un lit sous une moustiquaire. Mr. Tench ajouta :

« Je ne manque pas de place, comme vous voyez. »

Un pot à eau et une cuvette étaient posés au bout d'un établi de menuisier à côté d'un porte-savon ; à l'autre bout, un chalumeau, un plateau rempli de sable, des pinces, un petit four.

« Je moule avec du sable, dit Mr. Tench, c'est tout ce que je peux faire dans ce patelin. »

Il prit sur l'établi l'empreinte d'une mâchoire inférieure.

« Ça n'est pas toujours très exact, dit-il, et, bien entendu, ils se plaignent. »

Il la reposa et désigna d'un signe de tête un autre objet posé sur l'établi et qui avait l'air d'un paquet de cordes ou d'intestins, muni de deux petites vessies de caoutchouc.

« Fissure congénitale, expliqua-t-il, c'est la première fois que j'essaie. Le cas Kingsley. Je crois que je n'y arriverai pas. Mais il faut essayer de se tenir au courant. »

Sa bouche s'ouvrit, son regard redevint vague ; dans cette petite pièce, la chaleur était accablante. Il était là, comme un homme perdu dans une caverne, au milieu de fossiles et d'outils appartenant à une époque au sujet de laquelle il ignore presque tout.

« Si nous nous asseyions ? » dit l'étranger.

Mr. Tench le fixa d'un œil sans pensée.

« Si nous ouvrions la bouteille de cognac ?

— Oh ! oui, le cognac. »

Mr. Tench sortit deux verres d'un placard placé sous le banc ; il les essuya pour effacer les traces de sable. Ensuite, ils allèrent s'asseoir dans les rocking-chairs de la chambre en façade. Mr. Tench versa l'alcool.

« Pas d'eau ? demanda l'étranger.

— On ne peut pas se fier à l'eau, dit Mr. Tench. C'est ici que ça me tient. »

Il se mit la main sur l'estomac et but une longue rasade.

« Vous n'avez pas trop bonne mine vous-même », ajou-

ta-t-il. Et le regardant plus attentivement : « Vos dents. »
Une canine était partie et les incisives étaient cariées et
jaunes de tartre. « Vous devriez les faire soigner.

— A quoi bon ? » répliqua l'étranger. Il examinait le
peu d'alcool qui était dans son verre avec circonspection,
comme on regarde un animal à qui l'on donne un abri,
mais pas sa confiance. Avec son visage hâve, sa personne
mal soignée, il avait l'air d'un être sans importance que
la mauvaise santé ou l'agitation nerveuse ont épuisé for-
tuitement. Il s'assit à l'extrême bord du fauteuil, sa
petite valise carrée en équilibre sur un genou, tenant cet
alcool qu'il avait économisé avec une tendresse coupable.

« Buvez ! dit Mr. Tench d'un air engageant (ce n'était
pas son cognac). Ça vous fera du bien. »

Les vêtements noirs de cet homme, ses épaules tom-
bantes rappelaient de façon déplaisante la forme d'un
cercueil ; et la mort était déjà installée dans sa bouche
cariée. Mr. Tench se versa un autre verre.

« On se sent très seul ici, dit-il. Ça fait du bien de
parler anglais même avec un étranger. Je me demande si
ça vous amuserait de voir la photo de mes gosses. »

Il sortit de son portefeuille un instantané jauni qu'il
tendit à son visiteur. Deux petits garçons s'y disputaient
la possession d'un arrosoir, dans un petit jardin.

« Bien entendu, c'est vieux de six ans.

— Ce sont des hommes maintenant.

— L'un est mort.

— Ah ! oui, dit l'autre avec douceur, mais dans un pays
chrétien. » Il but une gorgée de son cognac et adressa à
Mr. Tench un sourire un peu niais.

« Oui, évidemment », répondit Mr. Tench tout surpris. Il se racla la gorge, cracha et poursuivit : « J'avoue
tout de même que, pour moi, ça ne fait pas beaucoup de
différence. »

Il retomba dans le silence et ses pensées s'égarèrent, sa
bouche s'entrouvrit et resta béante, son visage se fit gris

et perdit toute expression jusqu'à ce qu'une douleur à l'estomac le fît revenir à lui ; alors il se versa un peu plus de cognac.

« Voyons un peu. De quoi parlions-nous ?... Les gosses... ah ! oui, les gosses ! C'est bizarre, la mémoire... Savez-vous que je me souviens de cet arrosoir beaucoup mieux que de mes enfants ? Il était vert et je l'avais payé trois shillings, onze pence, trois farthings ; je pourrais vous mener sans hésitation au magasin où je l'ai acheté. Tandis que les gosses... » Il regarda pensivement son verre, au fond duquel il revoyait le passé. « Tout ce que j'ai retenu, c'est qu'ils pleuraient.

— Est-ce que vous recevez quelquefois des nouvelles ?

— Oh ! j'ai renoncé à écrire avant de venir ici. A quoi bon ? Je ne pouvais pas envoyer d'argent. Je ne serais pas surpris que ma bourgeoise se soit remariée. Sa mère a dû l'y pousser, la vieille garce : elle ne m'a jamais porté dans son cœur.

— C'est horrible », dit l'étranger d'une voix sourde.

De nouveau, Mr. Tench examina son compagnon avec surprise, il se tenait là, comme un point d'interrogation noir, prêt à partir, prêt à rester, à peine posé sur le bord de sa chaise. Sa barbe grise, de trois jours, lui donnait l'air peu recommandable et mal portant : un type qu'on pouvait charger de n'importe quelle besogne. Il ajouta :

« Je veux parler du monde. La façon dont les choses arrivent.

— Finissez votre cognac. »

Il le but à petits coups. Le fruit défendu.

« Vous rappelez-vous cette ville, dit-il, avant... avant l'arrivée des Chemises Rouges ?

— Peut-être.

— Comme on y était heureux !

— Ah ! oui ? Pas remarqué.

— Les gens, du moins, y avaient... Dieu.

— Ça ne changeait rien à leurs dents ! »

Mr. Tench se versa un autre verre du cognac de l'étranger.

« Ça a toujours été un endroit abominable. Un désert. Bon Dieu ! Les gens de chez nous parleraient de pittoresque, de poésie. Moi, je me disais : Cinq ans et puis je file loin d'ici. Il y avait beaucoup de travail. Des dents en or. Mais c'est alors que le peso est tombé. Et maintenant, je ne peux plus en sortir. Un jour, j'y arriverai. Je prendrai ma retraite. Je rentrerai chez moi. Vivrai normalement comme un homme bien élevé. Ça (son geste balaya la pièce nue et sordide), j'oublierai tout ça. Oh ! ça ne va plus tarder. Je suis un optimiste », conclut Mr. Tench.

L'étranger demanda brusquement :

« Combien de temps met-il pour aller à Veracruz ?

— Qui ?

— Le bateau. »

D'un air sombre, Mr. Tench répondit :

« D'ici, nous pourrions y arriver en quarante heures. *La Diligencia* : un bel hôtel. Et puis les boîtes où l'on danse. Ville gaie.

— Vous la faites paraître toute proche. Et le billet ? Combien coûtera-t-il ?

— Il faut demander à Lopez, répondit Mr. Tench, c'est lui l'agent.

— Mais Lopez...

— Ah ! c'est vrai, j'oubliais. On l'a fusillé. »

On frappait à la porte. L'étranger glissa sa petite valise sous le fauteuil et Mr. Tench s'approcha prudemment de la fenêtre.

« On ne prend jamais trop de précautions, dit-il. Tous les dentistes dignes de ce nom ont des ennemis. »

Une petite voix suppliante monta : « Ami. »

Mr. Tench ouvrit. D'un seul coup, le soleil entra comme une barre de métal chauffé à blanc.

Un enfant était sur le seuil. Il demandait un médecin.

Il portait un grand chapeau qui abritait ses yeux marron stupides. Derrière lui deux mules renâclaient en frappant du sabot la route dure et brûlante. Mr. Tench expliqua qu'il était dentiste, pas médecin. En se retournant, il vit l'étranger ramassé au fond de son fauteuil et qui le regardait d'un air de prière, de supplication... L'enfant précisa qu'un nouveau docteur se trouvait dans la ville : le vieux avait la fièvre et refusait de se déplacer. C'était la mère de l'enfant qui était malade.

Un vague souvenir s'éveilla dans le cerveau de Mr. Tench. Il dit, comme s'il venait de le découvrir :

« Mais vous, vous êtes médecin ?

— Non, non. Il faut que je prenne le bateau.

— Je croyais que...

— J'ai changé d'idée.

— Oh ! vous savez, le bateau ne partira pas avant je ne sais combien de temps. Ils ne sont jamais à l'heure. »

Il demanda au petit s'il fallait aller loin. L'enfant répondit que c'était à six lieues.

« Trop loin, dit Mr. Tench, va-t'en. Cherche quelqu'un d'autre. »

Il ajouta en se tournant vers l'étranger :

« Comme les bruits se répandent ! Tout le monde doit savoir que vous êtes ici.

— Je ne servirais à rien », dit l'étranger d'une voix angoissée.

Il semblait demander à Mr. Tench son avis, humblement.

« Va-t'en », cria Mr. Tench.

L'enfant ne bougea pas. Debout sous le soleil fulgurant, il regardait l'intérieur de la chambre avec une patience infinie. Il expliqua que sa mère était mourante. Les yeux bruns ne laissaient passer aucune émotion : il rapportait un fait. On vient au monde, les parents meurent, on vieillit, on meurt soi-même.

« Si elle est en train de mourir, dit Mr. Tench, c'est inutile qu'un médecin se dérange. »

Mais l'étranger s'était levé : un appel lui était venu, contre son gré, auquel il ne pouvait rester sourd.

« Il en est toujours ainsi, dit-il tristement. Toujours.

— Vous aurez bien du mal à prendre le bateau.

— Je le raterai, dit-il. Ma destinée est de le rater. » Il fut secoué par un petit frémissement de révolte. « Donnez-moi mon cognac. »

Il en but une grande lampée, les yeux rivés sur l'enfant impassible, la rue calcinée, les busards semés en petits points noirs dans le ciel.

« Mais si elle est mourante..., dit Mr. Tench.

— Je connais ces gens. Elle n'est pas plus mourante que vous et moi.

— Vous ne servirez à rien. »

L'enfant les regardait comme s'il était tout à fait étranger à cette discussion. Celle-ci se poursuivait en une langue inconnue dont le sens lui échappait : il n'y avait aucune part. Il attendait simplement que le docteur se décidât.

« Comment le savez-vous ? dit l'étranger avec violence. C'est ce que les gens répètent sans arrêt, tous les gens : ça ne sert à rien. » L'acool agissait, il ajouta, plein d'une immense amertume : « Il me semble que je les entends tenir ce propos dans le monde entier !

— En tout cas, dit Mr. Tench, il y a un autre bateau. Dans quinze jours. Ou trois semaines. Vous avez de la veine. Vous pouvez vous évader, vous. Votre capital n'est pas investi ici. »

Il pensait à son capital : la roue venue du Japon, le fauteuil de dentiste, la lampe à alcool, les pinces et le petit four pour mouler les calottes d'or : les intérêts qu'il avait dans ce pays.

« *Vamos* », dit l'étranger au gosse. Il se retourna vers Mr. Tench et le remercia de lui avoir offert un moment de repos, à l'ombre. Il avait l'air de dignité de second ordre auquel Mr. Tench était habitué : la dignité des gens qui ont peur d'avoir mal, mais s'asseyent quand même, énergiquement, dans son fauteuil. Peut-être n'aimait-il pas voyager à dos de mulet. Il ajouta, ce qui lui donna un air très vieux jeu :

« Je prierai pour vous.

— C'était de bon cœur », répondit Mr. Tench. L'homme enfourcha la mule et suivit l'enfant. Ils avançaient très lentement dans la lumière crue, vers les marais de l'intérieur. C'est de là que l'inconnu était arrivé le matin même pour voir le *Général-Obregon* : maintenant il rebroussait chemin. Il oscillait très légèrement en selle, c'était l'effet du cognac. Bientôt, il ne fut plus au bout de la rue qu'une minuscule silhouette désabusée.

« Ça fait du bien de causer avec quelqu'un du dehors », pensa Mr. Tench, revenant dans sa chambre et refermant à clef sa porte derrière lui (on ne sait jamais). Il retrouva la solitude, le vide. Mais il y était aussi habitué qu'au reflet de sa propre figure dans la glace. Il s'assit dans le fauteuil à bascule et se balança, créant ainsi dans l'air lourd un léger souffle de fraîcheur. Une mince colonne de fourmis traversait la chambre pour atteindre le petit espace où sur le plancher l'étranger avait renversé quelques gouttes de cognac : elles y grouillèrent en rond, puis repartirent en bon ordre vers le mur d'en face où elles disparurent. Sur le fleuve, deux coups de sifflet partirent du *Général-Obregon*, Mr. Tench se demanda pourquoi.

L'étranger avait oublié son livre qui était posé sous son fauteuil. Sur la couverture, une femme, vêtue à la mode de 1900, sanglotait, effondrée sur un tapis ; elle étreignait les pieds d'un homme chaussé de bottines vernies, brunes et pointues. Debout, l'homme qui avait une petite moustache cosmétiquée regardait la femme avec dédain. Le livre s'appelait : *La Eterna Martir*. Au bout d'un moment, Mr. Tench le ramassa. Lorsqu'il l'ouvrit, il fut décontenancé, ce qui était imprimé à l'intérieur ne semblait pas correspondre à l'image : c'était du latin. Mr. Tench devint pensif. Il ferma le livre et l'emporta

dans son atelier. On ne brûle pas un livre, mais il est
bon de le cacher quand on n'est pas sûr... sûr de ce que
ce livre signifie. Il le mit dans le petit four qui lui servait à fondre ses alliages d'or. Puis il resta un moment
debout, bouche bée, à côté de l'établi ; il venait de se rappeler pourquoi il était allé jusqu'au quai : le cylindre
d'éther qui aurait dû lui arriver par le *Général-Obregon*.
Un nouveau coup de sifflet monta du fleuve et Mr. Tench
se précipita dehors en plein soleil sans chapeau. Il avait
affirmé que le bateau ne partirait pas avant le matin,
mais comment se fier à ces gens : ils ne sont même pas
réguliers dans leur inexactitude. En effet, lorsqu'il atteignit le rivage, en passant entre la douane et l'entrepôt,
le *Général-Obregon* était déjà à plus de trois mètres du
quai et, fendant les eaux paresseuses du fleuve, faisait
route vers la mer. Mr. Tench lança des appels tonitruants
et tout à fait inutiles. Pas de cylindre d'éther sur le
quai. Il hurla encore une fois et puis s'en désintéressa :
après tout, ça n'avait pas tellement d'importance. Un peu
de souffrance de plus se remarquerait à peine dans cet
immense abandon.

A bord du *Général-Obregon*, une légère brise se mit
à souffler : les plantations de bananes sur chaque rive,
quelques antennes de T.S.F. au bout d'un promontoire,
le port lui-même disparurent sans heurt. En regardant
en arrière, on eût pu douter qu'ils avaient jamais existé.
Devant le bateau, s'élargissait le vaste Atlantique dont les
longues vagues grises et rondes soulevaient la proue ; les
dindons aux pattes attachées roulaient un peu sur le
pont. Le capitaine se tenait dans son petit rouf, un cure-
dent planté dans les cheveux. La terre recula dans un
roulis lent et régulier et la nuit tomba brusquement,
d'un ciel où les étoiles étaient brillantes et proches. A
l'avant, brûlait une lampe à huile, et la jeune fille que
Mr. Tench avait remarquée du rivage se mit à chanter
tout doucement une romance sentimentale, d'une mélancolie satisfaite où il était question d'une rose teinte du

sang du bien-aimé. Une grande sensation de liberté et d'espace régnait sur le golfe tropical dont les côtes basses s'enveloppaient de ténèbres aussi profondément qu'une momie au fond d'un tombeau. « Je suis heureuse, se dit la jeune fille, sans se demander pourquoi, je suis heureuse. »

Dans l'autre sens, en arrière du golfe, très loin, les mules avançaient péniblement dans la nuit. L'effet du cognac s'était dissipé depuis longtemps, et sur la piste marécageuse qui, les pluies venues, allait devenir impraticable, l'homme emportait dans sa tête l'appel de la sirène du *Général-Obregon*. Il savait ce que cela signifiait : le bateau avait respecté l'horaire. Involontairement, il se mit à haïr l'enfant qui lui servait de guide, et la femme malade, il était indigne de ce qu'il transportait. Une odeur humide monta autour de lui ; on eût dit que les flammes n'avaient pas séché cette partie du monde au moment où le globe tourbillonnant était lancé dans l'espace : elles n'avaient consumé que les vapeurs et les nuages de ces étendues terribles. L'étranger, ballotté par le pas titubant et glissant de la mule, se mit à prier d'une langue épaissie par l'alcool : « Faites qu'on me prenne bientôt... Faites qu'on me prenne... » Il avait tenté de fuir mais, semblable au roi d'une tribu d'Afrique occidentale, il était l'esclave de son peuple et ne pouvait même pas s'étendre pour dormir de peur que le vent ne tombât.

II

LA CAPITALE

Le pcloton rentrait au poste de police : les hommes dépenaillés marchaient, leurs fusils ficelés n'importe comment ; à la place où il aurait dû y avoir des boutons, pendaient des bouts de fil ; les bandes molletières glissaient sur les chevilles : c'étaient de petits hommes aux yeux noirs et mystérieux, des yeux d'Indiens. Au sommet de la colline, la placette était éclairée par des globes attachés trois par trois et réunis par des fils aériens. La Trésorerie, la Presidencia, un cabinet de dentiste, la prison... une construction basse et blanche, vieille de trois cents ans, et ensuite la rue descendant à pic, le mur de soutènement d'une église en ruine ; partout où l'on allait, on rencontrait inévitablement l'eau, le fleuve. La peinture rose des façades classiques s'écaillait et découvrait les murs de boue, et la boue lentement redevenait boue. Autour de la plaza se déroulait la parade du soir : les femmes allaient d'un côté ; les hommes de l'autre : des jeunes gens en chemise rouge tournaient en parlant très fort autour des comptoirs d'eau minérale.

Le lieutenant marchait en tête de ses hommes d'un air profondément dégoûté. Il semblait être enchaîné à eux contre son gré : peut-être la cicatrice de sa mâchoire était-elle le souvenir d'une évasion. Ses guêtres et son étui de revolver étaient bien cirés ; pas un de ses boutons ne manquait. Son nez pointu et busqué avançait fortement au milieu de son visage osseux de danseur. Sa mise soignée paraissait au milieu de cette ville délabrée l'indice d'une ambition démesurée. Une odeur aigre montait du fleuve jusqu'à la place, et sur les toits les vautours étaient couchés sous la tente de leurs ailes noires ébouriffées. Parfois, une petite tête idiote surgissait, se baissait, les serres changeaient un peu leur position. A neuf heures trente exactement, les lumières de la place s'éteignirent.

Un gendarme présenta gauchement les armes et le peloton entra dans la caserne. Sans attendre d'ordres, les hommes accrochèrent leurs fusils près du mess des officiers, et, titubants, s'en allèrent retrouver dans la cour leurs hamacs ou les *excusados*. Quelques-uns se débarrassèrent de leurs bottes d'un coup de pied et s'allongèrent. Du plâtre tombait des murs de torchis écaillés, des générations de gendarmes avaient griffonné des messages sur le badigeon de chaux. Quelques paysans attendaient sur un banc, les mains pendantes entre les genoux. Personne ne s'occupait d'eux. Deux hommes se battaient dans les cabinets.

« Où est le *jefe* ? » demanda le lieutenant.

Personne ne le savait : l'opinion générale, c'est qu'il jouait au billard quelque part en ville. Le lieutenant irrité, mais toujours impeccable, s'assit à la table du chef : derrière sa tête, sur le mur blanchi à la chaux, étaient crayonnés deux cœurs entrelacés.

« Eh bien, dit-il, qu'est-ce que vous attendez ? Amenez les prisonniers. »

Ceux-ci entrèrent en saluant, le chapeau à la main, l'un derrière l'autre.

« Untel, ivresse sur la voie publique... cinq pesos d'amende.

— Mais je ne peux pas les payer, Excellence.

— Alors, faites-lui nettoyer les cellules et les latrines. Untel, pour avoir lacéré une affiche électorale... cinq pesos d'amende. Untel, pour avoir porté une médaille sainte sous sa chemise... cinq pesos d'amende. »

Son service se terminait : rien d'important. Par la porte ouverte, les moustiques entraient en bourdonnant.

Dehors, on entendit la sentinelle présenter les armes : le chef de la police arrivait. Il entra d'un air dégagé, vêtu de flanelle blanche, avec un chapeau à larges bords, une cartouchière en ceinture et un grand revolver qui lui battait la cuisse. Il tenait un mouchoir devant sa bouche, il avait l'air très malheureux.

« Encore ce mal aux dents, dit-il, mal aux dents...

— Rien à signaler, dit le lieutenant dédaigneusement.

— Le gouverneur m'a encore relancé aujourd'hui, se plaignit le chef.

— Alcool ?

— Non, un prêtre.

— On a fusillé le dernier, voici des semaines et des semaines.

— Il prétend que ce n'était pas le dernier.

— Le poison, dit le lieutenant, c'est que nous n'avons pas de photographies. »

Il jeta un coup d'œil vers le mur où était épinglée la photo de James Calver, recherché par les Etats-Unis pour cambriolage de banque et homicide : une face brutale, asymétrique, prise sous deux angles différents : description envoyée à tous les postes de police d'Amérique centrale ; le front bas, les yeux d'un fanatique en proie à l'idée fixe. Le lieutenant le regardait avec regret : il y avait peu de chances que l'homme arrivât jusqu'au Sud, il se ferait chiper dans quelque bouge de la frontière : à Juarez, Piedras Negras ou Nogales.

« Il prétend que nous en avons, reprit le chef plainti-
vement, ma dent, oh ! ma dent !... » Il essaya de prendre
quelque chose dans sa poche de pantalon, mais il était
gêné par son étui de revolver. Le lieutenant tapota d'un
air agacé sa botte bien luisante.

« Tenez », dit le chef.

Une grande assemblée de gens assis autour d'une table ;
des jeunes filles en mousseline blanche ; des femmes
mûres aux cheveux mal peignés, aux visages harassés de
fatigue, des hommes debout derrière elles, le regard
timide et soucieux. Les visages étaient composés d'une
multitude de petits points : c'était une photo découpée
dans un journal et prise plusieurs années auparavant, au
cours d'un déjeuner de première communion : parmi les
femmes était assis un homme assez jeune portant le col
des prêtres de Rome. On pouvait l'imaginer, accaparé
par les femmes, comblé par elles de petites gâteries, dans
une atmosphère étouffante d'intimité et de respect. On
l'avait photographié assis là, grassouillet, les yeux à
fleur de tête, débordant d'inoffensives plaisanteries
réservées aux dames.

« Elle a été prise il y a des années.

— Il ressemble à tout le monde », dit le lieutenant.

L'image était obscure, mais l'on pouvait distinguer
un menton bien rasé, bien poudré, beaucoup trop déve-
loppé pour son âge. Les bonnes choses de la vie lui
étaient venues trop tôt, respect de ses contemporains, vie
matérielle assurée. Il était de ces gens qui ont toujours
à la bouche une parole pieuse bien banale, la plaisanterie qui facilite les rapports, l'acceptation comme chose
due des hommages d'autrui... Un homme heureux. La
haine instinctive qui dresse le chien contre le chien
s'éveilla dans les entrailles même du lieutenant.

« Nous l'avons fusillé à une demi-douzaine d'exem-
plaires, dit-il.

— Le gouverneur a reçu un rapport... Il a essayé de
partir pour Veracruz la semaine dernière.

— Et les Chemises Rouges, à quoi servent-elles, pour qu'il s'adresse à nous ?

— Oh ! elles l'ont raté, ça va de soi. C'est un pur hasard s'il n'a pas pris le bateau.

— Que lui est-il arrivé ?

— On a retrouvé son mulet. Le gouverneur dit qu'il le lui faut avant un mois. Avant les pluies.

— Quelle était sa paroisse ?

— Concepción et les villages autour. Mais il en est parti depuis des années.

— Est-ce qu'on a une indication ?

— Il pourrait passer pour un *gringo*[1]. Il a vécu six ans dans je ne sais quel séminaire américain. Quoi d'autre ? Il est né à Carmen. Fils de boutiquiers. Ça ne nous avance guère.

— Ils se ressemblent tous à mes yeux », dit le lieutenant. Une émotion qu'on aurait presque pu appeler de l'horreur le traversait lorsqu'il regardait les robes de mousseline blanche ; il se rappelait l'odeur de l'encens dans les églises de son enfance, les cierges, la suffisance voilée de dentelles, les sacrifices énormes exigés du haut des marches de l'autel par des hommes qui ignoraient jusqu'au sens du mot sacrifice. Les vieux paysans s'agenouillaient là devant les saintes images, les bras en croix ; épuisés par la longue journée de labeur dans les plantations, ils s'imposaient, dans les quelques instants qui leur restaient, un surcroît de mortification. Et le prêtre passait avec le plateau de la quête, et leur prenait leurs centavos ! il leur reprochait les petits péchés qui les réconfortaient, tandis que lui-même n'abandonnait rien en retour, si ce n'est un peu de satisfaction sexuelle. Ce qui n'est vraiment pas difficile, pensa le lieutenant. Lui-même se passait fort bien des femmes.

---

1. *Gringo :* terme méprisant qui, au Mexique, désigne les Américains du Nord.

« Nous le prendrons, dit-il, ce n'est qu'une question de temps.

— Ma dent, gémit le chef une fois de plus. Ça m'empoisonne toute la vie. Aujourd'hui, ma meilleure série au billard n'a été que vingt-cinq.

— Vous devriez changer de dentiste.

— Ils sont tous les mêmes. »

Le lieutenant prit la photographie et l'épingla au mur. James Calver, cambrioleur de banque et homicide, attacha le regard de son profil brutal sur le déjeuner de première communion.

« Ça au moins, c'est un homme, fit le lieutenant d'un ton approbateur.

— Qui ?

— Le *gringo*.

— Vous savez ce qu'il a fait à Houston ? dit le chef. Il est parti avec dix mille dollars. Deux G. men tués.

— Des G. men !

— C'est un honneur, en un sens, d'avoir affaire à des gens comme ça. »

Il envoya une gifle violente à un moustique.

« En réalité, un homme comme celui-là, ajouta le lieutenant, ne fait pas beaucoup de mal. Quelques hommes de tués... Nous sommes tous mortels. L'argent... il faut bien que quelqu'un le dépense. Nous nous rendons plus utiles quand nous arrêtons un de ces individus. »

Debout au milieu de la petite pièce blanchie à la chaux, avec ses bottes cirées et son venin, l'idée qu'il venait d'avoir lui conférait une certaine dignité. Il y avait quelque chose de désintéressé dans son ambition, une espèce de vertu dans son désir de s'emparer du convive dodu et honoré du déjeuner de première communion.

Le chef ajouta, avec mélancolie :

« Il doit être rusé comme le diable pour avoir vécu ainsi pendant des années.

— C'est à la portée de tout le monde, rétorqua le lieu-

tenant. Nous ne nous sommes jamais occupés d'eux
sérieusement. Sauf quand ils se livraient d'eux-mêmes.
Croyez-moi, je tiendrais cet homme en moins d'un mois
si seulement...

— Si seulement ?

— Ah ! si seulement j'étais mon maître.

— Facile à dire, protesta le chef. Que feriez-vous ?

— Ce pays est petit. Des montagnes au nord, la mer au
sud. Je le fouillerais comme on fouille une rue, maison
par maison.

— Oh ! ça a l'air commode », et le chef fit entendre une
vague lamentation en appuyant son mouchoir sur sa
bouche.

« Ecoutez ce que je voudrais faire, dit tout à coup
le lieutenant. Prendre un homme dans chaque village
de l'Etat comme otage. Si les villageois ne livraient pas
le suspect dès son arrivée, fusiller les otages. Ensuite, en
prendre d'autres.

— Il en mourrait beaucoup.

— Est-ce que ça n'en vaut pas la peine ? dit le lieutenant avec une sorte d'exaltation. Si ça doit nous
débarrasser de ces gens-là pour toujours.

— Savez-vous, dit le chef, que votre idée est bonne ? »
Pour rentrer chez lui, le lieutenant traversa la ville aux
volets clos. Toute sa vie s'était écoulée là : le Syndicat
ouvrier et paysan était autrefois une école. Il avait
aidé à effacer ce regrettable vestige. Toute la ville était
transformée : près du cimetière, le stade cimenté dont
les balançoires de fer se dressaient au sommet de la
colline comme des potences au clair de lune avait remplacé la cathédrale. La nouvelle génération aurait des
souvenirs nouveaux : rien ne ressemblerait plus à ce
qui avait été. Sa démarche appliquée et réfléchie rappelait celle d'un prêtre : un théologien passant en revue
dans son esprit les erreurs du passé pour les détruire une
fois de plus.

Il arriva enfin à son logis. Toutes les maisons étaient

en rez-de-chaussée, blanchies à la chaux, bâties autour
de petits patios, où se trouvaient un puits et quelques
fleurs. Les fenêtres donnant sur la rue étaient garnies de
barreaux. La chambre du lieutenant contenait un lit fait
de vieilles caisses d'emballage avec une natte de paille
sur le haut, un oreiller et un drap. Sur le mur, un portrait du président et un calendrier ; sur le sol carrelé,
une table et un fauteuil à bascule. A la lueur de la bougie la pièce était lugubre ; cellule de prison ou de
monastère.

Le lieutenant s'assit sur son lit et se mit à enlever ses
bottes. C'était l'heure de la prière. Les cancrelats se
cognaient aux murs avec des explosions de pétards. Plus
d'une douzaine retombèrent sur les carreaux du sol, les
ailes endommagées. Le lieutenant pensa avec fureur
qu'il y avait encore dans le pays des gens qui croyaient
à un Dieu d'amour et de miséricorde. Certains mystiques
prétendent qu'ils entrent en communication directe avec
Dieu. Lui aussi était un mystique et jamais il n'avait
rencontré que le néant, la certitude absolue que, dans un
monde mourant qui se refroidissait, des animaux avaient
évolué jusqu'à devenir des êtres humains, absolument
sans but ni raison. Il le savait.

Il s'étendit sur son lit, encore vêtu de sa chemise et
de sa culotte et souffla la bougie. La chaleur occupait
sa chambre comme une présence ennemie. Mais il croyait
aux froids espaces vides de l'éther, en dépit du témoi-
gnage de ses sens. Quelque part, une T.S.F. jouait. La
musique venue de Mexico, ou même de Londres ou de
New York s'infiltrait dans cet obscur petit pays abandonné. Cela lui apparut comme une faiblesse : c'était
son pays, et il aurait voulu, s'il avait pu, l'entourer de
murs d'acier jusqu'à ce qu'il en eût arraché ce qui lui
rappelait tout ce dont son enfance malheureuse avait
naguère été entourée. Il aurait voulu tout détruire, rester
seul sans aucun souvenir. La vie avait commencé cinq
ans auparavant.

Les yeux ouverts, le lieutenant restait couché sur le dos tandis que les cafards explosaient contre le plafond. Il se rappelait le prêtre que les Chemises Rouges avaient fusillé le long du mur de ce cimetière de la colline et qui était un autre petit homme rond aux yeux protubérants. C'était un monsignore, et il pensait que ce titre le protégerait : il avait une sorte de mépris pour le bas clergé et, jusqu'à la dernière minute, il avait invoqué son rang. Ce n'était que tout à fait à la fin qu'il s'était rappelé ses prières. Il s'était agenouillé et on lui avait accordé le temps d'un bref acte de contrition. Le lieutenant avait assisté en spectateur, l'affaire n'était pas de son ressort. En tout cas, ils avaient fusillé cinq prêtres, deux ou trois s'étaient échappés, l'évêque était bien tranquille à Mexico, un seul s'était conformé à l'ordre du gouverneur imposant le mariage à tous les prêtres. Il habitait maintenant près du fleuve avec sa gouvernante. Cette solution, bien entendu, était la meilleure : épargner cet homme qui servait d'exemple vivant de la faiblesse de leur foi. Cela prouvait bien que pendant des années ils avaient vécu dans l'imposture. Car s'ils avaient cru vraiment au ciel et à l'enfer, ils n'auraient pas refusé un court moment de souffrance pour mériter l'éternité... Etendu sur son lit dur, dans cette nuit chaude et moite, le lieutenant n'avait aucune sympathie pour les défaillances de la chair.

A l'Academia Commercial, dans une des pièces de derrière, une femme faisait la lecture à ses enfants. Deux petites filles de six et de dix ans étaient assises au bord de leur lit, tandis qu'un garçon de quatorze ans s'appuyait au mur avec une expression d'ennui intense.

« Le jeune Juan, lisait la mère, fut connu dès ses plus « tendres années, pour son humilité et sa piété. Au « milieu de ses camarades brutaux et vindicatifs, le « petit Juan suivait les préceptes de Notre-Seigneur et « tendait l'autre joue. Un jour, son père crut qu'il avait dit

« un mensonge et le battit : il apprit plus tard que son
« fils avait dit la vérité, alors il lui présenta ses excu-
« ses. Mais Juan lui dit : « Mon cher père, de même que
« Notre Père qui est aux cieux a le droit de nous
« châtier... »

D'impatience, le garçon frottait sa joue contre le mur
blanchi à la chaux tandis que la voix douce continuait
de ronronner. Les deux petites filles, leurs petits yeux
ronds intensément attentifs, buvaient ces paroles de suave
piété.

« Ne nous imaginons point que le petit Juan n'était
« pas aussi disposé à rire ou à jouer que les autres
« enfants, mais il y avait des moments où il se glissait
« loin du cercle de ses joyeux compagnons de jeux, et
« emportait dans l'étable de son père un livre pieux
« illustré. »

De son pied nu, le petit garçon écrasa un cancrelat, et,
de plus en plus sombre, pensa qu'après tout, rien n'est
éternel, qu'ils arriveraient un jour au dernier chapitre,
et que le jeune Juan mourrait le dos au mur en criant :
Viva el Cristo Rey ! « Oui, mais, se dit-il, il doit y avoir
une suite » ; un autre livre viendrait. Ces ouvrages étaient
envoyés clandestinement de Mexico : si seulement les
gens de douane avaient su où il fallait chercher.

« Non, le jeune Juan était un vrai petit Mexicain, et
« s'il réfléchissait plus que ses camarades, il était aussi
« le premier lorsqu'on préparait quelque représentation
« théâtrale. Une année, sa classe joua devant l'évêque
« une petite pièce sur les premières persécutions des
« chrétiens et personne ne rit plus que Juan lui-même
« lorsqu'il fut désigné pour incarner Néron. Et quel
« sens du comique il mit dans son interprétation, cet
« enfant destiné à mourir à la fleur de l'âge d'homme
« sous les coups d'un tyran bien pire que Néron. Son
« condisciple, qui devint dans la suite le père Miguel
« Cerra S. J., écrit : « Aucun de ceux qui y assistaient
« n'oubliera jamais ce jour... »

Une des petites filles se pourlécha furtivement les babines. Ça, c'était la vie.

« Quand le rideau se leva, Juan apparut vêtu du plus « beau peignoir de bain de sa mère, avec une moustache « dessinée au fusain et portant une couronne faite dans « une boîte de fer-blanc. Le bon vieil évêque lui-même « eut un sourire lorsque Juan s'avança solennellement « jusqu'au bord de la petite scène improvisée et se mit à « déclamer... »

Le garçon étouffa un bâillement contre le mur de chaux.

« Est-ce que Juan est vraiment un saint ? demanda-t-il d'un air las.

— Il le sera un jour, bientôt, quand le Saint-Père le décidera.

— Et sont-ils tous comme ça ?

— Qui ?

— Les martyrs.

— Oui. Tous.

— Même Padre José ?

— Ne parle pas de lui, dit la mère. N'as-tu pas honte ? C'est un homme méprisable. Il a trahi Notre-Seigneur.

— Il m'a dit qu'il était un plus grand martyr que tous les autres.

— Je t'ai défendu maintes fois de lui parler. Mon cher enfant, oh ! mon cher enfant...

— Et l'autre ? celui qui est venu nous voir ?

— Non, non, il n'est pas tout à fait comme Juan.

— Est-il méprisable lui aussi ?

— Non, il n'est pas méprisable.

— Il avait une drôle d'odeur », dit tout à coup la plus petite des fillettes.

La mère continua sa lecture :

« Le jeune Juan eut-il ce jour-là le pressentiment que « lui aussi, quelques courtes années plus tard, se trou- « verait au nombre des martyrs ? Nous ne le savons pas. « Mais le père Miguel Cerra nous raconte que, le soir,

« Juan resta agenouillé plus longtemps que d'habitude,
« et que lorsque ses camarades de classe le taquinèrent,
« suivant l'usage des écoliers... »

La voix continuait sans relâche, inflexiblement douce,
insinuante et déterminée : les petites filles l'écoutaient
avidement et préparaient dans leur tête de courtes
phrases pieuses qui surprendraient leurs parents, et le
garçon bâillait contre le mur blanc. Tout a une fin.

Plus tard, la mère alla trouver son mari.

« Notre fils m'inquiète, dit-elle.

— Pourquoi pas les filles ? L'inquiétude est partout.

— Ce sont déjà deux petites saintes, mais le garçon !...
Il me pose des questions ! sur ce prêtre buveur de whisky.
Comme je regrette que nous l'ayons reçu sous notre toit.

— Si nous ne l'avions pas fait, il aurait été arrêté, et
il serait devenu l'un de nos martyrs. On écrirait sur lui
un livre que tu lirais à nos enfants.

— Cet homme... jamais.

— Oh ! après tout, dit l'homme, il n'a pas abandonné la
partie. Je ne crois pas à ce qui est écrit dans ces livres.
Nous sommes tous humains.

— Sais-tu ce qu'on m'a raconté aujourd'hui ? Une pauvre femme lui a apporté son fils à baptiser. Elle voulait
qu'il fût nommé Pedro. Mais le prêtre était tellement ivre
qu'il n'a rien entendu et a baptisé le petit garçon Brigitte. Brigitte !

— Eh bien, mais c'est le nom d'une bonne sainte.

— Il y a des moments, dit la mère, où tu me mets
hors de moi. Et voici que notre fils a parlé au Padre José.

— Cette ville est toute petite, dit le père, il ne sert à
rien de nous leurrer : nous sommes abandonnés. Il faut
nous tirer d'affaire comme nous pourrons. Quant à
l'Eglise... l'Eglise, c'est le Padre José et c'est aussi le
prêtre ivrogne, je ne connais pas d'autre Eglise. Si elle ne
nous plaît pas, eh bien, quittons-la. »

Il observait sa femme avec patience : il était plus instruit qu'elle. Il savait se servir d'une machine à écrire

et possédait quelques éléments de comptabilité. Il était allé une fois jusqu'à Mexico. Il était capable de lire une carte. Il voyait clairement à quel point ils étaient abandonnés, dix heures pour descendre le fleuve jusqu'au port, puis quarante-deux heures sur le golfe de Veracruz... C'était la seule issue. Au nord, les marécages et les cours d'eau se perdaient dans les montagnes qui les séparaient de l'Etat voisin. Et de l'autre côté, pas la moindre route... rien que des sentiers à mulets et de temps en temps un avion sur lequel on ne pouvait pas compter : villages indiens, huttes de bergers ; à deux cents milles de là, le Pacifique.

« J'aimerais mieux mourir, dit-elle.

— Oh ! répliqua-t-il, bien sûr. Cela va sans dire. Mais nous devons continuer à vivre. »

Le vieil homme était assis sur une caisse d'emballage dans le petit patio desséché. Il était très gros et avait le souffle court : la chaleur le faisait haleter légèrement comme après un grand effort. Jadis, il avait eu des notions d'astronomie, et ce soir-là, les yeux fixés sur le ciel nocturne, il essayait de reconnaître les constellations. Il ne portait qu'une chemise et un pantalon, ses pieds étaient nus, mais il restait dans son allure quelque chose d'indéniablement ecclésiastique. Ses quarante ans de sacerdoce l'avaient marqué à jamais. Un silence complet régnait sur la ville : tout dormait.

Les mondes étincelants emplissaient l'infini d'une promesse : notre monde n'est pas tout l'univers. Peut-être y a-t-il un endroit où le Christ n'est pas mort. Il était difficile de croire que de là-bas notre globe pouvait paraître aussi brillant : il devait rouler lourdement dans l'espace, enveloppé dans son brouillard, et pareil à un navire abandonné à l'incendie. La terre entière est étouffée par son péché.

De la pièce unique qui composait sa maison, une femme appela : « José, José ! » Le son de cette voix le fit ramas-

ser son corps comme un galérien. Ses regards abandon-
nèrent le ciel et, d'un bond, les constellations regagnèrent
le zénith : les cafards glissaient sur le sol du patio :
« José, José ! » Il pensa avec envie aux hommes qui étaient
morts : c'était si vite fait. On les emmenait au cimetière
et on les fusillait contre le mur : en deux minutes, la vie
s'était éteinte. Et les gens appelaient ça le martyre ! Ici
la vie continuait sans trêve ; il n'avait que soixante-deux
ans. Il pouvait vivre jusqu'à quatre-vingt-dix ans.
Vingt-huit ans... cette période incommensurable qui
s'était écoulée entre sa naissance et sa première
paroisse : toute l'enfance, l'adolescence, et le séminaire
y étaient contenus.

« José, viens te coucher. »

Il frissonna : il savait qu'il était grotesque. Un vieil
homme qui se marie est déjà ridicule, mais un vieux
prêtre... Il s'examina, comme de l'extérieur, et se
demanda s'il était même digne d'aller en enfer. Il n'était
au lit qu'un vieillard obèse et impuissant qui se couvrait
de ridicule. Mais il se rappela alors le don qu'il avait
reçu et que personne ne pouvait lui reprendre. C'est
cela qui le rendait digne de la damnation... le pouvoir
qu'il avait encore de transformer le pain en chair et le
vin en sang de Dieu. Il était un prêtre sacrilège : partout où il allait, et quoi qu'il fît, il souillait Dieu. Un
jour, un fou de catholique renégat, gonflé à bloc par la
politique du gouverneur, avait fait irruption dans une
église (au temps où il existait encore des églises) et
s'était emparé de l'hostie consacrée. Il avait craché
dessus et l'avait piétinée ; lors, les fidèles l'avaient
arrêté et pendu au clocher comme on pendait le mannequin empaillé de Judas, le Jeudi saint.

Cet homme-là n'était pas si coupable, songea José, il
sera pardonné, n'ayant agi que par politique, mais lui,
lui était bien pire... il demeurait comme une image obscène qu'on laisse accrochée au mur pour corrompre les
enfants.

Assis sur sa caisse, l'estomac plein de vent, il eut un hoquet.

« José ! qu'est-ce que tu fais ? Viens te coucher. »

Il n'avait plus rien à faire de tout le jour. Pas d'offices quotidiens, pas de messes, pas de confessions, et il était bien inutile de prier : la prière est un acte, et il n'avait pas du tout l'intention d'agir. Il vivait depuis deux ans en état constant de péché mortel et personne ne pouvait entendre sa confession : rien à faire qu'à manger, à manger beaucoup trop ; elle le nourrissait, l'engraissait, et le soignait comme un cochon primé. « José. » Il se mit à hoqueter nerveusement à la pensée d'affronter pour la sept cent trente-huitième fois son autoritaire servante, sa femme. Il allait la trouver couchée dans le grand lit impudique qui emplissait à moitié la pièce, silhouette osseuse sous la moustiquaire, sa mâchoire maigre et sa courte natte de cheveux gris surmontée d'un absurde bonnet. Elle s'imaginait avoir un rang à tenir : pensionnée par le Gouvernement, femme du seul prêtre marié. Elle en était très fière. « José... — Je... (hic)... je viens, mon amour. » Il se souleva de sa caisse et entendit quelque part quelqu'un qui riait.

Il leva les yeux : des petits yeux roses comme ceux d'un cochon qui sent l'abattoir. Une voix aiguë d'enfant cria : « José ! » Il parcourut le patio d'un regard ahuri. En face, derrière les barreaux d'une fenêtre, trois gamins le surveillaient d'un air grave. Il leur tourna le dos et fit un ou deux pas vers la porte, avançant très lentement à cause de sa masse.

« José », lança de nouveau la voix suraiguë : « José ! » Il regarda par-dessus son épaule, et surprit sur leurs petits visages tous les signes d'une joie délirante. Ses petits yeux roses n'exprimèrent nulle indignation, il n'avait pas droit à l'indignation ; sa bouche se tordit en un sourire humble, hébété, disloqué, et comme si cette marque de faiblesse leur avait donné toute la licence qui leur manquait, ils se mirent à piailler sans se gêner : « José,

José, viens te coucher, José ! » Leurs frêles voix cyni-
ques emplissaient le patio ; il sourit humblement,
esquissa de petits gestes qui demandaient le silence. Personne ne lui témoignait plus le moindre respect ni dans
sa maison, ni dans la ville, en nul endroit de toute la
surface de ce globe déshérité.

III

LE FLEUVE

LE capitaine Fellows chantait à tue-tête pour lui tout seul, tandis que le petit moteur haletait à l'arrière de son canoë. Son grand visage basané ressemblait à la carte d'un pays de montagnes, avec des taches d'un brun plus ou moins foncé et deux petits lacs bleus qui étaient ses yeux. Il chantait d'une voix désespérément fausse des chansons qu'il composait à mesure. « Je rentre à la maison, je rentre à la maison, tout ce que je mangerai sera bon, bon, bon, bon, bon. Dans cette foutue grande ville, les foutus aliments sont tous bien répugnants, gnants, gnants, gnants. » Il quitta le fleuve pour s'engager dans un affluent. Quelques alligators gisaient sur le sable du rivage. « Je n'aime pas vos museaux, horribles-z-animaux... », chanta le capitaine. C'était un homme heureux.

Les plantations de bananes descendaient jusqu'à l'eau, à droite et à gauche. Sous le dur soleil, sa voix retentissait ; ce chant et le battement régulier du moteur étaient les seuls bruits qu'il pût entendre... Il était tout à fait seul. Il se sentit soulevé par une grande vague de joie juvénile : un travail d'homme, au cœur même de la nature, aucune responsabilité envers qui que ce fût. Il n'avait jamais ressenti de joie plus grande qu'en un seul autre pays : la France en guerre, au milieu du paysage ravagé des tranchées. Le cours d'eau secondaire tournait en vrille et s'enfonçait dans la province couverte de marais sous la végétation dense ; un busard planait immobile dans le ciel.

Le capitaine Fellows ouvrit une boîte en fer-blanc et mangea un sandwich. (Comme tout a meilleur goût en plein air !) Un singe qui passait lui lança un petit jappement brusque, et, tout joyeux, le capitaine Fellows se sentit en harmonie avec la nature entière : une fraternité légère et vaste l'unissait au monde : elle circulait dans ses veines, avec son sang même, il se sentait chez lui partout.

« Petit malin, pensa-t-il, petit malin ! » Il se remit à chanter... Les paroles de quelqu'un d'autre cette fois, demeurées un peu sens dessus dessous, dans sa mémoire infidèle, malgré de bonnes intentions. « Donnez-moi la vie que j'aime, que je trempe mon pain dans l'eau du fleuve, sous le firmament étoilé..., le chasseur revient de la mer... » Les plantations s'éclaircirent peu à peu ; au loin, les montagnes apparurent en épaisses lignes noires qui barraient le ciel au ras de la terre. Quelques bungalows surgirent de la boue. Il était chez lui. Un léger nuage voila son allégresse.

« Après tout, un homme aime bien qu'on vienne à sa rencontre », se dit-il.

Il monta vers son bungalow qui se distinguait des autres demeures du bord de l'eau par son toit couvert de tuiles, son mât sans drapeau, la plaque sur la porte annonçant que c'était la « Central American Banana Company ». Deux hamacs pendaient sous la véranda, mais l'on ne voyait pas une âme. Le capitaine Fellows savait où il allait trouver sa femme. Ce n'était pas elle qu'il s'attendait à voir dès le seuil. Il poussa une porte et

fit bruyamment irruption en criant : « Papa est de
retour ! » Un maigre visage effaré le regarda par les
trous d'un rideau de tulle, la chute de ses lourdes bottes
chassait le silence et la paix, Mrs. Fellows eut un mouvement de recul sous la moustiquaire blanche. Il
demanda :

« Contente de me voir, Trix ? »

La femme composa à la hâte sur son visage effrayé le
dessin d'un sourire de bienvenue.

« Moi, je suis heureux d'être à la maison », dit le capitaine Fellows, et il le croyait. C'était son unique mais
ferme conviction, qu'il ressentait toujours l'émotion
appropriée : amour, joie, douleur, haine. Il s'était toujours bien conduit à l'heure H.

« Tout va bien au bureau ?

— Admirablement.

— J'ai eu un peu de fièvre hier.

— Ah ! il te faut quelqu'un pour te soigner. Tu vas
aller très bien, ajouta-t-il d'un air vague, maintenant que
je suis là. »

Il avait congédié allégrement l'idée de la fièvre ; il
battait des mains avec un grand rire, tandis qu'elle
tremblait sous sa tente de tulle.

« Où est Coral ?

— Avec le gendarme.

— J'espérais qu'elle viendrait à ma rencontre », dit-
il, en tournant dans cette petite pièce basse encombrée
d'embauchoirs pour ses bottes jusqu'à ce que le sens des
paroles de sa femme l'eût atteint : « Gendarme ? Quel
gendarme ?

— Il est arrivé hier soir et Coral lui a permis de
coucher sous la véranda. Elle m'a dit qu'il cherchait
quelqu'un.

— En voilà une histoire ! Il cherche quelqu'un *ici* ?

— Ce n'est pas un gendarme ordinaire, c'est un officier. Il a laissé ses hommes au village, à ce qu'elle m'a
dit.

— Je trouve tout de même que tu devrais te lever. Je veux dire... Ces types, on ne sait jamais. » Il ajouta sans la moindre conviction : « Coral n'est qu'une enfant.

— Je t'ai déjà dit que j'avais la fièvre, gémit Mrs. Fellows. Je me sentais affreusement malade.

— Ce ne sera rien. Un petit coup de soleil. Tu verras... Maintenant, je suis à la maison.

— J'avais tellement mal à la tête. Impossible de lire ou de coudre. Et puis, en plus, cet homme... »

L'épouvante se dressait derrière elle, tout contre son épaule, et elle se consumait dans un effort constant pour ne pas se retourner. Elle revêtait sa peur d'un déguisement pour pouvoir la regarder... Elle la baptisait fièvre, rats, chômage. Le vrai visage qui restait tabou était la mort. Chaque année, elle devenait plus proche dans ce pays étranger. Ils feraient leurs malles et partiraient, la laissant seule dans un cimetière où personne ne viendrait la voir, au fond d'un tombeau surmonté d'un mausolée.

« Je pense qu'il faut que j'aille voir cet homme », dit le capitaine. Il s'assit sur le lit et posa sa main sur le bras de sa femme. Ils avaient quelque chose en commun, une espèce de timidité. Il ajouta distraitement :

« Ce métèque, le secrétaire du patron, on ne le verra plus.

— Parti ?

— Dans l'autre monde. »

Il sentit se raidir le bras qu'il tenait ; elle s'écarta de lui en reculant vers le mur. Il avait touché au tabou, le lien entre eux était rompu, il ne comprit pas pourquoi.

« Migraine, chérie ?

— Est-ce qu'il ne faudrait pas que tu voies cet homme ?

— Ah ! oui, oui, j'y vais. » Mais il ne bougea pas. Ce fut l'enfant qui vint le chercher.

Elle s'arrêta sur le seuil de la chambre et les examina

avec une expression d'infinie responsabilité. Sous son regard si grave, ils devenaient, lui, un gamin auquel on ne peut pas se fier, elle, un fantôme qu'un souffle dissiperait, une petite bouffée d'air apeurée. L'enfant était très jeune, environ treize ans ; à cet âge, on a peur de bien peu de choses : la vieillesse, la mort, tout ce qui peut arriver, les morsures de serpents, la fièvre, les rats, une mauvaise odeur. La vie ne l'avait pas encore atteinte, elle semblait — à tort — invincible. Mais elle avait déjà été, pour ainsi dire, réduite au minimum. Tout y était, mais en quantités infimes. C'est l'effet que produit le soleil sur un enfant, il le réduit à l'état de squelette. Le bracelet d'or de son poignet osseux ressemblait à un cadenas sur une porte de toile qu'on défoncerait d'un coup de poing.

« J'ai dit au gendarme que tu étais arrivé, dit-elle.

— Ah ! oui, oui, répondit le capitaine Fellows. Tu n'embrasses pas ton vieux papa ? »

Elle traversa solennellement la chambre et lui mit sur le front un baiser banal : il en sentit le manque d'élan. Elle avait d'autres préoccupations. Elle dit :

« J'ai prévenu la cuisinière que maman ne se lèverait pas pour le dîner.

— Je trouve que tu devrais essayer, chérie, dit le capitaine Fellows.

— Pourquoi ? demanda Coral.

— Oh ! bon...

— Je veux te parler à toi seul », dit Coral.

Mrs. Fellows se glissa jusqu'au fond de sa tente, elle était sûre que son évacuation dernière serait arrangée de cette manière, par Coral. Le bon sens était une qualité terrifiante, qu'elle n'avait jamais possédée. C'est le bon sens qui proclame : « Les morts n'entendent pas », ou : « Elle ne souffre plus », ou : « Les fleurs en perles sont plus pratiques. »

« Je ne comprends pas, dit le capitaine, pourquoi ta mère ne doit pas écouter...

— Elle refuserait de venir. Ça ne ferait que l'effrayer. »

L'expérience lui avait appris que Coral avait réponse à tout. Elle ne parlait jamais sans réfléchir : elle était toujours prête, mais parfois les réponses qu'elle avait préparées semblaient à son père très barbares. Elles étaient puisées dans la seule vie qu'elle pût se rappeler : celle-ci. Des marécages, des vautours, pas d'autres enfants nulle part, sauf les petits du village, au ventre gonflé par les vers et qui mangeaient des détritus sur le bord du fleuve, comme des bêtes. On dit qu'un enfant crée un lien entre ses parents : certes, il ressentait une infinie répugnance à se confier seul à cette petite. Ce qu'elle disait pouvait le mener n'importe où. A travers la moustiquaire, il chercha la main de sa femme, en cachette : ils étaient les adultes, ils appartenaient au même parti, leur fille était l'étrangère installée dans leur maison.

« Tu nous fais peur, dit-il avec une jovialité tapageuse.

— Je ne crois pas, dit l'enfant en choisissant ses mots, que toi, tu auras peur. »

Il capitula et serrant la main de sa femme :

« Ma chérie, notre fille a décidé, semble-t-il...

— D'abord, il faut que tu voies l'officier de police. Il faut qu'il s'en aille. Il me déplaît.

— Alors, il faut qu'il s'en aille, bien sûr, dit le capitaine Fellows, avec un rire qui sonna creux et faux.

— Je le lui ai dit. Je lui ai expliqué que nous ne pouvions pas lui refuser un hamac pour passer la nuit, puisqu'il arrivait si tard, mais maintenant, je veux qu'il parte.

— Et il t'a désobéi ?

— Il a dit qu'il voulait te parler.

— Comme il s'illusionne ! » dit le capitaine Fellows. L'ironie était la seule défense, mais l'enfant ne comprenait pas ce langage. Elle ne comprenait rien de ce qui n'était pas clair, clair comme l'alphabet, un petit problème facile ou une date d'histoire. Il lâcha la main de sa femme et, de mauvaise grâce, se laissa conduire sous le soleil de l'après-midi. Silhouette immobile couleur d'olive, l'officier de police se tenait debout, devant la véranda ; il n'avança pas un pied pour venir à la rencontre du capitaine Fellows.

« Eh bien, mon lieutenant », dit le capitaine d'un air dégagé. L'idée lui vint que Coral avait plus de points de sympathie avec ce gendarme qu'avec lui-même.

« Je cherche un homme, répondit le lieutenant. On a signalé sa présence dans cette région.

— Il ne peut pas être ici.

— C'est ce que m'a dit votre fille.

— Fiez-vous à elle.

— Le chef d'accusation est très grave.

— Meurtre ?

— Non, trahison.

— Oh !... trahison... » fit le capitaine Fellows, cessant brusquement de s'intéresser à l'affaire.

La trahison était partout... pas plus sérieux qu'un petit larcin dans une caserne.

« C'est un prêtre. Informez-nous immédiatement si quelqu'un l'aperçoit, j'y compte. »

Une pause. Puis le lieutenant poursuivit :

« Vous êtes étranger, mais vous vivez sous la protection de nos lois. Nous attendons de vous un remerciement pour notre hospitalité. Vous n'êtes pas catholique ?

— Non.

— Alors, je peux compter que vous nous transmettrez le renseignement.

— Je pense que vous pouvez y compter. »

Le lieutenant se dressait sous le soleil comme un petit point d'interrogation noir et menaçant, son attitude paraissait indiquer qu'il refusait de recevoir d'un étranger même le cadeau d'un peu d'ombre. Pourtant, il avait profité du hamac. (Qu'il avait considéré comme une réquisition, pensa le capitaine Fellows.)

« Un verre d'eau minérale ?

— Non, non, merci.

— Bon, répondit Fellows. C'est tout ce que je puis vous offrir, n'est-ce pas ? Boire de l'alcool est aussi trahir. »

Tout à coup, le lieutenant tourna sur ses talons, comme s'il ne pouvait plus supporter la vue de ces deux êtres ; ils le regardèrent descendre à grandes enjambées le sentier conduisant au village ; ses guêtres et son étui à revolver miroitaient au soleil. Quand il eut parcouru un bout de chemin, ils le virent s'arrêter pour cracher ; il n'avait pas manqué de courtoisie, il avait attendu le moment où il pensait qu'ils ne pouvaient plus le voir, avant de rejeter sa haine, son mépris d'une vie si différente de la sienne, son dégoût de l'aisance, de la sécurité, de la tolérance facile.

« J'aime mieux être son ami que son ennemi, dit le capitaine.

— Naturellement, il se méfie de nous.

— Ces gens-là se méfient de tout le monde.

— J'ai l'impression, dit Coral, qu'il soupçonnait quelque chose.

— C'est leur métier, le soupçon.

— C'est que, vois-tu, je ne lui ai pas laissé fouiller la maison.

— Pourquoi, diable, l'en as-tu empêché ? dit le capitaine Fellows, dont l'esprit vague prit brusquement la tangente. Et d'ailleurs comment as-tu fait pour l'en empêcher ?

— Je lui ai dit que je lâcherais les chiens sur lui... et que je porterais plainte auprès du consul. Il n'avait pas le droit...

— Oh ! ça ! dit le capitaine Fellows, leur droit, ils le portent sur la hanche gauche. Il n'y avait aucun inconvénient à le laisser perquisitionner.

— Je lui ai donné ma parole. »

Elle était aussi inflexible que le lieutenant : petite, noire, très dépaysée au milieu de ce bois de bananiers. Sa simplicité n'avait d'indulgence pour personne ; l'avenir, plein de compromis, d'angoisse, de honte, demeurait extérieur à elle ; la porte par laquelle, un jour, il entrerait, était encore close. Mais à chaque instant désormais, un mot, un geste, l'action la plus triviale pourrait bien être son « sésame, ouvre-toi... » et que trouverait-elle derrière ? Le capitaine Fellows prit peur : il se rendit compte que sa tendresse excessive pour elle le privait de son autorité. On ne peut exercer de contrôle sur l'objet aimé... On le voit courir imprudemment vers le pont démoli, la route en précipice, l'horreur qui viendra dans soixante-dix ans, sans pouvoir l'arrêter. Le capitaine ferma les yeux — il était un homme heureux — et fredonna un petit air.

« Je n'aurais pas voulu qu'un homme comme ça s'aperçoive que je mentais, tu comprends, dit Coral.

— Tu mentais ? Bon Dieu, s'écria son père, tu ne vas pas me dire qu'il est ici !

— Bien entendu qu'il est ici, répondit Coral.

— Où ?

— Dans la grange, expliqua-t-elle doucement. Nous ne pouvions tout de même pas les laisser l'attraper.

— Ta mère est-elle au courant ? »

L'enfant répondit avec une honnêteté dévastatrice :

« Oh ! non. Je ne pouvais pas me fier à elle. »

Elle ne dépendait ni de lui, ni de sa mère : tous les deux appartenaient au passé. Dans quarante ans d'ici, ils seraient aussi morts que le chien de l'année dernière.

« Conduis-moi vers lui », dit-il.

Il marchait lentement ; le bonheur le quittait plus vite et plus complètement qu'il n'abandonne un homme malheureux ; car les malheureux sont toujours prêts. En la voyant marcher devant lui, avec ses deux maigres tresses de cheveux décolorés par le soleil, il pensa pour la première fois qu'elle avait l'âge où les jeunes Mexicaines accueillent leur premier homme. Qu'allait-il se passer ? Son esprit recula devant ces problèmes qu'il n'avait jamais osé envisager. En passant devant la fenêtre de la chambre à coucher, il aperçut, solitaire sous la moustiquaire, un mince corps osseux et recroquevillé. Il se rappela avec nostalgie et une grande pitié pour lui-même comme il avait été heureux sur la rivière, lorsqu'il faisait un travail d'homme, sans penser à autrui. « Si je ne m'étais jamais marié... » Il adressa au petit dos enfantin et inexorable un gémissement d'impuissance.

« Nous n'avons pas à nous mêler de leurs histoires politiques.

— Ceci n'est pas de la politique, expliqua-t-elle avec douceur. Je sais ce que c'est que la politique. Maman et moi nous étudions le Bill de Réforme. »

Elle sortit une clef de sa poche et ouvrit la porte de la grange où ils entreposaient les bananes avant de les expédier par chaland jusqu'au port. Il y faisait très noir, après l'aveuglant soleil : on entendit quelque chose remuer dans un coin. Le capitaine Fellows prit sa lampe de poche et il en dirigea le rayon sur un homme en complet de ville déchiré, de couleur foncée, un petit homme dont les yeux clignotaient et dont les joues étaient couvertes d'une barbe de plusieurs jours.

« *Qué es usted ?* demanda le capitaine Fellows.

— Je parle anglais. »

Il serrait contre lui une petite valise comme s'il attendait un train qu'il ne fallait manquer à aucun prix.

« Vous avez tort de vous cacher ici.

— Oui, dit l'homme, oui.

— Nous sommes en dehors de tout ça. Nous sommes des étrangers.

— Naturellement. Je vais partir », dit l'homme. Il était debout, la tête un peu penchée comme un soldat qui, au rapport, attend la décision de l'officier. Le capitaine Fellows s'adoucit.

« Attendez qu'il fasse nuit, dit-il, il ne faut pas vous faire prendre.

— Non.

— Avez-vous faim ?

— Un peu. Mais ça ne fait rien. » Il ajouta avec une humilité repoussante : « Si vous voulez me rendre un grand service...

— Quoi ?

— Un peu d'alcool.

— J'ai déjà assez violé la loi à cause de vous », dit le capitaine Fellows.

Il sortit à longues enjambées, avec la brusque sensation d'être très grand, abandonnant le petit bonhomme incliné, dans le noir au milieu des bananes. Coral referma la porte à clef et le suivit.

« Quelle religion ! fit le capitaine Fellows. Mendier du cognac. C'est honteux.

— Mais tu en bois quelquefois.

— Ma chérie, quand tu seras plus grande, tu comprendras la différence qu'il y a entre boire un peu d'alcool après le repas et... mon Dieu, avoir *besoin* d'en boire.

— Est-ce que je peux lui porter de la bière ?

— Toi, tu ne lui porteras rien du tout.

— On ne peut pas se fier aux domestiques. »

Il se sentit impuissant et furibond.

« Tu vois dans quel pétrin tu nous as mis ! » dit-il.

Il entra à pas lourds dans la maison, et regagna sa chambre, qu'il se mit à arpenter nerveusement au milieu des embauchoirs. Mrs. Fellows dormait d'un sommeil agité et rêvait de mariages.

Elle dit tout haut :

« Ma traîne, attention à ma traîne.

— Qu'est-ce que tu dis ? » demanda-t-il d'un ton irrité.

La nuit tomba comme un rideau. Le soleil était là et, l'instant d'après, il avait disparu. Mrs. Fellows s'éveilla au seuil d'une nouvelle nuit.

« Tu as parlé, chéri ?

— C'est toi qui as parlé. Tu as parlé de trains.

— J'ai dû rêver.

— Il se passera du temps avant que nous n'ayons des trains par ici », dit-il avec une satisfaction morose. Il vint s'asseoir sur le lit, pour fuir la fenêtre : ce qu'on ne voit pas, on peut l'ignorer. Les grillons commençaient à crisser et derrière les panneaux de gaze métallique, les lucioles passaient, allumées comme des petites lampes. Il posa sa lourde main de bon garçon, en grand besoin d'être rassuré, sur la forme étendue sous le drap et dit :

« La vie n'est pas si mal que ça, n'est-ce pas, Trixy ? Pas une mauvaise affaire, cette vie ! »

Mais il sentit qu'elle se contractait : le mot « vie » était tabou, il faisait penser à « mort ». Elle détourna de lui son visage. Frappée de panique, elle voyait reculer de plus en plus les limites de son épouvante. Elle y associait peu à peu tous les êtres qui s'approchaient d'elle et le monde entier des objets inanimés : c'était comme une maladie infectieuse. Vous ne pouvez plus rien regarder longuement sans vous apercevoir que le germe s'y trouve... Ainsi, le mot « drap ». Elle rejeta le drap loin d'elle en disant :

« Qu'il fait chaud, mais qu'il fait chaud. »

Celui qui était habituellement heureux, celle qui était toujours malheureuse, immobiles sur ce lit, voyaient avec méfiance la nuit devenir plus dense. Ils étaient deux compagnons séparés du reste du monde ! rien n'avait de sens que ce qui se passait dans leur cœur ; ils étaient transportés à travers les espaces infinis comme des enfants en diligence qui ignorent leur destination. Il se mit à fredonner, avec une gaieté désespérée, une vieille chanson datant de la guerre ; il ne voulait pas entendre le bruit des pas qui traversaient la cour et se dirigeaient vers la grange.

Coral posa les cuisses de poule et les *tortillas* sur le sol et ouvrit la porte avec sa clef. Elle portait une bouteille de *cerveza* Moctezuma sous le bras. Elle entendit le même frôlement dans l'obscurité : un homme qui bouge et qui a peur. « C'est moi », dit-elle pour le tranquilliser, mais sans allumer la lampe de poche. Elle ajouta :

« Je vous ai apporté une bouteille de bière, et de quoi manger.

— Merci, merci.

— Les gendarmes ont quitté le village. Ils vont vers le sud. Il faudra que vous alliez au nord. »

Il ne répondit pas.

Elle demanda, avec la curiosité indifférente des enfants :

« Qu'est-ce qu'ils vous feront, s'ils vous prennent ?

— Ils me fusilleront.

— Vous devez avoir grand-peur », dit-elle intéressée.

Il traversa la grange à tâtons se dirigeant vers la porte et la pâle lueur des étoiles.

« J'ai *grand*-peur, dit-il, et il trébucha sur un régime de bananes.

— Vous ne pouvez pas vous sauver d'ici ?

— J'ai essayé. Il y a un mois. Le bateau partait... et, juste à ce moment-là, j'ai reçu un appel.

— Quelqu'un avait besoin de vous ?

— Elle n'avait même pas besoin de moi », répondit-il avec amertume.

Coral pouvait distinguer son visage maintenant que la terre roulait au milieu des étoiles : son père aurait dit que c'était un visage qui n'inspire pas confiance.

« Vous voyez, dit-il, comme je suis indigne quand je parle ainsi.

— Indigne de quoi ? »

Il serra très fort contre lui sa petite valise et demanda : « Pourriez-vous me dire dans quel mois nous sommes ? Février ?

— Non, c'est aujourd'hui le 7 mars.

— Je rencontre rarement des gens qui sachent la date.

Donc, dans un mois, six semaines, les pluies vont commencer. » Il expliqua : « Quand les pluies viendront,
je serai presque en sécurité, voyez-vous, parce que les
gendarmes ne pourront plus circuler.

— Vous serez sauvé par les pluies ? » demanda-t-elle,
animée par le désir d'apprendre.

Le Bill de Réforme, la colline de Senlac, quelques
mots de français reposaient dans son cerveau comme
un petit trésor secret. Elle exigeait une réponse à chacune de ses questions et l'absorbait avec avidité.

« Oh ! non, non ! les pluies me permettront de vivre
cette vie pendant six mois de plus. » Il mordit dans une
cuisse de poulet. Coral sentit l'odeur de son haleine,
aigre comme une chose qui est restée trop longtemps
à la chaleur.

« Je préfère qu'on m'arrête.

— Mais, dit-elle avec logique, ne pourriez-vous aller
vous livrer, tout simplement ? »

Les réponses qu'il lui faisait étaient aussi directes,
aussi claires que ses questions.

« Il y a la souffrance, dit-il. Choisir une telle souffrance, ce n'est pas possible. En outre, c'est mon devoir
de ne pas me faire prendre. Vous comprenez, mon
évêque n'est plus ici. » Une étrange pédanterie le poussait à parler. « Ici, c'est ma paroisse. »

Il trouva une tortilla qu'il se mit à manger avec vora-
cité.

« C'est un vrai problème », dit-elle solennellement.

Elle entendit les glouglous qu'il faisait en buvant à
même la bouteille.

« J'essaie de me souvenir de mon bonheur d'autrefois. »

Une luciole éclaira son visage pendant quelques
secondes puis s'éteignit, c'était un visage de vagabond.
Quelles avaient pu être les causes de son bonheur ?

« En ce moment, poursuivit-il, à Mexico, on dit la
Bénédiction. L'évêque y assiste... Pensez-vous qu'il songe

quelquefois... ? Ils ne savent même pas que je suis encore en vie.

— Naturellement, dit la petite fille, vous pourriez... renoncer.

— Je ne comprends pas.

— Renoncer à votre foi, précisa-t-elle en employant le vocabulaire de son *Histoire d'Europe*.

— C'est impossible. Il n'y a pas d'issue. Je suis prêtre. C'est tout à fait hors de mon pouvoir. »

L'enfant l'écoutait avec passion.

« Comme une tache de naissance », dit-elle.

Elle l'entendit qui, des lèvres, tirait désespérément sur la bouteille.

« Je crois que je pourrais trouver le cognac de papa.

— Oh ! mais non. Il ne faut pas voler. »

Il but jusqu'à la dernière goutte de bière ; un long sifflement de bouteille vide, dans le noir ; il ne restait plus rien.

« Il faut que je parte, dit-il. Tout de suite.

— Vous pouvez toujours revenir ici.

— Votre père ne serait pas content.

— Il n'a pas besoin de le savoir, dit-elle, moi, je m'occuperai de vous. Ma chambre est juste en face de cette porte. Vous n'auriez qu'à taper à ma fenêtre. Peut-être, continua-t-elle avec le plus grand sérieux, faudrait-il que nous ayons un code. Si quelqu'un d'autre venait taper. »

Il dit d'une voix horrifiée :

« Un homme ?

— Oui. On ne sait jamais. Un autre fugitif qui veuille échapper à la justice.

— Tout de même, remarqua-t-il, un peu abasourdi, c'est peu probable.

— Ça arrive, répondit-elle d'un air dégagé.

— Est-ce déjà arrivé ?

— Non. Mais maintenant je veux être prête. Vous taperez trois coups : un court, deux longs. »

Il pouffa brusquement de rire comme un enfant :

« Comment peut-on taper un long coup ?

— Comme ça.

— Ah ! vous voulez dire fort.

— Je dis long parce que c'est du morse. »

Il n'était pas du tout à la hauteur. Il dit à la petite fille :

« Vous êtes très bonne. Voulez-vous prier pour moi ?

— Oh ! non, dit-elle, je n'y crois pas.

— Vous ne croyez pas à la prière ?

— Je ne crois pas en Dieu. Voyez-vous, j'ai perdu la foi quand j'avais dix ans.

— Tiens, tiens, dit-il. Alors c'est moi qui prierai pour vous.

— Certainement, si ça vous fait plaisir, dit-elle d'un ton protecteur. Si vous revenez, je vous apprendrai l'alphabet morse. Il pourrait vous être utile.

— Comment ?

— Si vous vous cachiez dans la plantation, je pourrais vous communiquer, avec mon petit miroir, des renseignements sur les mouvements de l'ennemi. »

Il l'écoutait avec le plus grand sérieux.

« Mais est-ce que l'ennemi ne vous verrait pas ?

— Oh ! dit-elle, j'inventerais une explication. »

Elle avançait méthodiquement, un pas à la fois, éliminant à mesure toutes les objections.

« Adieu, mon enfant », dit-il.

Il hésita près de la porte.

« Peut-être... puisque les prières ne vous intéressent pas... peut-être que vous aimeriez... Je connais un très bon tour de prestidigitation.

— J'aime beaucoup ça.

— Il se fait avec des cartes. Est-ce que vous avez des cartes ?

— Non. »

Il soupira : « Alors, rien à faire », et de nouveau eut

un petit rire. Elle sentit des relents de bière dans son haleine.

« Ma seule ressource sera donc de prier pour vous.

— Vous n'avez pas l'air d'avoir peur, dit-elle.

— Une bouteille de bière transforme un poltron de façon miraculeuse. Si j'avais bu un peu d'alcool, je serais capable de tenir tête au diable... » Il trébucha sur le pas de la porte.

« Adieu, dit-elle. J'espère que vous vous échapperez. » Un faible soupir lui parvint dans la nuit. Elle ajouta doucement : « S'ils vous tuent, je ne leur pardonnerai jamais, jamais. » Elle était prête à accepter sans hésitation n'importe quelle responsabilité, même celle de la vengeance. C'était sa raison de vivre.

Une demi-douzaine de huttes faites de clayonnages et de boue se dressaient au milieu d'une clairière ; deux d'entre elles étaient en ruine. Quelques cochons fouillaient la terre de leur groin, tandis qu'une vieille femme, portant une torche enflammée, allait de hutte en hutte pour allumer un petit feu au centre, afin d'emplir la demeure d'une fumée qui chasserait les moustiques. Les femmes occupaient deux des cabanes, les cochons l'autre ; dans la dernière de celles qui étaient encore solides, et où l'on gardait la provision de maïs, vivaient un vieil homme, un jeune garçon et toute une tribu de rats. Le vieil homme, debout dans la clairière, regardait le feu qui passait de place en place en vacillant dans l'ombre : on eût dit un rite répété chaque jour à la même heure pendant une vie entière. Avec ses cheveux blancs, sa barbe de plusieurs jours, blanche aussi, ses mains hâlées et aussi fragiles que les feuilles mortes du dernier automne, le vieillard produisait un étonnant effet de permanence. Il ne pouvait guère changer désormais, ayant atteint le bord même de l'existence : il était vieux depuis bien des années.

L'étranger déboucha sur la clairière. Il portait ce qui avait été une paire de chaussures de ville, noires et pointues ; il n'en restait que le dessus, de sorte qu'en fait, il marchait pieds nus. Ses chaussures étaient symboliques comme les étendards couverts de toiles d'araignée qui flottent dans les églises. Il était vêtu d'une chemise et d'un pantalon noir déchiré et tenait sa petite valise comme un voyageur abonné au chemin de fer. Lui aussi approchait de l'état de permanence, mais l'on voyait encore sur lui les cicatrices du temps ; ses souliers en lambeaux étaient la marque d'un passé différent ; les sillons de son visage révélaient ses craintes et ses espoirs pour l'avenir. La vieille porteuse de flambeau s'arrêta entre deux huttes, pour l'examiner. Il s'avança sur la clairière, les yeux fixés au sol et les épaules voûtées, comme s'il se sentait exposé aux regards. Le vieil homme vint à sa rencontre : il prit la main de l'étranger et la baisa.

« Pouvez-vous me donner un hamac pour cette nuit ?

— Ah ! mon Père, un hamac vous ne le trouverez qu'en ville. Ici, vous serez forcé de vous accommoder de ce qu'il y a.

— Peu importe. Rien qu'un endroit où je puisse m'étendre. Et pourriez-vous me donner un peu... un peu d'alcool ?

— Du café, mon Père. Nous n'avons rien d'autre.

— Quelque chose à manger ?

— Nous n'avons pas du tout de nourriture.

— Ça ne fait rien. »

Le jeune garçon sortit de la hutte et vint les regarder. Tous les gens le regardaient : c'était comme aux courses de taureaux, l'animal est fatigué, les spectateurs attendent son prochain mouvement. Ils n'avaient pas le cœur dur ; ils savouraient ce spectacle peu commun : une misère plus grande que la leur. L'étranger gagna la hutte en boitillant. A l'intérieur, l'on n'était éclairé que jusqu'aux genoux. Sur le sol, ce n'était pas une flamme, mais une combustion lente et qui sans cesse mourait. La pièce était à demi remplie par une meule de maïs : des rats circulaient avec un bruissement parmi les feuilles sèches des épis. Il y avait un lit fait de terre et couvert d'un paillasson ; deux caisses servaient de table. L'étranger s'allongea et le vieux ferma la porte derrière eux.

« N'ai-je rien à craindre ?

— Le petit va faire le guet. Il sait.

— Vous m'attendiez ?

— Non, mon Père. Mais il y a cinq ans que nous n'avons pas vu de prêtre... ça devait arriver un jour. »

Il tomba dans un sommeil inquiet et le vieillard s'accroupit sur le sol, soufflant sur le feu pour l'attiser. Quelqu'un frappa à la porte et le prêtre se dressa brusquement. « Ce n'est rien, dit le vieux, c'est votre café, mon Père. » Il le lui apporta, un café de maïs grisâtre qui fumait dans un récipient de fer-blanc, mais le prêtre était trop fatigué pour boire. Il restait étendu sur le côté, absolument immobile : un rat blotti dans le maïs le regardait.

« Hier, des soldats sont venus ici », dit le vieux.

Il souffla sur le feu ; des nuages de fumée montèrent et emplirent la hutte. Le prêtre se mit à tousser et le rat disparut dans le maïs comme l'ombre d'une main.

« Mon Père, le garçon n'a pas été baptisé. Le dernier prêtre qui est venu ici demandait deux pesos. Je n'avais qu'un peso. Et maintenant, je n'ai plus que cinquante centavos.

— Demain, dit le prêtre épuisé de fatigue.

— Direz-vous la messe demain matin, mon Père ?

— Oui, oui.

— Et la confession, mon Père. Entendrez-vous nos confessions ?

— Oui, mais laissez-moi dormir avant. »

Il se mit sur le dos et ferma les yeux pour les protéger de la fumée.

« Nous n'avons pas d'argent à vous donner, mon Père. L'autre prêtre, le père José...

— Donnez-moi des vêtements au lieu d'argent, dit-il avec irritation.

— Mais nous n'avons que ceux que nous portons.

— Vous prendrez les miens en échange. »

Le vieux se mit à marmonner des protestations tout bas, en regardant furtivement ce que la lumière du feu lui permettait d'apercevoir des vêtements noirs déchirés.

« S'il le faut, mon Père », dit-il.

Il souffla tranquillement sur le feu pendant quelques minutes. Les yeux du prêtre se refermèrent.

« Après cinq ans, on a tellement de péchés à confesser. »

Le prêtre se mit vivement sur son séant.

« Qu'est-ce que c'est ? dit-il.

— Vous avez rêvé, mon Père. Le gamin vous avertira si les soldats reviennent. Je vous disais seulement...

— Ne pouvez-vous pas me laisser dormir cinq minutes ? »

Il se recoucha : quelque part dans les huttes occupées par les femmes, une voix chantait : « J'ai descendu dans mon jardin, et j'y ai trouvé une rose... »

Le vieillard dit doucement :

« Comme ce serait dommage si les soldats arrivaient avant que nous n'ayons eu le temps... Quel fardeau sur nos pauvres âmes, mon Père... »

Le prêtre se souleva et s'appuyant contre le mur dit d'un ton furieux :

« Très bien. Commencez. Je vais écouter votre confession. »

Les rats s'agitaient dans le maïs.

« Eh bien, allez-y. Ne perdez pas de temps. Dépêchons. Quand avez-vous ?... »

Le vieillard s'agenouilla à côté du feu, tandis qu'à l'autre bout de la clairière la femme chantait : « J'ai descendu dans mon jardin et la rose s'y était flétrie. »

« Il y a cinq ans. » Il s'arrêta pour souffler sur le feu.
« C'est difficile de se rappeler, mon Père.

— Avez-vous eu des pensées impures ? »

Le prêtre s'adossa au mur, les jambes repliées sous
lui et les rats, habitués aux voix, s'agitèrent de nouveau
dans le maïs.

Le vieillard triait ses péchés avec difficulté, tout en
soufflant sur le feu.

« Faites un bon acte de contrition, dit le prêtre, et
dites... dites... Avez-vous un chapelet ?... Bon, alors, réci-
tez les Mystères Joyeux. »

Ses yeux se fermèrent, ses lèvres et sa langue bredouil-
lèrent l'absolution qu'elles ne parvinrent pas à terminer... Avec un sursaut, il se réveilla.

« Puis-je amener les femmes ? demanda le vieux. Il y
a cinq ans...

— Oh ! qu'elles viennent, qu'elles viennent toutes,
s'écria le prêtre avec colère. Je suis votre serviteur. »

Il se couvrit les yeux de sa main et se mit à pleurer.
Le vieil homme alla ouvrir la porte ; dehors, il ne faisait
pas complètement noir sous la voûte immense du ciel
constellé d'étoiles. Il alla jusqu'aux huttes des femmes
et frappa.

« Venez, dit-il, il faut venir vous confesser. Par poli-
tesse pour le Père. »

Elles répondirent en gémissant qu'elles étaient fati-
guées, que ce serait bien assez tôt le lendemain matin.

« Voulez-vous donc lui faire affront ? Pourquoi croyez-
vous qu'il soit venu ici ? C'est un Père très saint. Et le
voilà qui pleure dans sa hutte à cause de nos péchés. »

Il les poussa dehors ; l'une derrière l'autre, elles s'ache-
minèrent à travers la clairière, vers la hutte ; tandis que
le vieillard descendait le sentier conduisant au fleuve
pour relever le jeune garçon de sa garde et surveiller le
gué, au cas où les soldats arriveraient.

IV

LES TÉMOINS

DEPUIS des années Mr. Tench n'avait pas écrit une seule lettre. Assis à son établi, il suçotait une plume d'acier. Obéissant à une étrange impulsion, il allait lancer sa lettre au hasard dans l'espace, en se servant de la dernière adresse qu'il connût... Southend. Comment savoir qui est mort, qui vit encore... ? Il essaya de s'y mettre. Aussi difficile que de rompre la glace dans une réunion de gens où l'on ne connaît personne. Il libella d'abord l'enveloppe : « Mrs. Henry Tench, aux bons soins de Mrs. Marsdyke, 3, The Avenue, Westcliff. » C'était la maison de sa belle-mère, cette virago qui fourrait son nez partout et l'avait forcé à poser sa plaque de dentiste sur une maison de Southend pendant cette période de malheur. « Prière de faire suivre », ajouta-t-il. Elle ne le ferait pas si elle reconnaissait son écriture, mais après toutes ces années, elle l'avait sûrement oubliée.

Il suça la plume couverte d'encre... et puis après ? La chose aurait été plus facile, s'il avait eu un autre but que le vague désir d'affirmer — à quelqu'un d'autre —

qu'il vivait encore. Ça pourrait la gêner beaucoup, si elle
s'était remariée, mais, dans ce cas, elle n'hésiterait pas
à déchirer sa lettre. Il écrivit : *Chère Sylvia*, d'une
grosse écriture enfantine bien lisible, en écoutant le ron-
flement du petit fourneau. Il fabriquait un alliage d'or ;
il n'existait pas dans cette ville de dépôt où il pût acheter des produits tout préparés. En outre, un dépôt ne
lui eût jamais fourni de l'or à quatorze carats pour ses
travaux dentaires et il n'avait pas les moyens d'acheter
un métal plus fin.

L'ennui... c'est qu'il n'arrivait jamais rien. Il menait
une vie telle que Mrs. Marsdyke elle-même n'aurait pu
exiger de lui plus de sobriété, de régularité, de respec-
tabilité.

Il lança un coup d'œil sur le creuset : l'or en fusion
était sur le point de se mêler à l'alliage : il y mit une
cuillerée de charbon végétal afin de protéger le mélange
contre le contact de l'air, reprit sa plume et se remit à
rêvasser devant son papier. Il n'avait pas un souvenir
très net de sa femme, il se rappelait seulement les cha-
peaux qu'elle portait. Comme elle serait surprise de recevoir de ses nouvelles après toutes ces années. Ils
n'avaient échangé qu'une lettre depuis la mort du petit
garçon. Les années n'avaient plus aucun sens pour lui.
Elles passaient assez rapidement sans qu'il eût à changer aucune de ses habitudes. Il avait envisagé de rentrer
en Angleterre six ans auparavant, mais la révolution
avait fait tomber le cours du peso, alors il était venu
s'installer dans le Sud. A présent, il avait de nouveau
amassé un peu d'argent, mais le peso avait encore baissé
le mois dernier, une nouvelle révolution quelque part.
Il n'y avait plus qu'à attendre... Il remit la plume entre
ses dents et sa mémoire fondit à la chaleur de la petite
pièce sans air. Pourquoi écrire ? Il ne se rappelait même
plus comment cette drôle d'idée lui était venue. Quelqu'un frappa à la porte extérieure et Mr. Tench abandonna sur l'établi la lettre où les mots *Chère Sylvia* se

détachaient en traits appuyés, distincts et vains. La cloche d'un bateau tinta sur le bord du fleuve : c'était le *Général-Obregon* qui revenait de Veracruz. Un souvenir s'éveilla : comme si une chose vivante, une chose en détresse s'était mise à bouger dans la petite pièce du devant, entre les rocking-chairs... « Un après-midi intéressant : que lui est-il arrivé, je me demande, quand ?... » puis la chose mourut, ou quitta la maison : Mr. Tench avait l'habitude de voir souffrir, c'était son métier. Il attendit, prudemment, et ce ne fut qu'après avoir entendu une main tambouriner contre la porte et une voix crier : *Con amistad* (on ne peut se fier à personne), qu'il se décida à tirer les verrous et à ouvrir la porte pour introduire un client.

Le Padre José franchit le grand porche classique où le mot *Silencio* s'inscrivait en lettres noires, et pénétra dans ce que les gens appelaient le Jardin de Dieu. On eût dit un lotissement où chacun avait fait construire sans se soucier du style de la maison d'à côté. Les grands mausolées de pierre étaient de toutes les hauteurs et de toutes les formes ; parfois un ange aux ailes couvertes de lichen se dressait sur le toit, parfois l'on pouvait distinguer par une porte vitrée des fleurs de métal en train de rouiller sur une étagère : ce qui vous donnait l'impression de regarder dans la cuisine d'une maison dont les propriétaires seraient partis en oubliant de nettoyer les vases à fleurs. Un air d'intimité régnait... on pouvait aller partout et tout examiner. La vie s'était complètement retirée de ce lieu.

Il cheminait entre les tombes, très lentement à cause de son obésité. Il trouvait enfin un peu de solitude dans cet enclos où les enfants ne venaient pas et il y sentait naître une nostalgie vague qui valait mieux que l'indifférence totale. Certains de ces morts avaient été enterrés par lui. Ses petits yeux aux paupières enflammées se tournaient de côté et d'autre. Lorsqu'il eut contourné l'énorme masse grise du tombeau des Lopez — une famille de négociants qui, cinquante ans avant, possédaient le seul hôtel de la capitale — il s'aperçut qu'il n'était pas seul. On creusait une tombe au bout du cimetière contre le mur : deux hommes travaillaient à la hâte, une femme et un vieillard se tenaient près du trou. Un cercueil d'enfant gisait à leurs pieds. En un rien de temps, l'on atteignait la profondeur nécessaire dans ce sol spongieux. Tout de suite, l'eau montait : c'est pourquoi ceux qui étaient assez riches bâtissaient leurs monuments au-dessus du sol.

Ils s'arrêtèrent de travailler et regardèrent le Padre José qui recula de biais vers le tombeau des Lopez avec la sensation d'être un intrus. On ne sentait aucun signe de deuil dans la vive lumière de ce ciel brûlant. Une buse était perchée sur un toit proche du cimetière. Une voix appela : « Padre. »

Le Père José leva la main d'un geste timide, comme pour protester qu'il n'était pas là, qu'il était parti très loin, hors de vue.

« Padre José », répéta le vieillard. Tous le regardèrent avidement : avant de l'apercevoir, ils étaient tout à fait résignés, mais maintenant ils se montraient anxieux, comme affamés... Le Père José se fit tout petit et s'écarta du groupe. « Padre José », répéta le vieillard. « Une prière ? » Ils lui souriaient et attendaient. Ils étaient habitués à voir mourir les gens, mais voici que la possibilité d'un bonheur inespéré venait de surgir entre les tombes ; ils allaient pouvoir s'enorgueillir de ce qu'un membre au moins de leur famille eût été mis en terre accompagné d'une prière officielle.

« C'est impossible, répondit le Père.

— C'était hier la fête de sa sainte Patronne, dit la femme comme si ceci dût faire une différence. Elle avait cinq ans. » C'était une de ces femmes loquaces qui montrent les photographies de leurs enfants à des gens qu'elles ne connaissent pas ; mais tout ce que celle-ci avait à montrer, c'était un cercueil.

« Je regrette beaucoup. »

Pour mieux s'approcher du Père José, le vieillard repoussa du pied le cercueil : si petit, si léger qu'il eût pu ne contenir que des os.

« On ne vous demande pas tout le service, dit-il, rien qu'une prière. C'était... une innocente. »

Le mot rendit un son étrange, archaïque, spécial à la petite ville pierreuse, hors du temps, autant que le mausolée des Lopez.

« C'est contre la loi.

— Son nom de baptême était Anita. J'étais malade quand je l'ai eue, expliqua-t-elle comme pour excuser la santé délicate de l'enfant qui leur avait causé tous ces ennuis.

— La loi... »

Le vieil homme posa un doigt sur son nez.

« Vous pouvez avoir confiance en nous. Il ne s'agit que d'une prière très courte. Je suis son grand-père. Voici sa mère, son père, son oncle. Vous pouvez avoir confiance en nous. »

Mais, justement, le drame était là... il ne pouvait avoir confiance en personne. Ils ne seraient pas plus tôt rentrés chez eux qu'ils commenceraient, l'un ou l'autre, à se vanter. Le prêtre ne cessait de reculer, secouant la tête, joignant ses mains grassouillettes, se cognant presque contre le monument des Lopez. Il avait peur et pourtant un curieux orgueil le prenait à la gorge, de ce qu'on le traitât de nouveau comme un prêtre, avec respect...

« Si je pouvais, mes enfants... »

Brusque et inattendu, le désespoir tomba sur le cimetière. Ils étaient habitués à voir mourir leurs enfants, mais ils n'étaient pas habitués à la chose que le reste du monde connaît mieux que tout... voir un espoir s'évanouir. La femme se mit à pleurer, sans larmes, avec les bruits que fait un animal pris au piège pour implorer qu'on le délivre : le vieil homme tomba à genoux, les mains tendues.

« Padre José, dit-il, vous êtes le seul... »

On eût dit qu'il réclamait un miracle. Le Père José fut envahi d'une immense tentation de courir tous les risques et de prononcer une prière sur cette tombe ; un désir insensé le saisit de faire son devoir et, de sa main tendue, il traça le signe de la croix en l'air ; puis la peur lui remonta à la gorge comme le goût d'une drogue. L'avilissement et la sécurité l'attendaient près du quai : il voulait partir. Vaincu, il tomba à genoux et les supplia :

« Laissez-moi. Je suis indigne. Ne voyez-vous pas que je ne suis qu'un lâche ? »

Les deux vieillards à genoux se faisaient face au milieu des tombes, le petit cercueil poussé de côté n'était plus qu'un prétexte ; la scène entière était ridicule. Il savait qu'elle était très ridicule : il avait passé toute sa vie à s'analyser et pouvait se voir tel qu'il était : gros, laid, vieux, humilié. C'était comme si tout le chœur suave des anges s'était tu pour ne laisser entendre que les voix des gamins du patio : « Viens au lit, José, au lit », voix grêles, stridentes, plus atroces que jamais. Il savait qu'il était aux prises avec le péché sans rémission : le désespoir.

« Enfin arriva, lisait tout haut la mère, le jour béni où « le noviciat de Juan fut terminé. Oh ! quel jour d'allé- « gresse ce fut pour sa mère et ses sœurs ! Jour un peu « triste aussi, car la chair a ses faiblesses et comment « auraient-elles pu ne pas s'affliger de la perte d'un jeune « fils, d'un frère aîné... Ah ! si elles avaient su que, ce « même jour, elles gagnaient un saint qui du haut des « cieux prierait pour elles ! »

La plus jeune des fillettes, assise sur le lit, demanda : « Avons-nous tous un saint ?

— Bien sûr.

— Pourquoi voulaient-elles en avoir un de plus alors ? »
La mère continua sa lecture.

« Le lendemain, la famille entière reçut la Sainte
« Communion des mains qui d'un fils, qui d'un frère.
« Puis, ils dirent adieu tendrement — ils ne se dou-
« taient pas que c'était pour toujours — au nouveau
« Soldat du Christ, et rentrèrent chez eux à Morelos.
« Déjà, des nuages obscurcissaient les cieux et le pré-
« sident Calles discutait les lois contre les catholiques
« dans son palais de Chapultepec. Satan s'apprêtait à
« attaquer l'infortuné Mexique. »

— Quand est-ce qu'ils vont commencer à fusiller ? »
demanda le petit garçon, en s'agitant contre le mur.

Sa mère poursuivit impitoyablement.

« Juan, à l'insu de tous, sauf de son confesseur, se pré-
« parait aux mauvais jours proches par les plus sévères
« mortifications. Ses compagnons n'en soupçonnaient
« rien, car il était toujours le boute-en-train dans les
« entretiens les plus joyeux, et pour l'anniversaire du
« fondateur de l'Ordre, c'est lui... »

— Je sais, je sais, dit le garçon. Il a joué une pièce. »
Les petites filles écarquillèrent les yeux de surprise.

« Et pourquoi pas, Luis ? » demanda la mère, qui s'arrêta, le doigt posé sur le livre interdit. Il jeta à sa mère
un regard noir.

« Et pourquoi pas, Luis ? » répéta-t-elle. Elle attendit
un instant, puis reprit sa lecture. Les fillettes regardaient
leur frère avec horreur et admiration.

« C'est lui..., lut la mère, qui obtint l'autorisation de
« jouer une petite pièce en un acte, fondée sur... »

— Oui, je sais, dit le garçon, sur l'histoire des cata-
combes. »

Les lèvres pincées, la mère continua :

« ... Sur les persécutions des premiers martyrs chré-
« tiens. Peut-être se rappelait-il que, dans son enfance,
« il avait été Néron devant le bon évêque, mais, cette

« fois, il insista pour jouer le rôle comique d'un mar-
« chand de poissons de Rome... »

— Je n'en crois pas un mot, dit le garçon avec une
fureur sombre, pas un seul mot.

— Comment peux-tu oser ?

— Il est impossible qu'on soit aussi bête. »

Les petites filles pétrifiées, écarquillant leurs grands
yeux d'anges, prenaient à l'incident une joie diabolique.

« Va trouver ton père.

— J'irai n'importe où pour fuir cette... cette..., dit l'enfant.

— Répète-lui ce que tu viens de me dire.

— Cette...

— Sors d'ici. »

Il sortit en claquant la porte. Son père, debout devant
la fenêtre de la *sala*, regardait à travers les barreaux.
Les cancrelats se cognaient avec des détonations contre
la lampe à huile et, s'étant brisé les ailes, se traînaient
sur le sol dallé.

« Ma mère m'a ordonné de vous dire que je ne croyais
pas un mot du livre qu'elle est en train de nous lire...

— Quel livre ?

— Le livre du Saint.

— Oh ! ça... » dit-il avec tristesse.

Personne ne passait dans la rue, rien n'arrivait. Il était
neuf heures et demie et toutes les lampes étaient éteintes.

« Sois indulgent, dit-il. Pour nous, vois-tu, tout semble
fini. Ce livre... c'est un peu de notre enfance.

— Mais il est tellement idiot.

— Tu ne peux pas te rappeler le temps où nous avions
la Religion. J'ai toujours été assez mauvais catholique,
mais tout de même c'était, c'était la musique, les lumières, un endroit où l'on peut s'abriter de l'extrême chaleur, et pour ta mère, mon Dieu, cela lui fournissait
une occupation constante. Si seulement nous avions
un théâtre, n'importe quoi à mettre à la place, nous

ne nous sentirions pas tellement... tellement abandonnés.

— Mais ce Juan, protesta le garçon, paraît avoir été un tel idiot.

— On l'a tué, n'est-ce pas ?

— Oh ! oui, comme on a tué Villa, Obregon, Madero...

— Qui t'a parlé d'eux ?

— Nous y jouons. Hier, c'est moi qui étais Madero. Les autres m'ont fusillé sur la plaza... tentative d'évasion. »

Au loin, dans la nuit lourde, on battait du tambour ; l'odeur âcre de la rivière emplissait la chambre, elle leur paraissait familière autant que l'odeur de la suie dans les grandes villes.

« On a tiré au sort, pile ou face. Moi, j'ai été Madero : il a fallu que Pedro soit Huerta. Il s'est enfui à Veracruz par le fleuve, Manuel l'a poursuivi... Il était Carranza. »

Le père, les yeux fixés sur la rue, chassa un cafard qui grimpait le long de sa chemise ; le bruit d'une marche cadencée approcha.

« Alors, dit-il, je suppose que ta mère est très mécontente.

— Et toi ? demanda l'enfant.

— Pourquoi le serais-je ? Ce n'est pas ta faute. Nous avons été abandonnés. »

Les soldats passèrent ; pour regagner leur caserne, ils gravirent la colline et longèrent ce qui avait été jadis la cathédrale. Ils perdaient souvent le pas malgré les tambours qui battaient, ils avaient l'air mal nourris, et n'étaient pas encore faits au métier de guerrier. Ils suivaient la rue noire en marchant dans une sorte de torpeur ; le petit garçon les suivit des yeux, avec une espérance ardente, jusqu'à ce qu'ils fussent hors de vue.

Mrs. Fellows se balançait dans sa chaise, d'avant en arrière...

« Alors Lord Palmerston déclara que si le Gouverne-

« ment grec ne se conduisait pas correctement envers
« Don Pacifico... »

— Ma chérie, dit-elle, j'ai très mal à la tête, je crois
qu'il faut nous arrêter pour aujourd'hui.

— Volontiers. Moi aussi, j'ai un peu de migraine.

— Je crois que tu vas te sentir mieux tout de suite.
Veux-tu ranger les livres ? »

Les petits volumes fatigués étaient arrivés par poste,
et venaient d'une entreprise de Paternoster Row appelée
Cours Privé Ltd ; c'était tout un cycle d'enseignement
qui commençait par : « apprendre à lire sans larmes »
et vous amenait progressivement au Bill de Réforme, à
Lord Palmerston, et aux poèmes de Victor Hugo. Tous
les six mois, ils envoyaient des questions d'examen et
Mrs. Fellows étudiait laborieusement les réponses et donnait des notes à sa fille. Elle envoyait ces notes à Paternoster Row où, quelques semaines plus tard, elles étaient
mises en fiches ; une fois, elle avait oublié ses devoirs
parce qu'il y avait eu des fusillades à Zapata et elle
avait reçu une petite formule imprimée commençant
par :

« Chers Parents, j'ai le regret de constater... » L'ennui,
c'est qu'elles étaient maintenant en avance de plusieurs
années sur le programme — elles avaient si peu d'autres
livres à lire — de sorte que les sujets d'examen avaient
plusieurs années de retard. Parfois l'établissement
envoyait des certificats gravés en reliefs destinés à être
encadrés, annonçant que Miss Carol Fellows avait passé
troisième avec mention dans la seconde division, et
c'était signé au tampon de caoutchouc : Henry Beckley
B. A. Directeur du Cours Privé Ldt, et quelquefois il
arrivait une petite lettre personnelle, tapée à la machine,
ainsi rédigée : *Chère élève, je trouve que vous devriez
apporter plus d'attention cette semaine à...* Les lettres
portaient toujours la même signature bleue un peu bar-
bouillée et mettaient six semaines à arriver.

« Ma chérie, dit Mrs. Fellows, veux-tu aller trouver la

cuisinière et commander le déjeuner ? Rien que pour toi.
Je serais incapable d'avaler un morceau et ton père n'est
pas dans la plantation.

— Mère, dit l'enfant, crois-tu à l'existence de Dieu ? »
La question épouvanta Mrs. Fellows. Elle se balança
furieusement plusieurs fois et répondit :

« Naturellement.

— Je veux dire à l'Immaculée Conception... et tout ça.

— Ma petite fille, quelle question ! A qui as-tu encore
parlé ?

— Oh ! à personne, dit l'enfant, j'ai réfléchi, voilà
tout. »

Elle n'attendit pas d'autre réponse, elle savait bien
qu'il n'y en aurait pas. C'est à elle qu'il appartenait toujours de prendre les décisions. Henry Beckley B.A. avait
fait entrer cela dans une de ses premières leçons. Ce
n'était pas plus difficile à accepter que le Petit Poucet
et ses bottes de sept lieues. A l'âge de dix ans, elle avait
rejeté impitoyablement ces deux contes. A ce moment-là,
elle avait commencé l'algèbre.

« J'espère que ce n'est pas ton père qui...

— Oh ! non !... »

Elle se coiffa de son casque et partit dans l'ardente
chaleur de dix heures du matin pour aller trouver la cuisinière... Elle avait l'air plus fragile que jamais, et plus
indomptable. Quand elle eut donné ses ordres, elle alla
jusqu'à l'entrepôt pour surveiller les peaux d'alligator
clouées sur un mur ; ensuite elle traversa les écuries pour
voir si les mules étaient en bonne forme. Elle portait
avec elle ses responsabilités précautionneusement,
comme un objet de porcelaine, à travers la cour brûlante : il n'y avait pas de question à laquelle elle ne fût
prête à répondre ; les vautours s'envolaient paresseusement à son approche.

Elle revint à la maison et dit à sa mère :

« C'est jeudi.

— Vraiment, chérie ?

— Est-ce que papa s'est occupé d'envoyer les bananes, au quai ?

— Comment veux-tu que je le sache, mon petit ? »

Elle retourna vivement dans la cour et sonna une cloche : un Indien arriva. Non, les bananes étaient encore sous le hangar. Aucun ordre n'avait été donné. « Descendez-les, dit-elle, immédiatement. Allons, vite. Le bateau va arriver. »

Elle alla chercher le Grand Livre de son père et se mit à compter les régimes à mesure qu'on les sortait, une centaine de bananes environ sur chaque régime qui valait quelques sous. Il fallut plus de deux heures pour vider le dépôt. Le travail devait être fait ; une fois déjà, son père avait oublié le jour. Au bout d'une demi-heure, elle se sentit fatiguée, elle n'était pas, d'habitude, aussi lasse dès le début de la journée. Elle s'appuya contre le mur, mais il lui brûlait les omoplates. Elle n'en voulait à personne de ce qu'elle était là, à s'occuper de tout sur place : le mot « jeu » n'avait aucun sens pour elle dont toute la vie était adulte. Dans un des premiers livres de lectures de Henry Beckley, il y avait une image représentant le goûter de la poupée : cela lui était incompréhensible comme une cérémonie rituelle qu'elle aurait ignorée ; elle ne voyait pas pourquoi on « ferait semblant ». Quatre cent cinquante-six. Quatre cent cinquante-sept. La sueur ruisselait le long du corps des *peones*, en nappe régulière, comme l'eau d'une douche. Une douleur horrible la prit brusquement au ventre, un chargement de bananes passa sans qu'elle l'eût noté et elle se hâta de rattraper ses calculs. Pour la première fois, son sens de la responsabilité lui parut un fardeau porté depuis trop d'années. Cinq cent vingt-cinq. Cette douleur était nouvelle (cette fois-ci, ce n'était pas les vers) mais ne lui faisait pas peur : on eût dit que son corps l'attendait, qu'il s'y était préparé en grandissant, comme l'âme accepte en grandissant la perte de la tendresse. On ne pouvait pas dire dans son cas que l'enfance la quittait :

l'enfance était un état dont elle n'avait jamais eu vraiment conscience.

« Est-ce le dernier ? demanda-t-elle.

— Oui, señorita.

— Etes-vous sûr ?

— Oui, señorita. »

Mais il fallait qu'elle s'en assurât. Jamais jusqu'à ce jour l'idée ne lui était venue de reculer devant la besogne. (Si elle ne le faisait pas, personne ne le ferait.) Mais aujourd'hui, elle avait besoin de s'allonger, de dormir ; si toutes les bananes ne partaient pas, ce serait la faute de son père. Elle se demanda si elle avait la fièvre : ses pieds étaient glacés sur le sol brûlant. « Oh ! on verra bien », pensa-t-elle. Et patiemment, elle s'en alla jusqu'à la grange, trouva la lampe de poche et l'alluma. Oui, la grange paraissait bien débarrassée, mais Coral ne faisait jamais les choses à moitié. Elle s'avança jusqu'au mur du fond, en tenant la lampe devant elle. Une bouteille vide roula à ses pieds, elle baissa la lumière et lut : *Cerveza Moctezuma*. Ensuite la torche électrique éclaira le mur : en bas, près du sol, elle vit en s'approchant qu'on avait griffonné à la craie — une quantité de petites croix apparurent dans le cercle de lumière. Il avait dû essayer, machinalement, pendant qu'il était couché au milieu des bananes, d'atténuer sa terreur en écrivant quelque chose, et c'était tout ce qu'il avait pu trouver. L'enfant, torturée par sa douleur de femme, resta debout, immobile, à regarder les croix. Cette matinée s'emplissait pour elle d'une nouveauté terrible : on eût dit que, ce jour-là, tout devait être mémorable.

Le chef de la police était au mess où il jouait au billard, quand le lieutenant le trouva. Il avait attaché un mouchoir autour de sa figure, dans l'illusion que son mal de dents en serait soulagé. Il enduisait de craie sa queue de billard en vue d'un coup délicat au moment où le lieutenant poussa la porte battante. Sur les étagères, on ne voyait que des bouteilles d'eau minérale et d'un liquide jaune appelé Sidral, garanti sans alcool. Le lieutenant resta sur le seuil, l'air scandalisé : la situation était humiliante, il en avait honte et aurait voulu éliminer de cette province tout ce qui pouvait exciter la raillerie des étrangers.

« Puis-je vous parler ? » demanda-t-il.

Le *jefe* grimaça — un élancement brusque — et se dirigea vers la porte avec une rapidité inaccoutumée : le lieutenant jeta un coup d'œil sur les anneaux enfilés à une corde et qui marquaient les points de chaque joueur : le chef était en train de perdre.

« Reviens... moment, dit le *jefe* qui expliqua au lieutenant : Veux pas ouvrir la bouche. »

Au moment où ils poussaient la porte, quelqu'un leva une queue de billard et repoussa subrepticement un des anneaux du *jefe*.

Ils remontèrent la rue côte à côte : le gros et le maigre. C'était dimanche et tous les magasins fermaient à midi, seul vestige de l'ancien régime. Aucun son de cloche, nulle part.

« Avez-vous vu le gouverneur ? demanda le lieutenant.

— Vous êtes autorisé à faire n'importe quoi, dit le *jefe*, n'importe quoi.

— Il s'en rapporte à nous ?

— Sous certaines conditions, répliqua-t-il avec une grimace de douleur.

— Lesquelles ?

— Vous tient pour responsable... si pas... attrapé... avant pluie...

— Tant que je ne serai responsable que de ça ! dit le lieutenant d'un air maussade.

— Vous l'avez voulu. Vous l'avez.

— J'en suis ravi. »

Il semblait au lieutenant qu'il voyait enfin à ses pieds le seul monde qui comptât pour lui. Ils passèrent devant l'édifice neuf construit pour le syndicat des Ouvriers et Paysans : par la fenêtre, ils apercevaient les grandes peintures murales d'une astucieuse audace : un prêtre caressant une femme dans le confessionnal, un autre se grisant avec le vin sacramentel.

« Bientôt, grâce à nous, ces images seront inutiles », dit le lieutenant.

Il regardait les peintures avec les yeux d'un étranger et elles lui paraissaient barbares.

« Pourquoi ?... Elles sont drôles.

— Un jour, ils oublieront qu'ils ont jamais eu une église. »

Le chef ne répondit pas. Le lieutenant savait qu'il pensait : que d'histoires pour rien du tout !

« Alors, quels sont mes ordres ? demanda-t-il d'un ton sec.

— Des ordres ?

— Vous êtes mon chef. »

Le *jefe* gardait le silence : de ses yeux malins, il surveillait discrètement le lieutenant.

« Vous savez que j'ai confiance en vous, lui dit-il brusquement. Faites ce que vous jugerez le plus opportun.

— Voulez-vous me répéter ça par écrit ?

— Oh ! non, c'est inutile. Nous nous connaissons, vous et moi. »

Ce fut le lieutenant qui céda le premier, parce que, pour lui, la chose comptait. Son avenir personnel ne l'intéressait pas.

« Je vais prendre des otages dans tous les villages, dit-il.

— Alors, il évitera les villages.

— Croyez-vous, dit le lieutenant avec amertume, qu'ils ignorent où il est ? Il est obligé de rester en rapports avec eux, sans quoi, il ne servirait plus à rien.

— Comme vous voudrez, dit le *jefe*.

— Et chaque fois que ce sera nécessaire, je fusillerai.

— Un peu de sang n'a jamais fait de mal à personne, dit le chef en manière de plaisanterie. Par où commencez-vous ?

— Par sa paroisse, je crois : Concepción, et puis peut-être son village natal.

— Pourquoi ce village ?

— Il pourrait s'y croire en sécurité. » Le lieutenant frôlait d'un air sombre les boutiques aux volets fermés. « Ça vaut bien qu'on tue quelques personnes. Mais *lui*, croyez-vous qu'il me soutiendra s'il y a du grabuge à Mexico ?

— Ça m'étonnerait, soit dit entre nous ; mais c'est vous... » Un élancement dans la dent lui imposa le silence.

« C'est moi qui l'ai voulu », termina le lieutenant à sa place.

Il se dirigea seul vers le poste de police tandis que le chef retournait à sa partie de billard. Il y avait peu de gens dans les rues, il faisait trop chaud. « Si seulement, pensa-t-il, nous avions une photo convenable. » Il aurait voulu connaître les traits de son ennemi. Une nuée d'enfants avaient pris possession de la plaza. Ils jouaient, d'un banc à l'autre, à un jeu mystérieux et compliqué ; une bouteille à eau minérale vide vola à travers l'air et vint s'écraser aux pieds du lieutenant. Sa main se porta à son étui de revolver, et il se retourna. Son regard rencontra le regard consterné d'un petit garçon.

« C'est toi qui as lancé cette bouteille ? »

Les lourds yeux bruns continuèrent de le fixer d'un air tragique.

« Pourquoi as-tu fait ça ?

— C'était une bombe.

— C'est sur moi que tu l'as jetée ?

— Non.

— Alors ?

— Sur un *gringo*. »

Le lieutenant eut un sourire, un mouvement maladroit des lèvres.

« Bon. Mais tu devrais mieux viser. »

Il fit rouler du pied la bouteille sur la route et essaya de trouver des mots qui montreraient à ces gamins qu'eux et lui étaient du même côté.

« Je suppose, dit-il, que le *gringo* était un de ces riches Yankees qui croient... » Mais surprenant dans le visage du gosse une expression de dévouement qui réclamait quelque chose en retour, le lieutenant eut conscience qu'au fond de son propre cœur se cachait une tendresse insatisfaite et mélancolique.

« Arrive ici », dit-il.

L'enfant approcha, pendant que ses compagnons craintifs formaient un demi-cercle d'où ils le surveillaient à distance respectable.

« Comment t'appelles-tu ?

— Luis. »

Le lieutenant ne savait que dire.

« Eh bien, Luis, il faut que tu apprennes à viser.

— Oh ! je voudrais savoir ! dit le petit garçon avec passion, les yeux rivés sur l'étui à revolver.

— Veux-tu voir mon revolver ? » demanda le lieutenant. Il sortit son lourd automatique de l'étui et le tendit ; les enfants s'approchèrent prudemment. « Voici le cran de sûreté. Soulève-le. Là. Maintenant il est prêt à tirer.

— Il est chargé ? demanda Luis.

— Il est toujours chargé. »

Le petit garçon sortit le bout de sa langue, et avala. Sa bouche s'emplissait de salive comme s'il avait reniflé l'odeur de la nourriture. Tous les enfants s'étaient rapprochés. Le plus hardi avança la main et toucha l'étui. Ils faisaient cercle autour du lieutenant. Quand il remit le revolver sur sa hanche, il se sentit entouré d'une allégresse craintive.

« Comment est-ce qu'on l'appelle ? demanda Luis.

— Un Colt 38.
— A combien de coups ?
— Six.
— Est-ce que vous avez tué quelqu'un avec ?
— Pas encore », répondit le lieutenant.

Ils étaient si intéressés qu'ils en retenaient leur haleine. Le lieutenant, la main posée sur son étui, surveilla un moment leurs yeux bruns, patients et ardents : c'est pour eux qu'il combattait. Il voulait éliminer de leur enfance tout ce qui l'avait rendu, lui, si malheureux : toute la pauvreté, la corruption, la superstition. Ils méritaient la vérité, et rien de moins que la vérité ; dans un univers vide, un monde qui se refroidissait, le droit de faire leur bonheur comme bon leur semblait. Il était prêt à se livrer pour eux à un massacre — d'abord l'Eglise, ensuite les étrangers, et enfin les politiciens — son propre chef lui-même devrait y passer à son tour. Il voulait recommencer le monde avec eux dans un désert.

« Oh ! dit Luis, je voudrais, je voudrais... » comme si son ambition était trop vaste pour qu'il pût la définir.

Le lieutenant avança la main, pour faire un geste d'affection, une caresse... mais ne sut pas comment s'y prendre. Alors il pinça l'oreille du petit garçon qu'il vit grimacer de douleur. Tous les enfants s'éparpillèrent comme des oiseaux et le lieutenant continua seul son chemin, à travers la plaza, vers le poste de police, petit homme à la mise soignée, cachant sous sa figure de haine ce lourd secret d'amour. Sur le mur du bureau, le bandit regardait toujours obstinément, de profil, le groupe de Première Communion, quelqu'un avait entouré d'un trait d'encre la tête du prêtre pour le détacher des visages de femmes et de jeunes filles : son insupportable sourire brillait au centre d'une auréole. D'une voix furibonde, le lieutenant cria dans le patio : « Personne ici ? » Puis il s'assit à la table, tandis qu'approchait le bruit des crosses de fusil raclant le sol.

DEUXIÈME PARTIE

I

SUBITEMENT, le mulet que montait le prêtre s'assit sous
lui : ce qui n'avait rien du tout de surprenant, car ils
cheminaient dans la forêt depuis plus de douze heures.
Ils étaient allés d'abord vers l'ouest, mais l'on n'y parlait que de soldats, et ils se tournèrent vers l'est : les
Chemises Rouges déployaient de ce côté une grande activité, aussi avaient-ils pris la route du nord, qui les avait
fait patauger dans les marécages et plonger dans l'obscurité des forêts d'acajou. Maintenant, l'un et l'autre étaient
épuisés de fatigue, et le mulet s'était assis, tout simplement. Le prêtre se dégagea et se mit à rire. Il se sentait
joyeux. C'est une des étranges découvertes de l'homme :
que la vie, de quelque manière que vous viviez, contient
des moments d'exaltation joyeuse ; il est toujours possible d'évoquer des heures plus pénibles : même dans le
danger et la détresse, le pendule oscille.

Il franchit avec précaution la lisière des arbres et entra
dans une clairière marécageuse : toute la province était
faite ainsi, rivière, marais, forêt. Il s'agenouilla dans la

lumière d'un soleil déclinant et se baigna le visage au
creux d'une flaque d'eau brune, où se refléta comme dans
un fragment de poterie vernissée sa tête ronde aux traits
émaciés, hérissés de barbe ; ce fut si inattendu qu'il fit
à ce reflet un sourire grimaçant, le sourire timide, éva-
sif, méfiant d'un homme surpris en flagrant délit. Jadis,
il lui arrivait d'étudier longuement un geste devant son
miroir, aussi était-il parvenu à connaître son propre
visage aussi bien que le connaît un acteur. C'était une
forme d'humilité : son simple visage naturel ne lui semblait pas être celui qu'il fallait. C'était une face de bouf-
fon, suffisante lorsqu'il s'agissait de débiter aux femmes
d'inoffensives plaisanteries, mais qui n'était pas de mise
derrière la grille de l'autel. Il avait essayé de la modifier.
« En vérité, pensait-il, en vérité, j'ai réussi, on ne peut
plus désormais me reconnaître. » Et la cause de son allégresse lui revint comme le goût du cognac, qui promet
la guérison passagère de la peur, de la solitude, de bien
des choses. La présence des soldats l'avait repoussé jusqu'à l'endroit même où il désirait aller plus que partout
ailleurs. Il l'évitait depuis six ans, mais cette fois ce
n'était pas sa faute — c'était son devoir d'y aller — ce ne
pouvait pas être un péché. Il retourna vers sa mule qu'il
toucha doucement du pied : « Debout, mule, debout... »
Le petite homme maigre, en haillons de paysan, pour
la première fois depuis bien des années, rentrait chez lui,
comme n'importe quel homme qui retrouve son foyer.

En tout cas, même s'il avait pu prendre la route du
sud et éviter le village, ce n'aurait été qu'un abandon de
plus : derrière lui, les années étaient jonchées de dépouil-
les du même genre — d'abord, il avait renoncé aux jours
de fête, aux jours de jeûne et d'abstinence ; ensuite, il
n'avait plus ouvert son bréviaire que de temps en
temps, enfin il l'avait oublié, et à tout jamais perdu, dans
ce port où il avait fait une de ses périodiques tentatives
d'évasion. Après le livre, c'est la pierre d'autel qu'il
avait abandonnée, trop dangereuse à transporter avec

soi. Il n'avait pas le droit de dire la messe sans pierre
d'autel : il courait le risque d'être suspendu. Mais les
sanctions ecclésiastiques finissent par paraître bien
irréelles lorsque le seul châtiment qui subsiste est la
peine de mort civile. La routine de sa vie lui apparaissait
comme une digue lézardée ; l'eau de l'oubli, goutte à
goutte, s'y infiltrait pour venir effacer une chose, puis
l'autre. Cinq ans auparavant, il s'était laissé aller au
désespoir : le péché sans rémission et voici qu'à présent
il revenait sur les lieux de son désespoir, le cœur singu-
lièrement allégé. Car il avait conquis le désespoir lui-
même. Il était un mauvais prêtre, un prêtre ivrogne (on
le disait et il le savait), mais tous ses échecs, il les avait
perdus de vue et oubliés : secrètement, ils s'entassaient
dans quelque endroit : les gadoues de ses défaites. Un
jour, à ce qu'il supposait, ces rebuts finiraient par obs-
truer la source de grâce. Jusque-là, il persévérait avec
des périodes de crainte et de lassitude, avec une légèreté
de cœur dont il avait honte.

Faisant jaillir de l'eau à chaque pas, la mule traversa
la clairière. Ils retrouvèrent la forêt. Avoir conquis le
désespoir ne signifiait pas, bien entendu, n'être pas
damné — au bout d'un certain temps, il arrivait simplement que le mystère devenait trop grand : un homme
damné mettant Dieu dans la bouche des autres hommes,
quel étrange serviteur du diable était-ce donc !... Son
esprit se peuplait d'une mythologie élémentaire : saint
Michel en armure y pourfendait le dragon et les anges
tombaient du ciel comme des comètes aux belles cheve-
lures flottantes, parce qu'ils étaient jaloux (c'est un des
Pères qui l'avait dit) que Dieu réservât aux hommes
l'immense privilège de la vie... de *cette* vie.

Des vestiges de culture apparaissaient ; les souches
d'arbres coupés, les cendres des feux qui avaient servi à
défricher les endroits où le sol était ensemencé. Il cessa
de battre le mulet pour le faire avancer : il était pris
d'une étrange timidité... Une femme sortit d'une hutte

et le regarda monter le sentier, lentement, sur sa bête
fourbue. Le minuscule village : deux douzaines de huttes
autour d'une plaza poussiéreuse et c'est tout, était du
modèle courant, mais ce modèle lui tenait au cœur ; il
s'y sentait en sécurité, il était sûr d'y être bien accueilli,
il savait qu'ici il trouverait une personne au moins à
qui il pouvait se fier, qui ne le dénoncerait pas à la
police. Quand il fut tout près des huttes, la mule s'assit
à terre de nouveau : cette fois, il dut rouler pour se
dégager. Il se releva ; la femme le surveillait comme on
guette un ennemi.

« Ah ! Maria, dit-il, comment vas-tu ?

— Tiens, s'écria-t-elle, c'est vous, mon Père. »

Il ne la regardait pas en face, ses yeux l'observaient
prudemment à la dérobée.

« Tu ne m'avais pas reconnu ? dit-il.

— Vous avez changé. »

Elle l'examina de la tête aux pieds, avec une sorte de
dédain.

« Depuis quand portez-vous ces vêtements, mon Père ?

— Une semaine.

— Et qu'avez-vous fait des vôtres ?

— Je les ai donnés en échange.

— Pourquoi ? C'étaient de bons habits.

— Ils étaient très déchirés, et ils me faisaient remarquer.

— Je les aurais raccommodés et cachés. C'est du gas-
pillage. Vous avez l'air d'un homme comme les autres. »

Il sourit, les yeux baissés, en l'écoutant le gronder
comme une gouvernante. C'était tout comme autrefois,
au temps du presbytère, des réunions d'Enfants de Marie,
de toutes les Associations de la paroisse, avec leurs com-
mérages, sauf, bien entendu, que... Il demanda d'une voix
douce, sans regarder la femme, avec le même sourire
embarrassé :

« Comment va Brigitte ? »

Son cœur bondit lorsqu'il la nomma. Un péché peut

avoir d'énormes conséquences. Il y avait six ans qu'il n'était rentré... au foyer.

« Comme nous tous. Pas plus mal. Qu'est-ce que vous pensiez donc apprendre ? »

La satisfaction qu'il ressentait était liée à son crime ; il n'avait pas le droit de se sentir heureux d'une seule chose qui fût relative à ce passé.

« Tant mieux », répondit-il mécaniquement, tandis que cet amour secret, abominable, lui faisait battre le cœur. Il ajouta : « Je suis très fatigué. La police tournait autour de Zapata...

— Pourquoi n'êtes-vous pas allé vers Monte-Cristo ? »

Il leva vivement les yeux, avec inquiétude. Ce n'était pas l'accueil auquel il s'attendait : un petit groupe de gens venait de s'amasser entre deux huttes, et ils l'examinaient à distance respectueuse — il y avait un petit kiosque à musique qui tombait en ruine et un seul éventaire d'eau gazeuse — les gens avaient sorti des chaises pour passer la soirée à l'air. Personne ne s'approcha de lui pour lui baiser la main et lui demander sa bénédiction. On eût dit que son péché l'avait fait descendre au cœur même des luttes humaines pour y apprendre, outre le désespoir et l'amour, qu'un homme peut être mal accueilli dans sa propre maison.

« Les Chemises Rouges y étaient, répondit-il.

— Allons, mon Père, dit la femme, nous ne pouvons pas vous chasser. Venez avec moi. »

Il la suivit docilement, trébuchant parce que son pantalon de *peón* était trop long, la joie ayant disparu de son visage où ne demeurait plus que le sourire, oublié, comme le survivant d'un naufrage. Il y avait là sept ou huit hommes, deux femmes, une demi-douzaine d'enfants : il arriva au milieu du groupe comme un mendiant. Il ne pouvait s'empêcher de se rappeler la dernière fois... l'enthousiasme, les gourdes d'alcool qu'on sortait de leur trou creusé dans le sol... Son crime était alors tout récent et pourtant quel accueil ils lui avaient fait !

comme si, semblable à eux, il les avait rejoints, dans la prison de leurs vices, en émigré rentrant au pays après fortune faite.

« C'est le Père », dit la femme.

Peut-être était-ce simplement parce qu'ils ne l'avaient pas reconnu, pensa-t-il, attendant leurs bonjours. Ils s'avancèrent un à un, lui baisèrent la main l'un après l'autre, puis reculant de quelques pas, se remirent à l'examiner.

« Je suis content de vous revoir », dit-il. Il allait ajouter « mes enfants », mais il lui apparut que seul l'homme sans enfant a le droit de donner ce nom à des étrangers. Les vrais enfants s'approchaient maintenant pour lui baiser la main, l'un après l'autre, poussés par leurs parents. Ils étaient trop jeunes pour se rappeler l'époque lointaine où les prêtres étaient vêtus de noir, portaient le col blanc du clergé de Rome et avaient de douces mains condescendantes, aux gestes bénisseurs ; il s'aperçut qu'ils étaient surpris de voir traiter avec tout ce respect un paysan semblable à leurs parents. Il ne les regardait pas, mais il les observait, pourtant avec une grande attention. Deux fillettes — l'une maigre, au teint délavé, qui pouvait avoir cinq, six, sept ans ? — et l'autre, dont la faim avait aiguisé les traits en leur donnant un aspect de méchanceté diabolique bien au-dessus de son âge. Des yeux de cette petite fille sortait un regard de jeune femme. Il regarda sans rien dire les enfants se disperser : ils lui étaient étrangers.

« Comptez-vous rester ici longtemps, mon Père ? demanda l'un des hommes.

— Je pensais que peut-être... je pourrais me reposer, répondit-il, pendant quelques jours. »

Un autre homme parla.

« Ne pourriez-vous pas, mon Père, pousser un peu plus haut, vers le nord, du côté de Pueblito ?

— Il y a douze heures que nous voyageons, la mule et moi. »

Ce fut la femme qui répondit à sa place, brusquement, l'air irrité :

« Il va passer la nuit ici, naturellement. Nous ne pouvons pas faire moins.

— Je célébrerai la messe demain matin, pour vous », dit-il, comme pour se les concilier par un présent. Mais à voir leur expression farouche, leur air de mauvaise grâce, on aurait cru qu'il leur offrait de l'argent volé.

« Si vous voulez bien, Père, dit une voix, que ce soit de très bonne heure, alors, dans la nuit, si c'est possible...

— Mais qu'est-ce qui vous prend tous ? demanda-t-il. Pourquoi avez-vous peur ?

— N'avez-vous rien appris ?

— Appris quoi ?

— Ils prennent des otages à présent... dans tous les villages où ils pensent que vous vous êtes arrêté. Et si les gens ne parlent pas... on en fusille un... ensuite, ils prennent un nouvel otage. C'est arrivé, à Concepción.

— A Concepción ? »

L'une de ses paupières se mit à clignoter verticalement, sans qu'il pût l'arrêter : c'est un de ces tics triviaux par quoi le corps exprime l'angoisse, l'horreur ou le désespoir.

« Qui est-ce ? » demanda-t-il.

Ils le regardaient, l'air hébété. Il répéta avec fureur :

« *Qui* ont-ils assassiné ?

— Pedro Montez. »

Il poussa un petit cri, comme un jappement de chien, absurde abréviation de la douleur. L'enfant à visage adulte éclata de rire.

« Pourquoi ne m'arrêtent-ils pas ? dit-il. Les imbéciles ! Pourquoi ne m'arrêtent-ils pas, moi ? »

La petite fille pouffa de nouveau. Il la regarda sans la voir, comme si le son lui parvenait, tandis que le visage demeurait caché. Le bonheur, une fois de plus, était mort avant même d'avoir eu le temps de respirer et le prêtre restait là semblable à une femme qui tient entre ses bras un enfant mort-né : qu'on l'enterre vite, qu'on l'oublie et que tout recommence. Peut-être le prochain vivra-t-il !

« Voyez-vous, mon Père, commença l'un des hommes, c'est que... »

Il se sentait comme un coupable devant ses juges.

« Auriez-vous préféré que je vive... comme le Père José, dans la capitale ?... Vous avez entendu parler de lui ? »

Ils répondirent sans conviction.

« Bien sûr que non, Père.

— D'ailleurs, que dis-je ? Il ne s'agit ni de ce que vous préférez ni de ce que je préfère. »

Il ajouta sur un ton tranchant, autoritaire :

« A présent, je vais dormir... Vous pouvez m'éveiller une heure avant l'aube... une demi-heure pour entendre vos confessions... la messe, et puis, je partirai. »

Mais où ? Il n'était pas un village dans toute la province, pour qui son arrivée ne fût désormais un danger.

« Par ici, mon Père », dit la femme.

Il la suivit dans une petite pièce où tous les meubles étaient fabriqués dans de vieux emballages : une chaise, un lit fait de planches clouées ensemble et d'une natte de paille, une grande caisse recouverte d'une étoffe, sur l'étoffe une lampe à huile.

« Je ne veux chasser personne de cette chambre, dit-il.

— Elle est à moi. »

Il la regarda avec méfiance.

« Où dormiras-tu ? »

Il la surveillait à la dérobée, dans la crainte qu'elle ne fît valoir ses droits. N'y avait-il que cela dans le mariage : évasions, soupçons, manque de sécurité ? Quand les gens qui se confessaient à lui parlaient de passion, voulaient-ils parler de cela ?... le lit dur, la femme affairée, et ce voile de silence jeté sur le passé ?

« Je dormirai quand vous serez parti. »

Les rayons de lumière s'aplatissaient derrière la forêt ; longue et aiguë l'ombre des arbres atteignait maintenant la porte. Il s'étendit sur le lit, tandis qu'invisible la femme s'affairait à quelque besogne : il l'entendait gratter le sol de terre battue. Il ne pouvait pas dormir. Son devoir était-il donc réellement de fuir ? A plusieurs reprises, il avait tenté de s'évader, mais chaque fois il en avait été empêché... Maintenant, eux-mêmes exigeaient son départ. Personne ne l'arrêterait sous le prétexte d'une femme malade ou d'un homme mourant. La maladie, c'était lui-même, désormais.

« Maria, appela-t-il, Maria, que fais-tu ?

— J'ai caché un peu d'alcool pour vous. »

Il pensait : « Si je quitte le pays, je rencontrerai d'autres prêtres ; j'irai me confesser ; je me repentirai et je recevrai l'absolution : la vie éternelle recommencera pour moi, comme s'il n'y avait rien eu. L'Eglise enseigne que le premier devoir d'un homme est de sauver son âme. » Les notions simples du Ciel et de l'Enfer traversèrent son cerveau : la vie sans livres, sans contact avec les hommes cultivés, avait dépouillé sa mémoire de tout ce qui n'était plus l'image primitive du mystère.

« Voilà », dit la femme apportant une petite bouteille à pharmacie pleine de cognac.

S'il les quittait, ils seraient en sécurité ; ils seraient délivrés aussi de son exemple. Il était le seul prêtre dont les enfants pussent se souvenir. C'est de lui qu'ils tiendraient Dieu, l'hostie sur la langue. Lui parti, ce serait comme si, dans cette étendue entre la mer et la montagne, Dieu avait cessé d'exister. Son devoir n'était-il pas de rester, même s'ils étaient assassinés à cause de lui ? Même s'ils le méprisaient ? Même s'ils étaient corrompus par son exemple ? L'énormité du problème le faisait trembler ; il était couché et se couvrait les yeux de la main ; nulle part, dans tout ce vaste pays plat de marécages, nulle part, il ne se trouvait un seul être qui pût le conseiller. Il but à même la bouteille d'alcool.

« Brigitte..., demanda-t-il timidement..., va-t-elle... tout à fait bien ?

— Vous venez de la voir.

— Non. »

Il ne pouvait croire qu'il ne l'avait pas reconnue. Ce serait traiter bien à la légère son péché mortel : on ne peut pas faire une chose comme celle-là et puis ne pas reconnaître...

« Oui, elle était là. »

Maria alla vers la porte, appela : « Brigitte, Brigitte ! » et le prêtre se tourna de côté pour voir la petite émerger du paysage de terreur et de luxure qui s'étendait au-dehors : c'était l'enfant à l'air méchant qui s'était moquée de lui.

« Va parler au Père, dit Maria, allons, va. »

Il fit un geste pour cacher la bouteille de cognac, mais n'en trouvant pas le moyen, essaya de la rapetisser entre ses doigts, sans quitter l'enfant des yeux, bouleversé d'amour humain.

« Elle sait son catéchisme, dit Maria, mais elle ne veut pas le réciter. »

L'enfant restait là, debout, à le considérer de son œil perspicace et méprisant. Ils n'avaient mis aucun amour dans la conception de cet être : la peur, le désespoir, une demi-bouteille de cognac, l'angoisse de la solitude l'avaient poussé à un acte qui l'horrifiait... et dont le résultat était cet amour inquiet, honteux et tout-puissant.

« Pourquoi ? demanda-t-il. Pourquoi ne veux-tu pas réciter ton catéchisme ? »

Sans permettre à leurs regards de se croiser, il l'examinait à la dérobée, tout en sentant son cœur battre à grands coups inégaux, comme une vieille pompe à vapeur, éperdu du désir impuissant de lui épargner... tout.

« Pourquoi faut-il le réciter ?

— Le bon Dieu le veut.

— Comment le savez-vous ? »

Il sentit peser sur lui un immense fardeau de responsabilité : cela se confond avec l'amour. « Tous les parents, pensa-t-il, doivent en ressentir autant ; les hommes ordinaires passent leur vie de cette façon, à toucher du bois, à prier qu'on les délivre de la souffrance, à avoir peur... C'est à ceci que nous échappons à bon marché, au sacrifice d'un mouvement du corps sans importance. » Bien sûr, pendant des années, il avait eu la responsabilité des âmes, mais c'était tout à fait différent... beaucoup plus léger. On peut se fier à l'indulgence de Dieu, mais l'on ne peut se fier à la petite vérole, à la famine, aux hommes...

« Ma chérie », dit-il en resserrant fortement ses doigts autour de la bouteille d'alcool... il l'avait baptisée à sa dernière visite : elle ressemblait alors à une poupée de chiffon au visage ridé et vieillot, il paraissait peu probable qu'elle vécût... Il n'avait ressenti que du regret ; il lui était difficile d'avoir de la honte puisque personne ne le désapprouvait. Pour la plupart d'entre eux, il était le seul prêtre — c'est d'après lui que les femmes elles-mêmes jugeaient tout le clergé.

« Etes-vous le *gringo* ? demanda l'enfant.

— Quel *gringo* ?

— Petite sotte, gronda la femme. C'est, dit-elle au prêtre, que les gendarmes étaient à la recherche d'un homme. »

Il lui sembla étrange d'apprendre qu'on recherchait un autre homme que lui.

« Qu'a-t-il fait ?

— C'est un Yankee. Il a assassiné des gens dans le Nord.

— Pourquoi serait-il dans ces parages ?

— On pense qu'il essayait de gagner Quinta na Roo — les plantations de *chiceli*. »

C'était là que venaient finir au Mexique bien des cri-

minels : ils travaillaient dans les plantations, gagnaient
bien leur vie et personne ne s'inquiétait d'eux.

« Etes-vous le *gringo* ? insista la petite fille.

— Ai-je l'air d'un assassin ?

— Je ne sais pas. »

S'il quittait le pays, il la quitterait aussi, il l'abandon-
nerait. Humblement, il demanda à la femme :

« Ne puis-je rester ici quelques jours ?

— C'est trop dangereux, mon Père. »

Il surprit dans les yeux de l'enfant un regard qui
l'effraya — de nouveau, on eût dit qu'une femme adulte
habitait prématurément ce corps d'enfant, établissant
des plans avec une connaissance bien trop précise. Il
lui sembla que son propre péché mortel sans contrition
le regardait. Il essaya de trouver un point de calcul avec
l'enfant plutôt qu'avec la femme :

« Ma chérie, demanda-t-il, raconte-moi à quels jeux
tu joues ? »

La petite fille ricana. Il détourna vivement son regard
pour le fixer sur le plafond où cheminait une araignée.
Il se rappela un proverbe : le souvenir en montait des
profondeurs de sa propre enfance, car son père l'em-
ployait souvent. « La meilleure odeur est celle du pain,
le meilleur goût celui du sel, le meilleur amour celui des
enfants. » Ç'avait été une enfance heureuse que la
sienne, si ce n'est qu'il avait eu peur de trop de choses
et détesté la pauvreté comme un crime : il avait cru
qu'en se faisant prêtre il deviendrait riche et important : voilà ce qu'on appelle avoir la vocation. Il pensa
à l'incommensurable distance que parcourt un homme
— de sa première toupie jusqu'à ce lit où il était couché,
serrant très fort la bouteille de cognac dans sa main.
Et pour Dieu ce n'était qu'un instant. Le ricanement de
l'enfant et le premier péché mortel étaient plus près l'un
de l'autre que deux battements de paupière. Il avança
la main comme pour arracher sa fille de force... à quoi ?
Il était impuissant : l'être, homme ou femme, que la vie

destinait à finir de corrompre cette enfant n'était peut-être pas encore né ; comment la protéger contre ce qui n'existe pas ?

Elle se mit d'un bond hors de sa portée et lui tira la langue.

« Petite diablesse, cria la femme en levant la main pour la frapper.

— Non, dit le prêtre, non !... »

Péniblement, il se souleva et s'assit sur le lit.

« Je ne te permets pas...

— Je suis sa mère.

— Nous n'avons pas le droit. »

Il s'adressa de nouveau à l'enfant.

« Si seulement j'avais des cartes, je te montrerais quelques tours. Tu pourrais les faire devant tes petits amis... »

Il n'avait jamais su parler aux enfants, sauf du haut de la chaire. Elle le fixa d'un regard insolent.

« Sais-tu, lui demanda-t-il, envoyer des messages en frappant des coups : long, court, long... ?

— Qu'est-ce que ça veut dire, Père ? cria la femme.

— C'est un jeu auquel les enfants jouent, je le sais. » Il revint à la petite : « As-tu des amis ? »

L'enfant se remit brusquement à rire, d'un rire averti. Ce corps de sept ans était comme celui d'une naine : il contenait une affreuse maturité.

« Sors d'ici, dit la femme. Sors vite. Sinon, je vais t'apprendre à... »

La petite fille fit un dernier geste équivoque et insolent et disparut... peut-être à jamais en ce qui le concernait. On ne fait pas toujours à ceux qu'on aime des adieux près d'un lit de mort, dans une atmosphère de paix et d'encens.

« Je me demande, dit-il, ce qu'il nous est possible d'enseigner... »

Il pensa à sa propre mort, à la vie de l'enfant qui continuerait : peut-être l'enfer pour lui serait-il de la

voir le rejoindre graduellement, s'avilir d'année en
année, après lui avoir transmis sa faiblesse comme une
tuberculose héréditaire... Il s'étendit de nouveau sur le
lit et détourna la tête pour éviter la lumière du cou-
chant ; il paraissait endormi, mais il était bien éveillé.
La femme se livrait à de petits travaux, et à mesure que
le soleil descendait, les moustiques sortaient fendant l'air
pour atteindre leur cible, d'un vol aussi sûr que celui
des couteaux que lancent les marins.

« Dois-je installer une moustiquaire, Père ?

— Non, ça n'est pas la peine. »

Il avait eu, pendant les dix dernières années, plus
d'accès de fièvre qu'il n'en pouvait compter. Il ne s'en
occupait même plus. L'accès venait, repartait, sans faire
aucune différence ; cela faisait partie de sa vie courante.

Au bout d'un moment, la femme quitta la hutte et il
entendit sa voix qui jacassait dehors. Il était surpris et
assez soulagé de la souplesse du caractère de Maria. Une
seule fois, sept ans auparavant, pendant cinq minutes,
ils avaient été amants, si l'on peut ainsi parler de rapports au cours desquels elle ne lui avait même pas donné
son nom de baptême. Pour elle, ç'avait été un incident,
une égratignure qui se cicatrise parfaitement dans une
chair saine, elle avait même quelque fierté d'avoir été
la maîtresse du prêtre. Lui seul portait une profonde
blessure : c'était pour lui la fin d'un monde tout entier.

Dehors, il faisait noir : aucun signe encore que l'aube
fût proche. Vingt-quatre ou vingt-cinq personnes étaient
assises sur le sol de terre, dans la plus grande des
huttes et l'écoutaient prêcher. Il ne pouvait les distinguer nettement : des chandelles posées sur une caisse,
la fumée montait verticalement ; la porte était fermée,
il n'y avait pas le moindre courant d'air. Debout entre
ces gens et les chandelles, vêtu de son pantalon déchiré
et de sa chemise de *peón* en loques, il leur parlait du
Ciel. Ils grognaient et faisaient de petits mouvements

agités et inquiets : il savait qu'ils avaient hâte que la messe se terminât, ils l'avaient éveillé de très bonne heure, car le bruit courait que la police n'était pas loin...

Il disait :

« Un des Pères nous apprend que la joie est tributaire de la souffrance. La souffrance est partie essentielle de la joie. Quand nous avons faim, songez comme la nourriture nous paraît bonne. Quand nous avons soif... »

Il s'arrêta brusquement et ses yeux cherchant à percer l'ombre, il attendit un rire cruel qui ne vint pas. Il poursuivit :

« Nous nous privons pour mieux apprécier. Vous avez entendu parler de ces hommes riches, dans le Nord, qui mangent des mets salés, afin d'augmenter leur soif, avant de boire ce qu'ils appellent un cocktail. Avant le mariage aussi, viennent les longues accordailles... »

Il s'arrêta de nouveau. Il sentait peser sur la base même de sa langue sa propre indignité. Une chandelle qui s'amollissait dans l'intense chaleur nocturne répandait une odeur de cire chaude : dans l'ombre, les gens remuaient leurs pieds sur le sol dur. Un relent de corps humains jamais lavés luttait contre l'odeur de la cire. Sa voix obstinée, autoritaire éclata brusquement :

« Voilà pourquoi je vous dis que le Ciel est ici : ceci fait partie du Ciel, comme la douleur fait partie de la joie. Priez, dit-il, d'avoir à souffrir encore et de plus en plus. Ne vous lassez jamais de la souffrance. Les gendarmes qui vous épient, les soldats qui ramassent les impôts, les coups que vous recevez sans cesse du *jefe* parce que vous êtes trop pauvres pour payer, la petite vérole, la fièvre, la faim... tout cela fait partie du Ciel, et vous y prépare. Peut-être que sans toutes ces misères, qui sait, le Ciel vous paraîtrait moins beau. Le Ciel ne serait pas complet. Et le Ciel. Qu'est-ce donc que le Ciel ? »

Des phrases littéraires remontaient de ce qui lui sem-

blait être à présent une autre vie, tout à fait différente
— la vie paisible et stricte du séminaire — des mots
s'embrouillaient sur ses lèvres, noms de pierres précieu-
ses, Jérusalem la Ville d'Or... mais ces gens n'avaient
jamais vu d'or.

Il continua en bafouillant un peu :

« Le Ciel est le lieu où il n'y a pas de *jefe*, pas de lois
injustes, pas de soldats, pas de famine. Au Ciel, vos
enfants ne meurent pas. »

La porte de la cabane s'ouvrit et un homme se glissa
à l'intérieur. Il y eut des chuchotements dans le coin où
n'arrivait pas la lumière des chandelles.

« Vous n'y aurez jamais peur, car vous ne serez jamais
en danger. Il n'y aura pas de Chemises Rouges. Nul
n'y connaît la vieillesse, et la récolte y est toujours
belle. Oh ! il est bien facile de nommer les choses qui
ne sont *pas* dans le Ciel. Ce qui est là, c'est Dieu.
Voici qui est plus difficile. Nos mots sont faits pour
décrire ce qui tombe sous nos sens. Quand nous
disons « lumière », nous ne pensons qu'au soleil,
« amour... ».

Il n'était pas facile de se concentrer : les gens de la
police approchaient. L'homme avait dû apporter des
nouvelles.

« ... peut-être cela veut-il dire : un « enfant ».

La porte s'ouvrit une fois de plus : il aperçut par l'ouverture le jour nouveau tendu comme une ardoise grise.
Une voix pressante murmura à son oreille.

« Mon Père.

— Quoi ?

— Les gendarmes sont en route ; ils viennent par la
forêt et ne sont plus qu'à un mille d'ici. »

Il en avait l'habitude : les mots qui ne portent pas, la
fin bâclée, l'attente du supplice qui s'interpose entre lui
et sa foi. Dans son entêtement, il dit encore :

« Avant tout, souvenez-vous que le Ciel est ici. »

Etaient-ils à cheval ou à pied ? S'ils étaient à pied,

il lui restait vingt minutes pour terminer la messe et se cacher.

« Ici même, en cette minute, votre peur et ma peur appartiennent au Ciel, ou jamais plus il n'y aura de peur. »

Il leur tourna le dos et se mit très vite à réciter le *Credo*. Il lui était arrivé de voir venir le Canon de la messe avec une terreur vraiment physique, la première fois qu'il avait absorbé, en état de péché mortel, le corps et le sang de Dieu ; plus tard, la vie lui avait fourni des excuses... Au bout d'un certain temps, il avait cessé de penser qu'il importait beaucoup qu'il fût ou non damné, pourvu que ces autres...

Il baisa le haut de la caisse et se retourna vers eux pour les bénir... dans la lumière insuffisante, il distinguait tout juste deux hommes agenouillés, les bras étendus en croix... Ils allaient garder cette attitude jusqu'à la fin de la Consécration, une mortification de plus arrachée à leur vie rude et pénible. Il se sentit humilié par le spectacle de la souffrance que supportent volontairement les hommes ordinaires ; à lui les souffrances étaient imposées.

« J'ai aimé, ô Seigneur, la beauté de Ta maison... »

Les chandelles fumaient et les fidèles agenouillés s'agitaient. D'un bond, un bonheur absurde monta en lui, précédant l'angoisse : comme s'il avait été autorisé à contempler du dehors les habitants du Ciel. Le Ciel devait être peuplé de ces mêmes visages épouvantés, dévoués, marqués par la faim. Pendant quelques secondes, il ressentit une immense satisfaction de ce qu'il pouvait désormais leur parler de souffrance sans hypocrisie... Il est difficile à un prêtre soigné et bien nourri d'exalter la pauvreté. Il commença la prière pour les vivants : la longue liste des Apôtres et des Martyrs dont les noms tombaient comme des bruits de pas : Cornelii, Cypriani, Laurentii, Chrysogoni... Les gendarmes atteindraient bientôt la clairière où sa mule s'était effondrée et où il s'était lavé dans la flaque d'eau. Les mots latins entraient l'un dans l'autre sur sa langue qui se hâtait : autour de lui, l'impatience était perceptible. Il prononça la Consécration de l'hostie (il n'avait plus de pain azyme depuis longtemps... c'était un morceau de la miche cuite dans le four de Maria) ; soudain, l'impatience disparut : avec le temps tout devient routine, hormis ceci : *qui pridie quam pateretur accepit panem in sanctas ac venerabiles manus suas*... Si l'agitation et le mouvement troublaient les sentiers de la forêt, ici tout était immobile. *Hoc est enim Corpus meum.* Il les entendit soupirer lorsqu'ils cessèrent de retenir leur souffle : Dieu était présent, devant eux, sous sa forme corporelle, pour la première fois depuis six ans. Lorsqu'il leva l'hostie, il put imaginer leurs visages tendus vers elle comme ceux de chiens affamés. Il commença la Consécration du vin, dans une tasse ébréchée. C'était un abandon de plus : pendant deux ans, partout où il allait, il avait transporté un calice : ce qui avait bien failli lui coûter la vie ; si l'officier de police qui avait ouvert son sac n'avait pas été catholique... Il était d'ailleurs possible que l'officier eût lui-même payé de sa vie, si la faute avait été découverte. Qui sait... L'on fait, en passant, Dieu sait quels martyrs... à Concepción ou ailleurs... tandis qu'on manque soi-même de la grâce nécessaire pour mourir.

La Consécration se fit dans le silence : pas de clochette. Exténué, le prêtre s'agenouilla près de la caisse d'emballage, sans pouvoir prier. Quelqu'un ouvrit la porte ; une voix angoissée murmura : « Ils sont là. » « Donc, ils ne sont pas venus à pied », pensa-t-il vaguement. Quelque part, dans le silence absolu de l'aube naissante, un cheval hennit. Il ne pouvait pas être à plus de trois cents mètres.

Le prêtre se remit debout... Maria se dressa tout contre lui :

« La nappe, mon Père, donnez-moi la nappe », dit-elle.

Il se hâta de mettre l'hostie dans sa bouche et de boire le vin ; il fallait éviter la profanation ; la nappe fut enlevée vivement de la caisse. Maria moucha les chandelles afin que la mèche ne répandît plus d'odeur... Déjà la pièce s'était vidée, seul le propriétaire de la hutte s'attardait près de l'entrée pour baiser la main du prêtre. Par l'ouverture, on voyait le monde sortir lentement de l'ombre et dans le village un coq chanta.

« Venez vite dans ma hutte, dit Maria.

— Oui, il vaut mieux... (Il n'avait aucun plan de conduite)... qu'on ne me trouve pas ici.

— Ils entourent le village. »

Serait-ce, après tout, la fin ? se demanda-t-il. Blottie, aux aguets, la peur n'allait pas tarder à bondir sur lui, mais il n'avait pas encore peur. Il suivit la femme qui d'une marche rapide et aveugle traversait le village pour regagner sa hutte, et chemin faisant il marmonnait mécaniquement un acte de contrition. Il se demandait à quel moment la peur le saisirait : il avait eu peur quand le gendarme avait ouvert son sac : mais il y avait des années de cela. Il avait eu peur, caché dans le hangar au milieu des régimes de bananes, en écoutant la petite fille parlementer avec l'officier... de cela, il n'y avait que quelques semaines. Et maintenant, la peur était proche, une fois de plus. Aucune trace de gendarmes — rien que le matin gris, les poules et les dindons qui s'éveillaient et se laissaient tomber en planant lourdement des sommets d'arbres où ils avaient perché pendant la nuit. Le coq chanta de nouveau. Si les gendarmes prenaient tant de précautions, c'est qu'ils savaient sans l'ombre d'un doute que le prêtre était ici. C'était vraiment la fin, cette fois.

Maria le tira par ses vêtements.

« Entrez vite. Mettez-vous sur le lit. »

Sans doute avait-elle une idée. Les femmes sont d'une ingéniosité effrayante : sur les ruines de plans qui échouent, elles en bâtissent immédiatement de nouveaux. Mais à quoi bon ?

« Laissez-moi sentir votre haleine ? Ah ! mon Dieu, n'importe qui pourrait s'en apercevoir... l'odeur du vin... comme si nous buvions du vin ! »

Elle disparut à l'intérieur de la cabane en faisant beaucoup de remue-ménage au milieu du silence et de la paix du matin. Tout à coup, à cent mètres du village, un officier à cheval sortit de la forêt. Dans le silence absolu, on entendit grincer son étui de revolver lorsqu'il se retourna pour faire un signe de la main.

Les gendarmes surgirent, entourant l'étroite clairière — ils avaient dû marcher très vite, car seul l'officier était à cheval. Leurs fusils à bout de bras, canons baissés, ils s'avancèrent vers le petit groupe de huttes — déploiement de forces exagéré et quelque peu ridicule. Un homme avait sa bande molletière qui traînait derrière lui : elle avait dû s'accrocher à quelque branche de la forêt. Il s'y prit le pied et tomba, avec un grand fracas, sa crosse de fusil heurtant sa cartouchière : le lieutenant à cheval le regarda, puis tourna de nouveau son visage coléreux et amer du côté des huttes silencieuses.

La femme attira le prêtre à l'intérieur de la hutte.

« Mordez ceci. Vite. Ça presse... », dit-elle.

Il tourna le dos aux gendarmes qui approchaient et rentra dans la pénombre de la pièce. Elle tenait à la main un petit oignon cru.

« Mordez-le », dit-elle.

Il mordit et se mit à larmoyer.

« Ça va mieux ? » demanda-t-elle.

Il entendait le bruit sourd des sabots du cheval avançant prudemment entre les huttes.

« C'est atroce, répondit-il en riant.

— Donnez-le-moi. »

Elle le fit disparaître on ne sait où, dans ses vêtements : tour de passe-passe que toutes les femmes semblent connaître.

« Où est ma valise ? demanda-t-il.

— Ne vous occupez pas de votre valise. Allongez-vous sur le lit. »

Mais avant même qu'il eût pu bouger, un cheval vint bloquer l'ouverture de la porte : le prêtre et la femme virent une jambe dans une botte de cavalier à lisérés rouges ; des accessoires de cuivre qui luisaient, une main gantée tenant le haut pommeau de la selle. Maria posa la main sur le bras de son compagnon — c'était le geste le plus tendre qu'elle eût jamais esquissé : la tendresse était interdite entre ces deux êtres. Une voix cria :

« Tout le monde dehors ! »

Le cheval piaffa et l'on vit s'élever une petite colonne de poussière.

« J'ai dit sortez de là ! »

Quelque part, un coup de feu fut tiré. Le prêtre quitta la hutte.

Le jour pointait vraiment : de légers flocons colorés montaient dans le ciel, poussés par le vent ; un homme tenait son fusil dirigé vers le haut, un petit ballon de fumée grise encore accroché à la gueule. Est-ce ainsi que commencerait l'agonie ?

De toutes les huttes, les villageois émergeaient de mauvaise grâce, les enfants les premiers : pleins de curiosité et sans appréhension. Les hommes et les femmes avaient déjà l'air de gens que l'autorité a condamnés — et l'autorité n'a jamais tort. Personne ne regarda le prêtre. Ils attendaient tous, les yeux rivés au sol. Seuls les enfants examinaient le cheval comme s'il était l'objet le plus important de toute la scène.

« Fouillez les huttes », cria le lieutenant. Les minutes passaient très lentement ; même la fumée du coup de fusil demeura suspendue dans l'air pendant un temps anormalement long. Quelques cochons sortirent d'une hutte en grognant et un dindon hostile arriva jusqu'au centre du cercle gonflant ses plumes poussiéreuses et secouant la longue membrane rose qui pendait de son

bec. Un soldat s'approcha du lieutenant et ayant esquissé
un salut lui dit :

« Ils sont tous ici.

— Vous n'avez rien trouvé de louche ?

— Non.

— Recommencez. »

Le temps s'arrêta de nouveau comme une horloge brisée. Le lieutenant sortit un étui à cigarettes, hésita et le
remit dans sa poche. Le gendarme revint vers lui et
rapporta :

« Rien. »

Le lieutenant aboya :

« Garde à vous !... Tous. Ecoutez. »

Le cordon de police extérieur se ferma, ramenant les
villageois vers le centre en un petit groupe compact,
devant le lieutenant. Seuls les enfants furent laissés
libres. Le prêtre vit sa propre fille debout à côté du
cheval du lieutenant : sa tête au niveau de la botte ; elle
avança la main et toucha le cuir.

« Je cherche deux hommes, dit le lieutenant. L'un est
un *gringo*, un Yankee, un assassin. Je vois sans peine
qu'il n'est pas ici. Il y a une récompense de cinq cents
pesos pour celui qui le fera arrêter. Ouvrez l'œil. »

Il fit une pause et les regarda l'un après l'autre. Le
prêtre sentit son regard se poser sur lui, il baissa les
yeux comme les autres, vers la terre.

« L'autre, dit le lieutenant, est un prêtre. » Il éleva la
voix. « Vous savez ce que cela signifie : un traître envers
la République. Tous ceux qui lui donnent asile sont aussi
des traîtres. »

Leur immobilité sembla le mettre en fureur.

« Vous êtes des imbéciles, cria-t-il, si vous croyez
encore ce que vous disent les curés. Ils en veulent à
votre argent, voilà tout. Qu'est-ce que Dieu a jamais fait
pour vous ? Avez-vous de quoi manger ? Vos enfants ont-
ils assez de nourriture ? Au lieu de vous donner du pain,
ils vous parlent du Ciel. Oh ! tout sera merveilleux

quand vous serez morts, disent-ils. Moi, je vous dis : tout ira bien quand ils seront morts, *eux*. Il faut que vous m'aidiez. »

La petite fille avait posé sa main sur sa botte. Il la regarda, du haut de son cheval, avec un air d'affection farouche et dit avec conviction :

« Cette enfant a plus de prix que le pape de Rome. »

Les gendarmes étaient appuyés sur leurs fusils : l'un d'eux bâillait. Le dindon retourna en glougloutant vers les huttes.

« Si vous avez vu ce prêtre, poursuivit le lieutenant, parlez. Il y a une récompense de sept cents pesos. »

Personne ne dit mot.

Le lieutenant tourna vers eux la tête de son cheval.

« Nous savons qu'il est dans cette région. Peut-être ne savez-vous pas ce qui est arrivé à un homme de Concepción ? »

Une femme se mit à pleurer.

« Allons. Venez ici, l'un après l'autre et dites-moi vos noms. Non, pas les femmes, les hommes. »

D'un air maussade, ils défilèrent tandis qu'il les interrogeait : « Comment t'appelles-tu ? Quel est ton métier ? Marié ? Qui est ta femme ? As-tu entendu parler de ce prêtre ? »

Il ne restait plus qu'un homme entre la tête du cheval et le prêtre. Il récita un acte de contrition, silencieusement, l'esprit ailleurs...

« Mes péchés, parce qu'ils ont crucifié mon Sauveur... mais surtout parce qu'ils ont offensé... » Il se trouva seul devant le lieutenant... « Je prends ici la résolution de ne jamais plus T'offenser. » C'était une formalité accomplie parce qu'il faut toujours se tenir prêt, comme on fait son testament : cela serait peut-être aussi inutile.

« Ton nom ? »

Le nom de l'homme de Concepción lui revint à l'esprit.

« Montez.

— As-tu jamais vu le prêtre ?

— Jamais.

— Quel est ton métier ?

— J'ai un lopin de terre,

— Es-tu marié ?

— Oui.

— Où est ta femme ? »

Maria s'écria brusquement :

« C'est moi, dit-elle. Pourquoi lui posez-vous toutes ces questions ? Vous trouvez qu'il a l'air d'un prêtre ? »

Le lieutenant était en train d'examiner un objet posé sur le pommeau de la selle. Cela ressemblait à une vieille photographie.

« Montre-moi tes mains », dit-il.

Le prêtre les lui tendit : elles étaient aussi calleuses que celles d'un garçon de ferme. Brusquement, le lieutenant se pencha et renifla l'haleine de l'homme. Il se fit parmi les villageois un silence complet, un silence dangereux, car il sembla transmettre au lieutenant une crainte... Il regarda une fois de plus le visage hâve, hirsute et de nouveau la photographie...

« Bon », dit-il, au suivant, mais comme le prêtre s'écartait : « Un moment. »

Il posa la main sur la tête de Brigitte et tira doucement ses cheveux noirs et raides.

« Regarde-moi, lui dit-il. Tu connais tout le monde dans ce village, n'est-ce pas ?

— Oui, dit l'enfant.

— Alors qui est cet homme ? dis-moi son nom.

— Je ne sais pas », répondit-elle.

Le lieutenant retint son souffle :

« Tu ne sais pas son nom ? Est-ce un étranger ? »

Maria s'interposa :

« Mais la petite ne sait pas son propre nom. Demandez-lui qui est son père.

— Montre-moi ton père. »

L'enfant leva les yeux vers le lieutenant, puis posa

son regard averti sur le prêtre... « Je me repens de mes péchés et j'en implore le pardon... », se répétait-il tout bas, les doigts en croix pour conjurer le mauvais sort.

« C'est lui, dit l'enfant. Celui-là.

— Très bien, dit le lieutenant. Au suivant. »

L'interrogatoire se poursuivit : nom ? métier ? marié ? tandis que le soleil montait au-dessus de la forêt. Le prêtre était debout, les mains jointes sur la poitrine. Une fois de plus, la mort lui accordait un délai. Il fut saisi d'une immense tentation de se jeter à la tête du lieutenant et de proclamer : « C'est moi. Je suis celui que vous cherchez. » Le fusilleraient-ils sur-le-champ ? Une promesse illusoire de paix l'attirait. Au plus haut du ciel, une buse montait la garde : à cette altitude, ces gens devaient lui apparaître comme deux groupes d'animaux carnivores qui d'un moment à l'autre pouvaient se livrer bataille ; l'oiseau, tout petit point noir, attendait patiemment qu'ils fussent devenus charognes. La mort n'est pas la fin de la souffrance... Croire à la paix est une sorte d'hérésie.

Le dernier villageois avait répondu aux questions.

« Personne ne veut-il donc nous aider ? » demanda le lieutenant.

Ils demeurèrent silencieux, près du kiosque à musique croulant.

« Vous savez ce qui est arrivé à Concepción ? J'ai pris un otage... et quand j'ai découvert que ce prêtre avait passé par là, j'ai mis l'homme contre l'arbre le plus proche... J'ai appris la vérité, parce qu'il y a toujours quelqu'un qui change d'idée, peut-être un homme de Concepción était-il amoureux de la femme de l'otage et voulait-il se débarrasser de lui. Ce n'est pas à moi de chercher les motifs. Tout ce que je sais, c'est que plus tard nous avons trouvé du vin à Concepción... Peut-être y a-t-il dans ce village quelqu'un qui convoite votre champ, ou votre vache. Il est beaucoup plus sûr de parler dès maintenant. Parce que j'ai l'intention de prendre un otage ici aussi. »

Il se tut, puis reprit :

« Vous n'avez même pas besoin de parler, s'il est ici, parmi vous. Regardez-le seulement. Personne ne saura que c'est vous qui l'avez dénoncé. Il ne le saura pas lui-même, si vous craignez qu'il ne vous maudisse. Allons... c'est votre dernière chance. »

Le prêtre ne quitta pas des yeux la terre ; il ne voulait pas rendre la tâche trop pénible à celui qui allait le dénoncer.

« Bon, dit le lieutenant. Alors, je vais choisir mon homme. C'est vous qui l'aurez voulu. »

Du haut de son cheval, il les considérait ; un des gendarmes avait posé son fusil contre le kiosque à musique et remettait sa bande molletière. Les villageois gardaient les yeux obstinément baissés : ils avaient tous peur de rencontrer son regard. Soudain, il explosa :

« Pourquoi n'avez-vous pas confiance en moi ? Je ne désire la mort d'aucun de vous. A mes yeux — ne pouvez-vous le comprendre ? — vous avez beaucoup plus de prix que lui. Je voudrais vous donner... » Il fit un geste tout à fait inutile puisque personne ne le regardait. « Je voudrais vous donner tout ! »

Il ajouta d'une voix sourde :

« Toi. Toi, là-bas. Je t'emmène. »

Une femme hurla :

« C'est mon garçon. C'est Miguel. Vous ne pouvez pas prendre mon fils. »

Le lieutenant dit sur un ton morne :

« Chacun des hommes qui sont ici est le mari ou le fils de quelqu'un. Je le sais. »

Le prêtre se tenait en silence, les mains jointes ; il les serra si fort que ses jointures blanchirent... Il sentait autour de lui naître la haine, parce qu'il n'était ni le mari, ni le fils de personne.

« Lieutenant..., dit-il.

— Qu'y a-t-il ?

— Je deviens trop vieux pour faire du bon travail dans les champs. Emmenez-moi. »

Des cochons, en troupe désordonnée, surgirent de derrière une hutte, sans se soucier de personne. Le soldat ayant fini d'ajuster sa bande molletière, se redressa. Par-dessus la forêt, le soleil venait clignoter sur les bouteilles de l'échoppe où l'on vendait de l'eau gazeuse.

« Je choisis un otage, dit le lieutenant. Je n'offre pas logement et nourriture gratis aux paresseux. Si tu ne sers à rien dans les champs, tu ne serviras à rien comme otage. »

Il commanda :

« Attachez-lui les mains et emmenez-le. »

En un rien de temps, les gendarmes eurent quitté le village. Ils emportaient deux ou trois poulets, un dindon et l'homme appelé Miguel.

« J'ai fait de mon mieux, dit tout haut le prêtre. C'était à vous de me livrer. Qu'attendiez-vous de moi ? Mon devoir est d'éviter de me faire prendre.

— C'est très bien comme ça, mon Père, dit l'un des hommes, mais il faut, s'il vous plaît, que vous soyez prudent. Veillez, quand vous partirez, à ne pas laisser ici de vin comme à Concepción.

— Ça ne sert à rien de rester, mon Père, dit un autre. Tôt ou tard, ils vous prendront. Maintenant ils n'oublieront plus votre figure. Vous devriez aller vers le Nord, dans la montagne, de l'autre côté de la frontière.

— C'est un beau pays de l'autre côté de la frontière, dit une femme. Ils ont encore des églises. Personne ne peut y entrer, bien sûr, mais elles y sont. J'ai même entendu dire qu'il reste des prêtres dans la ville. Un de mes cousins est allé jusqu'à Las Casas, en traversant les montagnes, un jour, et il a entendu la messe... dans une maison, avec un vrai autel, et le prêtre portant tous les vêtements comme autrefois. Vous y seriez heureux, mon Père. »

Le prêtre suivit Maria jusqu'à la hutte. La bouteille d'alcool gisait sur la table, il la toucha du doigt, elle était presque vide.

« Ma valise, Maria ? Où est ma valise ?

— C'est trop dangereux, maintenant, de voyager avec ça, dit Maria.

— Mais comment puis-je transporter le vin, alors ?

— Il n'y a plus de vin.

— Que veux-tu dire ?

— Je ne tiens pas à ce qu'il vous arrive malheur, ni à vous ni à d'autres. J'ai cassé la bouteille. Même si ça me porte malheur... »

Il lui parla avec douceur et tristesse :

« Il ne faut pas être superstitieux. Ce n'était... que du vin. Il n'y a rien de sacré dans le vin. Seulement, il est difficile de s'en procurer ici. C'est pourquoi j'en avais toujours une provision à Concepción. Mais ils l'ont découverte.

— Et maintenant, je pense que vous allez partir... partir pour toujours. Vous n'êtes plus utile à personne, dit-elle avec violence. Est-ce que vous ne comprenez pas, mon Père ? Nous ne voulons plus de vous.

— Oh ! oui, oui, je comprends. Mais il ne s'agit ni de ce que vous voulez ni de ce que je veux... »

Véhémente, elle l'interrompit.

« Je sais des choses, moi. Je suis allée à l'école. Je ne suis pas ignorante... comme eux. Je sais que vous êtes un mauvais prêtre. Ce que nous avons fait ensemble... Je parierais que vous ne vous êtes pas arrêté là. J'ai entendu dire des choses, croyez-moi. Pensez-vous que le bon Dieu veuille que vous restiez ici pour y mourir — un prêtre ivrogne tel que vous ? »

Il restait patiemment debout devant elle, comme il était resté debout devant le lieutenant et il l'écoutait parler. Il ne savait pas qu'elle était capable d'avoir toutes ces pensées.

« Et en supposant qu'on vous tue, dit-elle, vous serez

un martyr, n'est-il pas vrai ? Quelle espèce de martyr ferez-vous, à votre idée ? Il y a vraiment de quoi rire ! »

Il ne lui était jamais venu à l'esprit qu'on pût le considérer comme un martyr.

« C'est difficile, dit-il. Très difficile. Je vais y réfléchir. Je ne voudrais pas qu'on pût rire de l'Eglise.

— Alors vous y réfléchirez de l'autre côté de la frontière.

— Mais...

— Quand ce que vous savez est arrivé, lui dit-elle, j'en étais fière. J'ai cru que les beaux jours allaient revenir. Ce n'est pas donné à tout le monde d'être la maîtresse d'un prêtre. Et l'enfant... j'ai cru que vous alliez faire beaucoup pour elle. Mais vous pourriez aussi bien être un voleur pour tout le bien que... »

Il eut une réponse vague :

« On a vu beaucoup de bons voleurs, dit-il.

— Pour l'amour du Ciel, prenez cet alcool et partez.

— Il y avait une chose, dit-il. Dans ma valise... il y avait quelque chose...

— Allez la reprendre vous-même sur le tas d'ordures si vous voulez. Moi, je n'y touche plus.

— Et l'enfant, dit-il, tu es une brave femme, Maria. Je veux dire... tu essaieras de bien l'élever... d'en faire une chrétienne.

— Elle ne sera jamais bonne à rien. Vous l'avez vu vous-même.

— A son âge... elle ne peut pas être très corrompue, implora-t-il.

— Elle est mauvaise et ça ne fera qu'empirer.

— La prochaine messe que je dirai sera pour elle. »

La femme n'écoutait même pas.

« Elle est complètement pourrie », dit-elle.

Il sentait que la foi s'éteignait peu à peu dans l'espace qui séparait le lit de la porte... Bientôt, la messe n'y aurait pas plus de sens pour personne que le passage d'un chat noir en travers du chemin. Il mettait leurs vies à tous en danger pour l'équivalent du sel qu'on renverse, du bois qu'on touche.

« Ma mule...

— On est en train de lui donner du maïs. Il faut aller vers le nord, ajouta-t-elle. Il n'y a plus moyen de vous cacher au Sud.

— Je croyais que peut-être, à Carmen...

— C'est surveillé.

— Oh ! bon..., dit-il tristement, un jour peut-être... quand les choses iront mieux... » Il traça dans l'air une croix et donna à Maria sa bénédiction, mais debout devant lui, elle s'impatientait dans son désir de le voir partir pour toujours.

« Allons, adieu, Maria.

— Adieu. »

Il traversa la plaza les épaules voûtées. Il sentait qu'il n'y avait pas un être dans ce village qui ne le regardât partir avec satisfaction... lui qui ne leur apportait que du malheur et qu'ils avaient préféré, pour d'obscures raisons superstitieuses, ne pas livrer à la police ; il finissait par envier le *gringo* inconnu que les villageois n'hésiteraient pas à prendre au piège... Lui, du moins, ne sentirait peser sur ses épaules aucun fardeau de gratitude.

Au bas d'un sentier dont la terre était piétinée par les sabots des mules et hérissée de racines d'arbres, coulait la rivière... Deux pieds d'eau tout au plus, sur une litière de boîtes de conserves vides et de bouteilles cassées. Sous un écriteau suspendu à un arbre : « Défense de déposer des ordures », tous les détritus du village étaient entassés et le tas glissait graduellement jusque dans la rivière. Avec les pluies, la crue les balaierait. Il posa son pied au milieu des vieilles boîtes et des légumes pourris et avança la main pour prendre sa valise. Il soupira : ç'avait été une bonne valise, encore une relique de son passé paisible... Bientôt, il lui serait difficile de se rappeler que la vie avait été différente.

Quelqu'un avait arraché la serrure ; il passa la main dans la doublure de soie...

Les papiers y étaient : à regret, il laissa retomber la valise... toute une jeunesse importante, entourée de respect gisait parmi les immondices... cette valise lui avait été donnée par ses paroissiens de Concepción pour le cinquième anniversaire de son ordination... Il entendit bouger derrière un arbre. Dégageant ses pieds du tas d'ordures, les papiers cachés au creux de sa main, des mouches bourdonnant autour de ses chevilles, il fit le tour de l'arbre pour découvrir qui l'espionnait... La petite fille était assise sur une souche, et cognait ses talons contre l'écorce. Elle avait les yeux bien fermés, paupières serrées.

« Ma petite chérie, dit le prêtre, qu'y a-t-il ? On t'a fait du mal ? »

Les yeux s'ouvrirent avec violence, des yeux furieux, bordés de rouge, avec une expression d'orgueil absurde.

« C'est vous... vous..., dit-elle.

— Moi ?

— Oui. C'est vous qui me faites du mal. »

Il s'approcha d'elle comme si c'était un animal méfiant, avec des précautions infinies. Il défaillait de tendresse.

« Mon petit, dit-il, pourquoi moi ? »

Furieuse, elle rétorqua :

« Ils se moquent de moi.

— A cause de moi ?

— Tous les autres ont un père... qui travaille.

— Moi aussi, je travaille.

— Vous êtes un prêtre, n'est-ce pas ?

— Oui.

— Pedro dit que vous n'êtes pas un homme, et que vous n'êtes bon à rien avec les femmes. Je ne sais pas ce qu'il veut dire, ajouta-t-elle.

— Je suppose qu'il ne le sait pas lui-même.

— Oh ! mais si ! dit-elle, il a dix ans. Et moi, je veux savoir. Vous allez partir, n'est-ce pas ?

— Oui. »

De nouveau, il fut horrifié par sa maturité lorsqu'elle lui décocha un sourire, choisi parmi toute une gamme riche et variée.

« Dites-le-moi... », murmura-t-elle d'une voix enjôleuse. Assise sur ce tronc d'arbre, près du tas d'ordures, elle avait l'air de s'offrir. Elle portait déjà le monde dans son cœur comme un germe de pourriture se cache au milieu d'un fruit. Rien ne la protégeait : elle n'avait pas de grâce ou de charme qui pût plaider pour elle. Il se sentit l'âme bouleversée par la certitude de sa perte.

« Ma petite fille, fais attention...

— A quoi ? Pourquoi partez-vous ? »

Il s'approcha, un tout petit peu. Il se disait : il est permis d'embrasser sa propre fille. Mais elle s'écarta de lui, d'un bond.

« Ne me touchez pas », cria-t-elle de sa voix aiguë de très vieille femme, en ricanant. « Tout enfant vient au monde avec, dans une certaine mesure, le sens de l'amour, pensa-t-il, il s'en imbibe en même temps que du lait qu'il tête ; mais il dépend des parents, des amis, que cet amour soit celui qui sauve ou celui qui damne. La luxure elle aussi est une forme de l'amour. » Il voyait sa fille prise dans sa propre vie comme une mouche dans l'ambre... la main de Maria prête à frapper... Pedro et les propos précoces échangés la nuit ; les gendarmes fouillant de fond en comble la forêt... partout la violence. Il pria silencieusement :

« Oh ! mon Dieu, infligez-moi n'importe quelle mort sans contrition, en plein péché... pourvu que cette enfant soit sauvée. »

Il avait été l'homme sur qui l'on compte pour sauver les âmes. Jadis, la tâche lui avait paru très simple, lorsqu'il prêchait à la Bénédiction, qu'il organisait les patronages, prenait le café avec des dames mûres derrière des fenêtres à barreaux, bénissait les maisons neuves avec un peu d'encens, portait des gants noirs... c'était aussi facile que d'économiser de l'argent : maintenant c'était un mystère. Il eut le sentiment aigu de son impuissance désespérée.

Il se mit à genoux et attira vers lui la petite qui se débattait en ricanant pour se dégager.

« Comprends-moi, dit-il. Je t'aime. Je suis ton père et je t'aime. Il faut que tu essaies de comprendre. »

Il la retint solidement par le poignet et tout à coup, elle s'immobilisa, levant les yeux vers lui.

« Je donnerais ma vie, poursuivit-il, non, ce n'est pas assez : mon âme... ma chérie, ma chérie, essaie de comprendre que tu es tellement importante. »

C'était là que résidait la différence, il l'avait toujours su, entre sa foi et la leur : la foi des meneurs politiques, de ceux pour qui rien n'existait que l'Etat, la République : pour lui, cette enfant avait plus d'importance que tout un continent.

« Il faut que tu fasses attention, parce que tu es si... si nécessaire. Le Président qui habite la capitale est protégé par des hommes portant des fusils... mais toi, ma petite fille, tu as autour de toi tous les anges du paradis. »

Elle le fixa du regard vide de ses yeux noirs, inconscients : il sentit qu'il arrivait trop tard. Il lui dit : « Adieu, ma chérie... » et d'un geste maladroit essaya de l'embrasser, en homme vieillissant, stupide de tendresse, qui, dès qu'il la lâcha, et reprit d'un pas lourd le chemin de la plaza, put deviner que derrière ses épaules courbées l'infamie de l'humanité tout entière entourait peu à peu l'enfant, pour la détruire. Il trouva sa mule sellée près de la boutique d'eau gazeuse. Un homme lui dit : « Allez plutôt vers le nord, mon Père » et le regarda partir en faisant au revoir de la main. Il est interdit d'aimer d'une tendresse humaine, ou plutôt il faut aimer toutes les âmes comme si chacune était celle de son propre enfant. Le désir de protéger doit s'étendre au monde entier, mais le prêtre sentait ce désir douloureusement attaché au tronc de l'arbre comme un animal entravé. Il tourna la tête de sa mule vers le sud.

Il partit sur les traces mêmes des gendarmes : tant qu'il allait lentement, et ne rattrapait aucun traînard, la route lui paraissait assez sûre. Ce qui lui manquait à présent, c'était du vin et il fallait que ce vin fût fait avec du raisin ; sans cela, le prêtre n'avait plus aucune raison d'être, il ferait aussi bien de s'échapper vers le nord, de traverser les montagnes et de se mettre à l'abri de l'autre côté, où le pire qui pouvait lui arriver était une amende, suivie de quelques jours de prison parce qu'il n'aurait pas d'argent pour la payer. Mais il n'était pas encore prêt à la capitulation suprême, chacune de ses petites capitulations était suivie d'une souffrance supplémentaire. Il était maintenant poussé par le besoin de racheter son enfant d'une façon ou d'une autre. Il resterait encore un mois, encore un an... Ballotté par le pas de la mule, il essaya de marchander avec Dieu, en lui promettant de se montrer ferme... Tout à coup, sa bête planta ses sabots dans le sol et s'arrêta net : sur le sentier, un très petit serpent vert se dressa d'un mouvement de femme offensée puis, avec un sifflement, disparut dans l'herbe comme s'éteint la flamme d'une allumette. La mule se remit en marche.

Quand il arrivait près d'un village, il descendait de sa mule et avançait à pied le plus près possible des habitations. Peut-être les gendarmes s'y étaient-ils arrêtés... Ensuite, il le traversait rapidement, sans parler à personne sauf pour dire : *Buenos días*, et rentrant dans la forêt, il se remettait à suivre à la piste le cheval du lieutenant. Il n'avait plus aucune intention précise ; il désirait seulement mettre autant de distance qu'il le pourrait entre lui et le village où il venait de passer la nuit. Au creux de la main, il tenait encore les papiers chiffonnés en boule. Quelqu'un avait attaché à sa selle, à côté de la *machete* et du petit sac qui contenait sa provision de bougies, un régime d'environ cinquante bananes et, de temps en temps, il en mangeait une : mûre, brune, imprégnée d'eau qui avait un léger goût de savon. Il en avait la lèvre maculée. Cela lui faisait une moustache.

Après avoir voyagé six heures, il arriva à La Candellaria, un long village misérable, aux maisons couvertes de tôle, construit sur la rive d'un affluent de la Grijalva. Il suivit très prudemment la rue poussiéreuse, c'était le début de l'après-midi : les buses étaient installées sur les toits, leurs petites têtes enfouies dans leurs plumes à l'abri du soleil, et quelques hommes dormaient au fond de leurs hamacs, dans l'ombre exiguë projetée par les maisons. Engourdie de chaleur, la mule avançait à pas lents et pesants ; le prêtre se pencha sur le pommeau de la selle.

D'elle-même, la mule s'arrêta à côté d'un hamac, où un homme reposait couché en travers, laissant traîner une jambe pour se balancer et établir constamment un faible courant d'air.

« *Buenas tardes* », dit le prêtre.

L'homme ouvrit les yeux et le regarda.

« A combien sommes-nous de Carmen ?

— Trois lieues.

— Puis-je trouver un canoë pour traverser la rivière ?

— Oui.

— Où ? »

L'homme agita mollement la main comme pour dire : n'importe où, sauf ici. Il ne lui restait plus que deux dents, des canines jaunes qui dépassaient aux deux coins de sa bouche et qui ressemblaient aux dents d'animaux préhistoriques qu'on trouve incrustées dans l'argile.

« Qu'est-ce que les gendarmes venaient faire ici ? » demanda le prêtre, tandis qu'un nuage de mouches s'abattait sur le cou de la mule : il les chassa avec une baguette et elles remontèrent d'un vol lourd, laissant un petit sillage de sang sur la rude peau grise où elles revinrent aussitôt. La mule paraissait insensible, au soleil, tête pendante.

« Cherchaient quelqu'un, répondit l'homme.

— J'ai entendu dire, dit le prêtre, qu'ils offrent une récompense... pour un *gringo*. »

L'homme balança son hamac et dit :

« Il vaut mieux être vivant et pauvre que riche et mort.

— Est-ce que je les rattraperai si je vais vers Carmen ?

— Ils ne vont pas à Carmen.

— Ah ! non ?

— Non. Ils rentrent en ville. »

Le prêtre poursuivit son chemin. Vingt mètres plus loin, il s'arrêta de nouveau, devant une échoppe d'eau minérale et demanda au garçon qui la tenait :

« Où puis-je trouver un bateau pour traverser la rivière ?

— Il n'y a pas de bateau.

— Pas de bateau ?

— Quelqu'un l'a volé.

— Donnez-moi un sidral. »

Il vida d'un trait le liquide jaune et pétillant, parfumé chimiquement, ce qui ne fit qu'augmenter sa soif.

« Comment vais-je faire pour traverser ?

— Pourquoi voulez-vous traverser ?

— Je vais à Carmen. Comment les gendarmes sont-ils passés ?

— A la nage.

— *Mula, mula* », fit le prêtre pour faire avancer sa bête. Ils dépassèrent l'inévitable kiosque à musique, puis une statue d'un style prétentieux représentant une femme en toge brandissant une couronne de lauriers. Un morceau de piédestal était détaché et gisait au milieu de la route... La mule le contourna. Le prêtre regarda en arrière : tout au bout de la rue, le *mestizo* assis dans son hamac le suivait des yeux. La mule tourna dans un

sentier qui descendait à pic dans la rivière, et le prêtre
regarda derrière lui une seconde fois. Le métis était
encore dans son hamac, mais il avait posé les deux pieds
à terre. Une inquiétude qui lui devenait coutumière
poussa le prêtre à battre sa bête en criant : « *Mula,
mula...* », mais la mule prit son temps et glissa doucement sur la berge inclinée.

Parvenue au bord de la rivière, elle refusa d'entrer
dans l'eau : le prêtre fendit et aiguisa d'un coup de dent
le bout de son bâton et en planta la pointe acérée dans
les flancs de la mule. La bête se mit à patauger en hésitant, et l'eau monta aux étriers, puis aux genoux du
cavalier. La mule commença à nager, étendue à plat,
comme un alligator : on ne voyait plus d'elle que les
yeux et les naseaux. Quelqu'un appela du rivage.

Le prêtre se retourna : au bord de l'eau se tenait le
métis qui criait... pas très fort, sa voix ne portait pas.
On aurait dit qu'il avait une intention secrète que seul
le prêtre devait connaître. Il agita le bras, pour lui faire
signe de revenir en arrière, mais déjà la mule sortait
de l'eau en titubant et gravissait l'autre berge ; aussi le
prêtre ne prêta-t-il aucune attention à ses appels. L'inquiétude s'était logée dans son cerveau. Sans regarder
derrière lui, il poussa la mule à travers la pénombre
verte d'un petit bois de bananiers. Pendant toutes ces
années, il avait eu deux asiles où il pouvait toujours
trouver le repos dans une cachette sûre : l'un était
Concepción, son ancienne paroisse qui désormais lui
était interdite, et l'autre, Carmen où il était né et où
ses parents étaient enterrés. Il avait imaginé qu'il aurait
peut-être un troisième lieu de refuge, mais il savait
désormais qu'il n'y retournerait plus... Il tourna la tête
de sa mule vers Carmen et de nouveau la forêt se
referma sur eux. A cette allure, ils arriveraient la nuit
tombée et c'était ce qu'il voulait. La mule, quand il cessait de la battre, avançait avec une lenteur extrême,
tête pendante ; elle répandait une légère odeur de sang.

Le prêtre s'endormit, appuyé sur le haut pommeau. Il rêvait qu'une petite fille, en robe de mousseline blanche toute raide, récitait son catéchisme — dans le fond du tableau, il voyait un évêque au milieu d'un groupe d'Enfants de Marie, de vieilles femmes aux visages gris et durs de dévotes et qui portaient des rubans bleu pâle. L'évêque disait : « Excellent... Excellent... » et applaudissait : clac, clac, clac ! Un homme en jaquette noire annonça : « Il nous manque encore cinq cents pesos pour payer le nouvel harmonium. Nous avons l'intention d'organiser un gala musical et nous espérons... » Le prêtre se rappela avec une brusque épouvante qu'il ne devrait pas être là du tout... ce n'était pas sa paroisse, on l'attendait à Concepción pour diriger une retraite. L'homme qui s'appelait Montez apparut derrière l'enfant en mousseline blanche et gesticula pour lui rappeler quelque chose... Il était arrivé un accident à Montez, il avait au front une blessure où le sang s'était coagulé. Une menace terrible pesait sur l'enfant, le prêtre en avait la certitude. Il balbutia : « Ma chérie, ma chérie... » et s'éveilla, rappelé à lui par le tangage lent de la mule et par un bruit de pas sur le sentier.

Il se retourna : c'était le métis qui trottait derrière lui, ruisselant d'eau. Il avait dû traverser la rivière à la nage. Ses deux canines avançaient sur sa lèvre inférieure et il souriait d'un air engageant.

« Que voulez-vous ? lui demanda le prêtre d'un ton cassant.

— Vous ne m'aviez pas dit que vous alliez à Carmen.

— Pourquoi vous l'aurais-je dit ?

— C'est que, moi aussi, je dois aller à Carmen. Il vaut mieux voyager de compagnie. »

Il portait une chemise, un pantalon blanc et des souliers de tennis dont l'un était troué et laissait passer l'orteil, gras, jaune comme une chose qui vit sous la terre. L'homme se gratta sous l'aisselle, et familièrement s'approcha du prêtre jusqu'à toucher son étrier.

« Je ne vous ai pas offensé, señor ?

— Pourquoi m'appelez-vous señor ?

— Il est bien visible que vous êtes un homme éduqué.

— La forêt est libre.

— Connaissez-vous bien Carmen ? demanda l'homme.

— Non, pas très bien. J'y ai quelques amis.

— Vous y allez pour affaires, je suppose ?... »

Le prêtre ne répondit pas. Il sentait la main de l'homme posée sur son pied, en un contact léger et qui s'excusait d'avance.

« Il y a une *finca* pas loin de la route à deux lieues d'ici. Nous ferions aussi bien d'y passer la nuit.

— Je suis pressé, rétorqua le prêtre.

— Mais à quoi sert d'arriver à Carmen à une heure ou deux du matin ? Nous pourrions dormir à la *finca* et être là-bas avant que le soleil ne monte.

— Je fais ce qui me convient.

— Naturellement, señor, naturellement. »

L'homme garda le silence pendant un petit moment, puis il ajouta :

« Ce n'est pas prudent de voyager la nuit si le señor n'est pas armé. Un homme comme moi, c'est différent.

— Jc suis très pauvre, dit le prêtre. Vous pouvez voir vous-même que je n'ai rien qui puisse tenter un voleur.

— En plus, il y a le *gringo*... on dit que c'est un homme féroce, un vrai *pistolero*. Il vient à vous et dit dans sa langue à lui : « Stop, indiquez-moi le chemin pour... tel « endroit. » Vous ne comprenez rien à ce qu'il raconte et si par hasard vous faites un mouvement vous êtes mort. Mais peut-être savez-vous parler américain, señor ?

— Bien sûr que non. Comment l'aurais-je appris ? Je suis un homme pauvre. Mais moi, je n'écoute pas les histoires de brigands.

— Venez-vous de loin ? »

Le prêtre réfléchit quelques secondes.

« De Concepción. »

Il avait fait là tout le mal qu'il pouvait faire.

L'homme parut momentanément satisfait. Il continua de marcher à côté de la mule, une main posée sur l'étrier ; de temps en temps, il crachait ; en baissant les yeux, le prêtre pouvait voir l'orteil avancer sur le sol comme un gros asticot. Ce métis était sans doute inoffensif. Seules ses conditions de vie incitaient à la méfiance. Le crépuscule vint et presque aussitôt ce fut la nuit totale. La mule ralentit encore le pas. Des bruits montèrent tout autour d'eux, comme au théâtre où, dès que le rideau tombe, le brouhaha commence dans les coulisses et les couloirs. Des bêtes impossibles à reconnaître — peut-être des jaguars — poussaient des cris dans les taillis, des singes sautaient dans les branches les plus hautes et les moustiques bourdonnaient partout, comme des machines à coudre.

« Ça donne soif de marcher, dit l'homme, auriez-vous, señor, quelque chose à boire... ?

— Non.

— Si vous voulez arriver à Carmen avant trois heures, il faut battre votre mule. Voulez-vous que je prenne le bâton ?

— Non, non, laissez la pauvre bête prendre son temps. Peu m'importe..., dit-il à moitié assoupi.

— Vous parlez comme un prêtre. »

Cela le réveilla du coup, mais sous les grands arbres noirs, il ne distingua rien.

« Quelles bêtises vous dites !

— Je suis très bon chrétien, dit l'homme, en caressant le pied du prêtre.

— Je vous crois. Je voudrais pouvoir en dire autant !...

— Ah ! vous devriez être capable de reconnaître les gens qui méritent votre confiance. »

Il cracha d'un air cordial.

« Je n'ai rien à confier, répondit le prêtre. Tout ce que je possède, c'est ce pantalon et il est très déchiré. Et aussi cette mule — et ce n'est pas une bonne mule, vous pouvez le voir ! »

Ils marchèrent en silence pendant quelque temps, puis comme s'il venait de réfléchir à la dernière phrase de son compagnon, le métis continua :

« Ce ne serait pas une si mauvaise mule si vous la traitiez convenablement. Je n'ai pas mon pareil pour soigner les mulets. Il est visible que cette bête-ci est exténuée. »

Le prêtre abaissa son regard sur la tête grise et stupide qui se balançait.

« Vous croyez ?

— Combien de lieues avez-vous fait hier ?

— Douze peut-être.

— Même une mule a besoin de repos... »

Le prêtre sortit ses pieds nus des profonds étriers de cuir et se laissa glisser jusqu'au sol. La mule allongea le pas, mais elle ne tarda pas à reprendre une allure encore plus lente qu'avant. Les petites branches et les racines qui jonchaient ce sentier de forêt blessaient les pieds du prêtre, au bout d'une minute, ils étaient en sang. Il s'appliquait vainement à ne pas boiter. Le métis s'écria :

« Comme vous avez les pieds sensibles ! Vous devriez porter des chaussures. »

L'autre affirma une fois de plus, obstinément :

« Je suis pauvre.

— Vous n'arriverez jamais à Carmen de ce pas. Voyons, soyez raisonnable. Si vous ne voulez pas vous écarter de la route pour coucher à la *finca*, je connais une petite hutte à moins d'une demi-heure d'ici. Nous pourrons y dormir quelques heures, et arriver tout de même à Carmen à la pointe du jour. »

On entendit un bruissement dans l'herbe en bordure du chemin — le prêtre pensa aux serpents et à ses pieds nus si exposés. Les moustiques lui lardaient les poignets : ils ressemblaient à de petites seringues chirurgicales pleines de poison, décidées à atteindre le vaisseau sanguin. Parfois, près du visage du métis, une luciole, balançant sa lueur ronde, l'allumait et l'éteignait comme une lampe de poche.

« Vous n'avez pas confiance en moi, dit le métis, sur un ton d'accusation : parce que je suis un homme qui aime à rendre service aux étrangers, parce que j'essaie d'agir comme un chrétien, vous vous méfiez de moi. »

Il semblait faire des efforts pour s'exciter et parvenait à une sorte de colère mesquine.

« Si j'avais voulu vous voler, dit-il, il y a longtemps que j'aurais pu le faire. Vous êtes vieux.

— Pas si vieux que ça », répondit le prêtre avec douceur. Sa conscience s'était déclenchée automatiquement : c'était comme une machine à sous où l'on peut introduire n'importe quelle pièce, même le disque de métal du tricheur. Les mots : orgueilleux, luxurieux, envieux, lâche, ingrat, tous ces mots en actionnaient les ressorts appropriés, et tous s'appliquaient à lui-même.

« Voici bien des heures que je perds à vous servir de guide pour aller à Carmen. Je ne vous demande aucune récompense parce que je suis un bon chrétien. Pendant ce temps-là, j'aurais probablement gagné de l'argent chez moi... ça ne fait rien...

— J'ai cru vous entendre dire que vous aviez à faire à Carmen ? remarqua le prêtre sans acrimonie.

— Quand ai-je dit ça ?... »

C'était vrai... le prêtre ne se le rappelait pas... sans doute était-il injuste.

« Pourquoi vous dirais-je une chose qui n'est pas vraie ? reprit le métis, non, non, je sacrifie une journée entière pour vous rendre service, et quand votre guide est fatigué, vous n'y faites même pas attention...

— Je n'avais pas besoin de guide, protesta le prêtre, doucement.

— Vous dites ça parce que votre route est bien tracée, mais, sans moi, il y a longtemps que vous vous seriez trompé de chemin. Vous avez dit vous-même que vous ne connaissiez pas bien Carmen, c'est pour ça que je suis venu...

— Mais naturellement, dit le prêtre, si vous êtes fatigué, nous nous reposerons. »

Il avait honte d'être si méfiant, mais cette méfiance tenait à lui comme une excroissance dont seul un bistouri eût pu le débarrasser.

Une demi-heure après, ils arrivèrent à la hutte : faite de branches et de torchis, elle avait été dressée dans une minuscule clairière par un petit fermier ; il avait dû en être chassé par la forêt qui l'enserrait peu à peu, force naturelle irrésistible qu'il ne pouvait combattre avec sa *machete* et ses maigres feux. Le sol noirci portait encore les traces d'un effort qu'il avait tenté pour détruire la broussaille et faire produire au sol quelque moisson médiocre, chétive et inadéquate.

« Je vais m'occuper de la mule, dit le métis. Allez vous étendre et reposez-vous.

— Mais c'est vous qui êtes fatigué.

— Moi fatigué ? Qu'est-ce qui vous fait dire ça ? je ne suis jamais fatigué. »

Le cœur lourd, le prêtre détacha sa sacoche de selle, poussa la porte et entra, dans l'obscurité totale. Il frotta une allumette, il n'y avait pas de meubles ; rien qu'un tertre de terre battue formant couchette, avec une natte de paille si déchirée qu'on n'avait pas même pris la peine de l'emporter. Il alluma une bougie, l'assujettit dans sa propre cire sur la couchette. Il s'assit ensuite et attendit : le métis mettait bien longtemps. Dans sa main refermée, le prêtre serrait encore les papiers qu'il avait repêchés dans sa valise, il faut qu'un homme reste attaché à quelque relique sentimentale pour garder une raison de vivre. L'argument du danger ne s'applique qu'à ceux qui vivent en sécurité. Il se demanda si le métis lui avait volé sa mule, et se reprocha ensuite cet inévitable soupçon. Alors la porte s'ouvrit et l'homme entra... avec ses deux canines jaunes saillantes, ses ongles sous l'aisselle

pour se gratter. Il s'assit à terre, le dos appuyé à la porte
et dit :

« Dormez. Vous êtes las. Je vous éveillerai quand il
nous faudra repartir.

— Je n'ai pas sommeil.

— Eteignez. Vous dormirez mieux.

— Je n'aime pas l'obscurité, dit le prêtre. (Il avait
peur.)

— Ne direz-vous pas une prière, mon Père, avant que
nous nous endormions ?

— Pourquoi m'appelez-vous ainsi ? dit le prêtre sèche-
ment, cherchant à distinguer sur le sol, plongé dans
l'ombre, le métis assis contre la porte.

— Oh ! parce que j'ai deviné, bien sûr. Mais il ne faut
pas avoir peur de moi. Je suis bon chrétien.

— Vous vous trompez.

— Il me serait très facile de le savoir, n'est-ce pas ?
dit le métis. Je n'aurais qu'à dire : mon Père, je veux me
confesser à vous. Vous ne pourriez refuser et laisser un
homme en état de péché mortel. »

Le prêtre ne répondit pas, s'attendant à la requête :
la main qui tenait les papiers trembla nerveusement.

« Oh ! n'ayez pas peur de moi, poursuivit le métis,
pesant ses paroles, vous n'avez rien à craindre, je ne
vous trahirai pas. Je suis chrétien. J'avais pensé simplement qu'une prière... nous ferait du bien.

— Il n'est pas besoin d'être prêtre pour connaître une
prière. »

Le prêtre commença : *Pater Noster qui es in coelis...*
tandis que les moustiques s'abattaient en ronflant sur
la flamme de la bougie. Il était déterminé à ne pas
dormir, le métis préparait quelque chose : sa conscience
même cessa de lui reprocher son manque de charité. Il
savait. Il était en présence de Judas.

Il laissa aller sa tête en arrière et l'appuyant contre
le mur ferma les yeux à demi ; il se rappela des Semaines saintes de jadis où un Judas empaillé était pendu au

beffroi, et se balançait au-dessus de la porte, tandis que les gamins faisaient un grand tapage à l'aide de crécelles et de boîtes en fer-blanc. Parfois les plus vieux et les plus austères parmi les membres de la Congrégation protestaient disant qu'il était blasphématoire de transformer en pantin l'homme qui avait trahi Notre-Seigneur ; mais lui n'avait rien dit ; il avait laissé subsister la coutume. Cela lui paraissait une bonne chose que le traître des traîtres devînt un objet de risée. Autrement, c'eût été trop facile de l'idéaliser en faisant de lui l'homme qui combattit le Seigneur, un Prométhée, la noble victime d'un combat sans espoir.

« Dormez-vous ? » chuchota une voix près de la porte.

Le prêtre eut un brusque petit rire... comme si cet homme qui lui aussi avait été quelque ridicule mannequin aux jambes empaillées, au visage peinturluré et coiffé d'un vieux chapeau, qu'on allait d'un instant à l'autre brûler sur la plaza, pendant que les politiciens faisaient des discours au milieu des fusées du feu d'artifice.

« Vous ne pouvez donc pas dormir ?

— Je rêvais », murmura le prêtre.

Il ouvrit les yeux et s'aperçut que le métis adossé à la porte frissonnait... ses deux dents saillantes sautillaient de haut en bas sur la lèvre inférieure.

« Etes-vous malade ?

— Un peu de fièvre, répondit l'homme. Est-ce que vous avez des remèdes ?

— Non. »

Des frissons le secouaient et faisaient craquer le bois de la porte où s'appuyait son dos.

« Je me suis mouillé dans la rivière... », dit-il.

Il se laissa glisser plus loin sur le sol et ferma les yeux... Des moustiques aux ailes brûlées rampaient sur la couchette de terre.

« Il ne faut pas que je m'endorme, se dit le prêtre, ce serait dangereux. Il faut que je le surveille. »

Il ouvrit le poing et effaça les plis du papier froissé. On distinguait des lignes écrites au crayon, à demi effacées, mots isolés, débuts et fins de phrases, chiffres ? Maintenant qu'il n'avait plus sa valise, c'était la seule preuve qu'il possédât encore que sa vie avait jadis été différente ; il portait sur lui ce papier comme une amulette, car si la vie avait pu être telle, elle pouvait le redevenir. Dans la chaleur moite de cette plaine basse et marécageuse, la flamme de la bougie montait en une pointe fumeuse et agitée... Le prêtre approcha le papier de sa lumière et lut les mots : Société du Tabernacle, Confrérie du Saint-Sacrement, Enfants de Marie, mais, relevant la tête et fouillant du regard l'autre côté de la hutte obscure, il vit que les yeux jaunes et fiévreux du métis le surveillaient. Le Christ n'aurait pas surpris Judas endormi dans le jardin ! Judas est capable de guetter pendant plus d'une heure.

« Qu'est-ce que c'est que ce papier... mon Père ? » demanda-t-il, sur un ton engageant, le dos tremblant de malaria contre la porte.

« Ne m'appelez pas « Père ». C'est une liste de semences qu'il faut que j'achète à Carmen.

— Savez-vous écrire ?

— Je sais lire. »

Il se remit à étudier le papier et une petite plaisanterie, doucement blasphématoire, lui sauta aux yeux... C'était une phrase au crayon à peine lisible qui parlait d'« une seule substance ». Il avait fait allusion à son obésité et au bon dîner qu'il venait de manger : les paroissiens n'avaient guère apprécié son humour.

C'était au cours d'un banquet donné à Concepción pour célébrer le dixième anniversaire de son ordination. Il était à la place d'honneur, à côté de... qui donc était à sa droite ? Le repas avait compté douze services, aussi avait-il fait allusion aux douze apôtres, ce qui non plus n'avait pas été trouvé du meilleur goût. Il était alors très jeune et il se sentait doucement démoniaque, au milieu de ces gens de Concepción, pieux, mûrs et respectables, qui arboraient les rubans et les insignes de leurs associations. Il avait bu un peu plus que de raison : à cette époque, il n'était pas habitué à l'alcool. Tout à coup, il se souvint de son voisin de table : c'était Montez, le père de l'homme qui venait d'être fusillé.

Montez avait parlé assez longuement. Il avait lu un rapport sur les activités de l'Association de l'Autel au cours de l'année précédente — ils avaient un surplus de vingt-deux pesos. Lui-même l'avait noté en vue d'une délibération — c'était inscrit là : Ass. Autel 22. Montez était fort désireux d'organiser une ramification de la Société de Saint-Vincent-de-Paul — et une dame s'était plainte parce qu'on vendait de mauvais livres à Concepción : ils étaient apportés de la capitale, à dos de mulet et son petit garçon en avait trouvé un intitulé : *Mariage ou Luxure.* Le prêtre avait dit dans son discours qu'il écrirait au gouverneur à ce sujet.

A l'instant même où il prononçait ces mots, le photographe du village avait fait jaillir la flamme du magnésium, de sorte qu'il se rappelait son visage d'alors comme s'il avait été un étranger qui regarde du dehors, attiré par le bruit, quelque joyeuse réunion d'inconnus qui festoient, et parmi lesquels il remarque avec envie, et peut être un peu d'amusement, un prêtre jeune et gras, debout, sa main potelée étendue en un geste plein d'assurance, tandis que sa langue savoure le mot « gouverneur ». Autour de lui, les bouches s'ouvraient comme des bouches de poissons au milieu de faces blêmes sur lesquelles le magnésium avait effacé, avec les traits, toute individualité.

Cet instant d'autorité lui avait brusquement rendu son sérieux — il avait cessé de s'abandonner et tous en étaient soulagés.

« Ce reliquat de vingt-deux pesos dans les comptes de l'Association de l'Autel — bien qu'il soit pour Concepción une véritable révolution — n'est pas la seule chose dont nous ayons à nous féliciter dans l'année qui vient de s'écouler. Les Enfants de Marie ont neuf adhérentes de plus, et l'automne dernier, la Confrérie du Saint-Sacrement est venue apporter un éclat inaccoutumé à notre retraite annuelle. Mais gardons-nous bien de nous endormir sur nos lauriers. J'ai des projets qui, je le crains, vont vous paraître un peu subversifs. Je sais que, déjà, vous me tenez pour un homme exagérément ambitieux... eh bien, je veux que Concepción possède une école plus belle, ce qui signifie aussi, naturellement, un presbytère plus grand et plus beau. Nous sommes une paroisse importante dont le curé a un rang à tenir. Je ne pense pas à moi, je pense à l'Eglise. Et, bien qu'il faille un grand nombre d'années, je le crains, même dans une ville de l'importance de Concepción, pour trouver l'argent nécessaire à de telles améliorations, nous ne nous arrêterons pas là. »

Tout en parlant, il voyait se dérouler devant lui une vie entière de sérénité... Oui, il avait de l'ambition. Il ne voyait pas pourquoi, un jour, il ne se retrouverait pas dans la capitale de la province, attaché à la cathédrale, ayant laissé à un autre prêtre le soin de payer ses dettes à Concepción. Un prêtre zélé, on le sait, fait toujours des dettes. Il continua, en agitant sa main potelée et expressive :

« C'est vrai que de graves dangers menacent au Mexique notre chère Eglise. Dans notre province, nous sommes remarquablement favorisés. Mais dans le Nord, des hommes ont perdu la vie et il faut que nous soyons prêts... (Il buvait une gorgée de vin pour humecter sa bouche desséchée.) prêts à affronter le pire. Veillez et priez. Le diable comme un lion furieux... »

Les Enfants de Marie, en extase, le regardaient bouche bée, leurs rubans bleu pâle posés en oblique sur leurs corsages foncés du dimanche.

Il parla longuement, tout à la volonté d'écouter sa propre voix : il avait découragé Montez au sujet de la

Société de Saint-Vincent-de-Paul — car il faut se garder de laisser trop d'initiative aux laïcs — puis il avait raconté une histoire ravissante d'enfant agonisant ; c'était une petite fille de onze ans qui se mourait de tuberculose, et témoignait d'une foi solide. Elle demanda qui était celui qui se tenait debout au pied de son lit, et l'on répondit : « C'est le Père Untel. — Non, non, dit-elle, je connais bien le Père Untel. Je veux dire celui qui porte une couronne d'or. » Un membre de la Confrérie du Saint-Sacrement avait pleuré. Tout le monde était très heureux. C'était une histoire vraie, par surcroît, bien qu'il ne pût se rappeler qui la lui avait racontée. Peut-être l'avait-il lue quelque part. Quelqu'un remplit son verre. Il respira profondément et dit : « Mes enfants... »

... Et parce que le métis s'agitait et grognait près de la porte, il ouvrit les yeux et sa vie passée se détacha de lui comme une vieille étiquette ; il était étendu, vêtu d'un pantalon de *peón* en loques, dans une hutte noire sans aération, et sa tête était mise à prix. Le monde entier s'était métamorphosé : il n'y avait plus d'églises nulle part ; plus de prêtres, que le Père José, ce renégat, dans la capitale. Immobile, il écouta la respiration bruyante du métis en se demandant pourquoi il n'avait pas choisi la même voie que le Padre José qui s'était conformé aux lois. « J'étais trop ambitieux, pensa-t-il, voilà la raison. » Le Padre José était peut-être meilleur que lui : il avait assez d'humilité pour accepter toutes les railleries ; dans ses moments les meilleurs, jamais il ne s'était trouvé digne du sacerdoce. Une conférence avait réuni, en une certaine occasion, le clergé paroissial dans la capitale — c'était au temps de l'ancien gouvernement — et il se rappelait encore comme le Padre José se faufilait derrière tout le monde, au fond de la salle des séances, recroquevillé au dernier rang, et comme il se cachait et n'ouvrait jamais la bouche. Et la raison n'en était pas l'excès de scrupules, comme chez certains ecclésiastiques plus intellectuels : il était tout simplement pénétré du sentiment accablant de la présence divine. A l'élévation, on pouvait voir ses mains trembler. Il n'était pas comme saint Thomas qui dut toucher du doigt les plaies afin de croire : pour Padre José, les plaies se rouvraient et saignaient sur chaque autel. Un jour, dans un élan de confiance, Padre José lui avait dit : « Chaque fois... j'ai affreusement peur. » Il était le fils d'un *peón*.

Mais son cas, à lui, était tout autre... il avait de l'ambition. Il n'était pas un intellectuel, pas plus que le Padre José, mais son père était un boutiquier, aussi comprenait-il la valeur d'un reliquat de vingt-deux pesos et savait-il s'occuper d'hypothèques. Il ne se contenterait pas de demeurer toute sa vie le curé d'une paroisse de médiocre importance. Ses ambitions lui revenaient à présent sous un aspect quelque peu ridicule, et il fit entendre un léger gloussement de rire inattendu, dans la faible lueur de la bougie.

« Est-ce que vous ne dormez pas encore ? demanda le métis en ouvrant les yeux.

— Dormez donc vous-même, dit le prêtre en essuyant de sa manche son visage qui transpirait un peu.

— J'ai si froid.

— Une poussée de fièvre. Voulez-vous ma chemise ? Ce n'est pas grand-chose mais si cela peut vous réchauffer...

— Non, non. Je ne veux rien accepter de vous : vous n'avez pas confiance en moi. »

Bien sûr : s'il avait eu l'humilité du Padre José, il pourrait habiter maintenant la capitale, avec Maria, et toucher une pension. Ce n'était que par orgueil, par un orgueil diabolique qu'il était couché ici et qu'il offrait sa chemise à l'homme qui se préparait à le trahir. Même dans ses tentatives d'évasion, il n'avait mis que peu de conviction, à cause de cet orgueil, le péché qui avait entraîné la chute des anges. Quand il avait fini par être le seul prêtre qui demeurât encore dans la province, son orgueil n'en avait été que plus grand ; il se prit pour un gaillard intrépide, parce qu'il transportait le Bon Dieu, au péril de sa vie ; un jour, il recevrait sa récompense. Il pria dans la pénombre :

« Oh ! mon Dieu, pardonnez-moi. Je suis un homme orgueilleux, voluptueux et gourmand. J'ai trop aimé l'autorité. Ces gens sont des martyrs : ils me protègent en exposant leur propre vie. Ils méritent d'avoir un martyr qui prenne soin d'eux — pas un sot comme moi qui aime ce qu'il ne faut pas aimer. Peut-être vaudrait-il mieux que je passe la frontière... Si je leur racontais là-bas ce qui arrive ici, peut-être enverraient-ils un homme vertueux, tout embrasé d'amour... »

Comme d'habitude, son examen de conscience se réduisit au problème pratique : « Que vais-je faire ? »

De l'autre côté, contre la porte, le métis dormait d'un sommeil inquiet.

Il possédait vraiment peu de chose pour nourrir son orgueil : il n'avait célébré que quatre messes cette année et entendu une centaine de confessions. Il pensa que le séminariste le plus cancre aurait pu en faire autant... ou mieux. Il se leva avec précaution et traversa la hutte sur la pointe de ses pieds nus. Il lui fallait arriver à Carmen et s'enfuir très vite, avant que cet homme... La bouche ouverte laissait voir des gencives pâles, dures et édentées, il grognait et se débattait dans son sommeil ; enfin, il s'affaissa sur le sol et s'immobilisa.

Il donnait l'impression de s'être abandonné, comme s'il avait renoncé, désormais, à toute lutte, et gisait là, à la merci de quelque puissance... Le prêtre n'avait qu'à l'enjamber et pousser la porte... elle s'ouvrait vers l'extérieur.

Il passa une jambe par-dessus le corps, une main lui saisit la cheville. Le métis le regardait fixement, d'en bas.

« Où allez-vous ?

— Me soulager », répondit le prêtre.

La main ne lâchait pas sa cheville.

« Pourquoi ne le faites-vous pas ici ? demanda l'homme en geignant. Qu'est-ce qui vous en empêche, mon Père, car vous êtes un Père, n'est-ce pas ?

— J'ai un enfant, si c'est ça que vous voulez dire.

— Vous savez très bien ce que je veux dire. Vous êtes au courant de ce qui concerne Dieu... (La main brûlante se cramponnait.) Peut-être l'avez-vous ici même, dans votre poche. Vous le transportez sur vous, n'est-ce pas, pour le cas où quelqu'un serait malade ?... Eh bien, moi, je suis malade. Pourquoi ne me donnez-vous pas Dieu ? Ou pensez-vous qu'il refuserait d'avoir affaire à moi s'il savait... ?

— Vous avez la fièvre. »

Mais l'homme ne voulait pas se taire. Le prêtre se rappela une source de pétrole que des prospecteurs avaient découverte un jour près de Concepción : le terrain n'était pas assez riche pour justifier de plus grands travaux, mais pendant quarante-huit heures, un jet noir, perçant le sol stérile et marécageux, avait jailli vers le ciel, pour s'écouler ensuite et s'infiltrer dans la terre, à raison de deux cent mille litres par heure. Tel est chez l'homme le sentiment religieux, qui s'élance brusquement vers le ciel, en une colonne noire de fumée et de scories, puis se perd à jamais.

« Voulez-vous que je vous dise ce que j'ai fait ? C'est votre métier de m'écouter. J'ai pris de l'argent aux femmes, en échange de... vous savez quoi, et j'ai donné cet argent à de jeunes garçons...

— Je ne veux pas vous entendre.

— C'est votre métier.

— Vous vous trompez.

— Oh ! mais non. Vous n'arriverez pas à me donner le change. Ecoutez. J'ai entretenu des petits jeunes gens... vous savez ce que je veux dire. Et j'ai mangé de la viande le vendredi. »

Un horrible mélange du trivial, de l'obscène et du grotesque coulait entre les deux crocs jaunes, et la main qui serrait la cheville du prêtre ne cessait de trembler de fièvre.

« J'ai menti. Je n'ai pas jeûné pendant le carême depuis je ne sais combien d'années. Il m'est arrivé de posséder deux femmes à la fois... Je vais vous raconter comment j'ai fait... »

Il avait un sentiment démesuré de sa propre importance : il était incapable d'imaginer ce monde dont il n'était qu'un détail banal, ce monde de traîtrise, de violence et de luxure où sa propre ignominie était tout à fait insignifiante. Combien de fois le prêtre avait-il entendu cette même confession ? Les hommes sont si limités : ils n'ont même pas l'habileté d'inventer un vice nouveau : les animaux en savent autant qu'eux. Et c'est pour ce monde que le Christ est mort ; plus l'on voit de corruption autour de soi, plus la gloire qui entoure sa mort resplendit. C'est trop facile de mourir pour ce qui est bon ou beau, son foyer, ses enfants ou la civilisation... il fallait un Dieu pour mourir afin de sauver des hommes lâches et corrompus.

« Pourquoi me racontez-vous tout cela ? » demanda-t-il.

L'homme se tut, il s'était recouché, exténué ; il commençait à transpirer, sa main desserra son étreinte. Le prêtre poussa la porte et sortit : l'obscurité était totale. Comment retrouver le mulet ? Il s'arrêta pour écouter. Une bête hurla, pas très loin. Il avait peur. Derrière lui, dans la hutte, la chandelle était allumée ; il entendit un étrange glouglou : le métis sanglotait. De nouveau, le souvenir lui vint des terrains pétrolifères avec leurs petites flaques noires, et les bulles qui montent lentement, crèvent et se reforment.

Le prêtre frotta une allumette et marcha droit devant lui : un pas, deux pas, trois pas, il se cogna dans un arbre. Une allumette au milieu de ces ténèbres immen-

ses n'éclairait pas plus qu'une luciole. « *Mula, mula !* »
appela-t-il tout bas dans la crainte d'être entendu par le
métis : en outre, il était peu probable que l'animal
stupide lui répondit. Il la détestait, cette mule, avec sa
tête branlante de mandarin, sa bouche mâchonnante et
goulue, son odeur de sang et d'excréments. Il gratta une
seconde allumette et repartit, et de nouveau au bout de
quelques pas rencontra un arbre. Dans la hutte, les
hoquets de douleur continuaient. Il fallait arriver à
Carmen ; il fallait fuir avant que cet homme n'eût
trouvé le moyen de communiquer avec la police. Il
recommença, en divisant méthodiquement la clairière :
un, deux, trois, quatre... un arbre. Quelque chose bougea
sous son pied et il pensa aux scorpions. Un, deux, trois...
et soudain le hennissement grotesque de la mule sortit
de l'obscurité : elle avait faim, ou peut-être flairait-elle
le passage d'un autre animal.

Elle était attachée derrière la hutte à quelques mètres...
Il perdit de vue la lueur de la chandelle. Sa provision
d'allumettes diminuait, mais après deux nouvelles tentatives, il trouva la mule. Le métis l'avait débarrassée de la
selle qu'il avait cachée : inutile de perdre plus de temps
à la chercher. Le prêtre monta sur le dos de l'animal,
et dès qu'il y fut, se rendit compte qu'il était impossible
de le faire avancer sans lui avoir passé au moins un
bout de corde autour du col — il essaya de lui pincer
les oreilles : elles n'étaient pas plus sensibles que des
poignées de porte. Ils restèrent plantés sur place
comme une statue équestre. Il approcha une allumette enflammée du flanc de la mule qui lança brusquement en l'air ses pattes de derrière. Le prêtre
laissa tomber l'allumette : alors la bête s'immobilisa
de nouveau, avec sa tête morose qui pendait et sa
grosse croupe antédiluvienne. Une voix accusatrice
s'éleva :

« Vous me laissez ici... mourir tout seul.

— Ne dites pas de bêtises. Je suis pressé. Vous serez

guéri demain matin et je n'ai pas le temps d'attendre. »

Quelque chose s'agita dans le noir, puis une main agrippa son pied nu.

« Ne me laissez pas seul, dit la voix. Je vous supplie de me traiter chrétiennement.

— Vous n'avez rien à craindre.

— Qu'en savez-vous, tant que le *gringo* rôde par ici ?

— J'ignore tout de ce *gringo*. Je n'ai rencontré personne qui l'ait vu. En outre, il n'est qu'un homme... comme vous et moi.

— Je ne veux pas rester seul. J'ai un pressentiment...

— Très bien, dit le prêtre résigné. Allez chercher la selle. »

Lorsqu'ils eurent sellé la mule, ils repartirent, le *mestizo* tenant l'étrier. Ils cheminaient en silence — parfois le métis trébuchait. Les premières lueurs fausses d'une aube grise apparurent. Un petit tison de satisfaction cruelle s'alluma au cœur du prêtre : Judas était à ses côtés, malade, vacillant, terrifié par l'obscurité. Il n'aurait eu qu'à battre le mulet pour l'abandonner dans la forêt. Il piqua de la pointe de son bâton, forçant sa monture à prendre un trot languissant, et sentit aussitôt le bras du métis qui tirait, tirait sur l'étrier et l'empêchait d'avancer. Il entendit un gémissement ; il crut comprendre : « Mère de Dieu ! » et le mulet ralentit son allure. Le prêtre pria silencieusement : « Que Dieu me pardonne. » Le Christ était mort aussi pour cet homme. Comment lui-même pouvait-il prétendre dans son orgueil, sa lâcheté, sa luxure, être plus digne de cette mort que le métis ? Cet homme avait l'intention de le trahir pour de l'argent dont il avait besoin. Lui, avait trahi son Dieu pour quelque chose qui n'avait même pas été une vraie joie charnelle.

« Vous sentez-vous malade ? » demanda-t-il. Pas de réponse.

Il mit pied à terre et dit au métis :

« Montez sur la mule. Je vais marcher un peu.

— Je vais très bien, répondit l'autre, d'une voix haineuse.

— Mais si, montez...

— Vous êtes très fier de vous, hein ? dit l'homme. Secourir son ennemi. C'est bien chrétien, n'est-ce pas ?

— Etes-vous donc mon ennemi ?

— C'est ce que vous imaginez. Vous croyez que je suis après les sept cents pesos — la prime. Vous croyez qu'un homme aussi pauvre que moi ne peut pas se payer le luxe de ne rien dire aux gendarmes...

— Vous avez la fièvre. »

L'homme lui répondit d'une voix souffreteuse et fourbe :

« Naturellement, vous avez raison.

— Montez donc. »

L'homme chancela, manqua de tomber, le prêtre dut le soutenir. Il s'affala lamentablement sur la mule, d'où il pendait, la bouche presque au niveau de celle du prêtre, et soufflant dans son visage une haleine fétide.

« Les pauvres n'ont pas le choix, mon Père. Savez-vous que si j'étais un homme riche, rien qu'un peu riche, je serais bon. »

Le prêtre — sans savoir pourquoi — pensa brusquement aux Enfants de Marie, en train de manger des gâteaux. Il eut un petit rire... « J'en doute », dit-il. (Si c'était *cela*, la bonté !)

« Que dites-vous, mon Père ? Vous n'avez pas confiance en moi, bredouilla le métis. Parce que je suis pauvre, et parce que vous n'avez pas confiance en moi... »

Il se laissa aller sur le pommeau de la selle, haletant et frissonnant. Le prêtre le soutenant d'une main, ils reprirent lentement leur marche vers Carmen. C'était, d'ailleurs, inutile. Le prêtre ne pourrait plus s'y reposer désormais. Il serait imprudent même de pénétrer dans le village ; car si cela se savait, quelqu'un y perdrait la vie — ils prendraient un otage. Très loin, un coq chanta :

le brouillard montait du sol spongieux jusqu'à la hauteur de ses genoux, et il pensa à l'éclair du magnésium qui avait jailli dans la salle paroissiale toute nue au milieu des tables posées sur des tréteaux. A quelle heure chantent les coqs ? Une des choses les plus étranges dans ce monde nouveau, c'était qu'il n'y avait plus d'horloges... On pouvait passer une année entière sans en entendre une seule sonner. Elles étaient parties avec les églises, et il ne vous restait plus pour mesurer la fuite du temps que les longues aubes grises et les chutes brusques du jour.

Peu à peu, le métis sortit de l'ombre, effondré sur le pommeau de la selle, ses canines jaunes débordant de sa bouche ouverte. Réellement, pensa le prêtre, il avait mérité sa récompense — sept cents pesos ne sont pas grand-chose mais cela lui suffirait pour vivre toute une année dans son village poussiéreux et perdu. De nouveau il rit dans sa barbe : il n'avait jamais pu prendre tout à fait au sérieux les compliments du sort ; et il restait une vague possibilité, songea-t-il, qu'une année entière à l'abri du besoin permît à cet homme de sauver son âme. Il suffit de retourner, comme un rocher, n'importe quelle situation pour que de petites contradictions absurdes et grouillantes s'en échappent de tous côtés. Il s'était laissé aller au désespoir et voici que de cet abandon émergeait une âme humaine et de l'amour... pas de très bonne qualité, mais tout de même de l'amour.

« C'est le destin, déclara brusquement le métis. Un jour, une diseuse de bonne aventure m'a annoncé... une récompense... »

Tenant solidement le métis en selle, le prêtre avançait toujours, les pieds en sang — mais très vite, ils allaient s'endurcir. Un silence étrange tomba sur la forêt et remonta du sol sous forme de brouillard. La nuit avait été bruyante, mais tout redevenait paisible : on eût dit un armistice, le moment où, de part et d'autre, les canons

se taisent... On pouvait s'imaginer le monde entier en
train d'écouter ce qu'il lui avait été impossible d'entendre jusqu'alors... la paix.

Une voix s'éleva :

« Vous êtes le prêtre, n'est-il pas vrai ?

— Oui. »

Comme si les adversaires étaient sortis de leurs tranchées et s'étaient rencontrés au milieu du *no man's land*,
au milieu des barbelés, pour fraterniser. Des anecdotes
de la guerre européenne lui revinrent en mémoire. On
racontait que, pendant les dernières années, des hommes,
poussés par une impulsion soudaine, se rejoignaient entre
les lignes.

« Es-tu vraiment Allemand ? » auraient-ils pu dire,
incrédules, devant un visage si semblable au leur, à
moins qu'ils ne demandassent : « Etes-vous Anglais ? »

« Oui », répéta-t-il, tandis que, laborieusement, la mule
avançait.

Autrefois, lorsqu'il instruisait les enfants, il était arrivé
qu'un petit Indien aux yeux noirs en amande lui deman-
dât : « Comment donc est-il le bon Dieu ? » et il trouvait
une réponse facile, en les renvoyant à leur père, à leur
mère, à moins qu'il n'ajoutât le frère et la sœur, dans
un effort plus ambitieux pour donner quelque idée de
cette immense passion, pourtant personnelle, en quoi
se combinaient toutes les amours et toutes les paren-
tés... Mais au centre de sa propre foi se dressait le
convaincant mystère : nous sommes faits à l'image de
Dieu ; Dieu est le père, mais il est aussi le policier, le
criminel, le prêtre, le maniaque et le juge. Une chose
faite à l'image de Dieu se balançait au gibet, ou se contor-
sionnait en d'étranges attitudes et prenait la pose du
chameau dans l'acte sexuel, sous les balles, dans la cour
d'une prison... Assis dans le confessionnal, le prêtre
était instruit de ces inventions sales et compliquées
que sont les trouvailles de l'image de Dieu ; cette
image de Dieu, ses dents jaunes en saillie sur sa lèvre

inférieure, était secouée en ce moment par les cahots
de la route, sur le dos du mulet ; et l'image de Dieu avait
commis avec Maria son acte de rébellion désespéré dans
la hutte infestée de rats. Ce doit être réconfortant pour
un soldat de savoir que des deux côtés les atrocités sont
les mêmes : personne n'est jamais seul.

« Vous sentez-vous mieux, maintenant ? demanda-
t-il. Moins glacé, moins brûlant ? » Et, poussé par un
devoir fraternel, il pressa de sa main l'épaule de l'image
de Dieu.

L'homme ne répondit pas : l'échine de la mule le faisait
glisser d'un côté et de l'autre.

« Nous ne sommes pas à plus de deux lieues maintenant », dit le prêtre pour lui donner du courage. Il
fallait prendre une décision. Pas de ville, pas de village
dans tout l'Etat dont le souvenir fût aussi net dans sa
mémoire que celui de Carmen : la longue pente couverte d'herbe montant de la rivière au cimetière qui couvrait une minuscule colline de vingt pieds de haut où
ses parents étaient ensevelis. Le mur d'enclos en était
éboulé ; une ou deux croix avaient été brisées par des
enthousiastes, un ange avait perdu l'une de ses ailes de
granit et les quelques pierres tombales encore intactes
gisaient à angle aigu dans les longues herbes marécageu-
ses. Une statue de la Mère de Dieu sans oreilles ni bras
se dressait, telle une Vénus païenne, sur la tombe d'un
riche marchand de bois oublié. C'est étrange, cette fureur
destructive, car on ne peut jamais, bien entendu, tout
détruire. Si Dieu avait ressemblé à un crapaud, il eût été
facile de supprimer tous les crapauds du monde, mais
dès le moment que Dieu est semblable à vous, il ne sert
à rien de détruire des images de pierre, il faudrait vous
suicider au milieu des tombes.

« Vous sentez-vous assez fort maintenant pour vous
tenir en selle ? » demanda le prêtre en retirant sa main.

Le chemin faisait une fourche : d'un côté, l'on continuait vers Carmen, de l'autre vers l'ouest. Le prêtre

poussa la mule, en lui fouettant la croupe, sur la route de Carmen.

« Vous y serez dans deux heures », dit-il.

Immobile, il regarda partir la mule emportant vers son village natal le mouchard affalé sur le pommeau de la selle.

« Où allez-vous ? demanda le métis en essayant de se redresser.

— Vous me servirez de témoin, répondit le prêtre. Je n'ai pas été à Carmen. Mais si vous parlez de moi, les gens vous donneront à manger.

— Mais... mais... »

Le métis essaya de tordre la tête de la mule pour lui faire faire demi-tour, mais il n'en eut pas la force : la bête continua tranquillement son chemin. Le prêtre criait :

« Rappelez-vous. Je ne suis pas allé à Carmen. »

Mais alors, où aller ? Il eut brusquement la conviction qu'il n'existait dans toute la province qu'un seul endroit où il n'y avait pas de danger qu'un innocent fût arrêté comme otage, mais il ne pouvait y aller dans ces vêtements... Le métis s'accrochait de toutes ses forces au pommeau de la selle et roulait ses yeux jaunes d'un air suppliant.

« Vous n'allez pas m'abandonner ici... tout seul ? »

Ce n'était pas seulement le métis qu'il laissait derrière lui, sur cette petite route forestière ; la mule, hochant sa tête stupide, se dressait de profil, comme une barrière entre lui et le village où il était né. Il se sentit semblable à un homme sans passeport, à qui l'on ne permet jamais de débarquer.

Le métis l'invectivait :

« Et ça prétend être un chrétien ! »

Il était parvenu à se redresser. Il se mit à crier des injures... toute une kyrielle incohérente de mots obscènes qui peu à peu se perdaient dans la forêt comme l'écho affaibli de coups de marteau. Il murmura :

« Si jamais je vous revois, vous ne pourrez pas me reprocher... » Naturellement, il avait toutes les raisons possibles d'être mécontent : il venait de perdre sept cents pesos. Il hurla désespérément :

« Je n'oublie jamais un visage. »

II

Jeunes gens et jeunes filles faisaient et refaisaient le tour de la *plaza*, dans la nuit lourde chargée d'électricité : les garçons d'un côté, les filles de l'autre, sans jamais s'adresser la parole. Vers le nord, des éclairs striaient le ciel. On eût dit une cérémonie religieuse dont le sens rituel s'était perdu, mais pour laquelle les gens revêtaient encore leurs meilleurs atours. Parfois, un groupe de femmes plus âgées se joignait à la procession — riant et s'agitant plus que les autres, comme si elles avaient conservé le souvenir de ce qu'était la cérémonie avant qu'on n'eût égaré tous les livres. Du perron de la trésorerie, un homme — le revolver sur la hanche — surveillait la place, et un petit soldat tout ratatiné était assis à côté de la porte de la prison, un fusil entre les genoux : les ombres des palmiers, comme un faisceau de sabres, le désignaient de leurs pointes. Une fenêtre de dentiste était éclairée et l'on voyait briller le fauteuil à pivot, les coussins de peluche rouge, le verre à dents sur son petit support et le minuscule meuble à tiroirs, sem-

blable à un jouet, rempli d'instruments. Derrière les
baies garnies de toile métallique, dans les maisons particulières, des grand-mères se balançaient sur des chaises à bascule au milieu des photographies de famille...
Rien à faire, rien à dire : l'on est exagérément vêtu, et
l'on transpire un peu. C'était la capitale de la province.

L'homme au costume de toile râpé regardait tout cela
du banc où il se reposait. Un peloton de gendarmes armés
passa ; ils rentraient à la caserne, ils marquaient mal le
pas et tenaient leurs fusils n'importe comment. La *plaza*
était éclairée par des réverbères à trois globes placés à
chaque coin et réunis en l'air par d'affreux fils électri-
ques. Un mendiant allait sans succès de banc en banc.

Il s'assit à côté de l'homme aux vêtements de treillis
et entama une longue explication. Son attitude était à la
fois confidentielle et menaçante. De tous les côtés, les
rues descendaient vers la rivière, le port, et la plaine
marécageuse. Il disait qu'il avait une femme et beaucoup
d'enfants et qu'au cours des dernières semaines, ils
n'avaient presque rien eu à manger ; il cessa de parler
pour palper l'étoffe du costume de son voisin.

« Combien, demanda-t-il, ceci a-t-il coûté ?

— Si peu que vous en seriez surpris. »

Tout à coup, tandis que la demie de neuf heures son-
nait à une horloge, toutes les lumières s'éteignirent.

« C'est assez pour plonger un homme dans le désespoir », dit le mendiant.

Il regardait à droite et à gauche la procession des
promeneurs descendre la colline. L'homme en treillis se
leva, l'autre en fit autant et, sur ses talons, traversa la
place.

« Quelques pesos, dit-il, ne vous feraient guère défaut...

— Ah ! si vous saviez à quel point ils me feraient
défaut... »

Ces paroles irritèrent le mendiant.

« Un homme comme moi, dit-il, sent par moments qu'il
ferait n'importe quoi pour quelques pesos. »

Maintenant que toutes les lumières de la ville étaient éteintes, les deux hommes se trouvaient isolés dans l'ombre épaisse.

« Me donneriez-vous tort ?

— Non, non, c'est la dernière chose à laquelle je penserais. »

Mais tout ce qu'il disait ne faisait qu'exciter la colère du mendiant.

« Quelquefois, poursuivit-il, je crois que je serais capable de tuer...

— Ce qui, naturellement, serait très coupable.

— Serais-je coupable, si je prenais un homme à la gorge ?...

— Certes, un homme qui meurt de faim a le droit de défendre sa vie... »

Le mendiant furieux voyait qu'il discourait comme s'il avait simplement discuté une question académique.

« En ce qui me concerne, bien entendu, cela ne vaudrait pas la peine de courir le moindre risque. Je possède exactement quinze pesos soixante-quinze centavos au monde. Moi-même, voici quarante-huit heures que je n'ai rien mangé.

« Mère de Dieu, s'écria le mendiant, vous êtes aussi dur que le roc. N'avez-vous pas de cœur ? »

L'homme aux vêtements de toile pouffa brusquement de rire. Le mendiant lui dit :

« Vous mentez. Pourquoi n'avez-vous pas mangé s'il vous reste encore quinze pesos ?

— Ah ! mais c'est que je veux les dépenser pour acheter de la boisson.

— Quel genre de boisson ?

— Le genre de boisson qu'un étranger ne sait où se procurer dans un endroit comme celui-ci.

— Voulez-vous dire de l'alcool ?

— Oui... du vin surtout. »

Le mendiant s'approcha, si près que sa jambe frôla les jambes de l'autre homme ; il posa une main sur sa manche. On aurait cru qu'ils étaient de grands amis, sinon des frères, en conversation intime dans le noir : même les lumières qui avaient éclairé l'intérieur des maisons s'éteignaient maintenant et les taxis qui avaient attendu toute la journée, à mi-côte, des clients qui selon toute apparence ne viendraient jamais, se dispersaient ; déjà une lanterne arrière clignota et disparut derrière la caserne de gendarmerie.

« Tenez, dit le mendiant, vous avez de la chance aujourd'hui. Combien me donneriez-vous... ?

— Pour de la boisson ?

— Pour une introduction auprès de quelqu'un qui pourra vous céder un peu de véritable alcool — du vrai, du bon alcool de Veracruz ?

— En réalité, expliqua l'homme en treillis, avec un gosier comme le mien, c'est du vin qu'il me faut.

— Du *pulque* ou du *mescal*, il a de tout.

— Et du vin ?

— Du vin de coings. »

L'autre déclara avec emphase mais exactitude :

« Je donnerais tout ce que je possède, sauf les centavos évidemment, en échange d'un peu de véritable vin de raisin. »

Au pied de la colline, près de la rivière, on battait du tambour — rran, plan, rran, plan, et l'on entendait un piétinement au rythme plus ou moins régulier. Des soldats ou des gendarmes regagnaient leur logis pour la nuit.

« Combien ? répéta le mendiant impatient.

— Eh bien, je vous donnerai les quinze pesos et vous paierez le vin ce que bon vous semblera.

— Venez avec moi. »

Ils se mirent à descendre la colline : au carrefour où l'une des rues montait devant la boutique du pharmacien jusqu'à la caserne, et où l'autre rue dégringolait dans la direction de l'hôtel, du quai, et des entrepôts de la *United Banana Company*, l'homme aux vêtements de toile s'arrêta. Les gendarmes remontaient la côte, leurs fusils en bandoulière.

« Attendez un instant. »

Avec eux, marchait un métis dont deux canines en forme de crocs dépassaient la lèvre. L'homme vêtu de toile dans l'ombre le regarda passer : à un moment, le métis tourna la tête et leurs regards se croisèrent. Les gendarmes passèrent jusqu'au dernier et arrivèrent sur la place.

« Allons-nous-en vite.

— Ils ne songent pas à nous inquiéter, dit le mendiant. Ils chassent un plus gros gibier.

— Que faisait cet homme au milieu d'eux, à votre avis ?

— Qui sait ? C'est peut-être un otage.

— Si c'était un otage, on lui aurait attaché les mains, n'est-ce pas ?

— Comment le saurais-je ? »

Il montrait l'indépendance hargneuse que l'on trouve dans les pays où tout le monde admet qu'un homme pauvre doit mendier.

« Voulez-vous de l'alcool, oui ou non ? ajouta-t-il.

— Je veux du vin.

— Je ne peux pas vous dire d'avance qu'il en aura. Vous prendrez ce que vous trouverez. »

Il s'engagea dans le chemin qui descendait vers la rivière, en disant :

« Je ne sais même pas s'il est en ville aujourd'hui. »

Les cancrelats sortaient en nuées et recouvraient les pierres de la route : ils éclataient sous les pieds comme des vesces, tandis que de la rivière montait une odeur de végétation aigre. Le buste blanc d'un général brillait dans un très petit jardin public, fait de pavé brûlant et de poussière, et une dynamo ronflait au rez-de-chaussée de l'unique hôtel. Un large escalier de bois, grouillant de cancrelats, conduisait au premier étage.

« J'ai fait de mon mieux, dit le mendiant, personne ne peut faire plus. »

Au premier, un homme, vêtu d'un pantalon de cérémonie noir et d'un tricot blanc tendu sur la peau, sortit d'une chambre à coucher, une serviette éponge sur l'épaule. Il avait une aristocratique barbiche grise et portait en plus de ses bretelles une ceinture de cuir. Dans les profondeurs de la maison, une conduite d'eau gargouillait, et les cancrelats venaient se cogner bruyamment contre un globe d'électricité sans abat-jour. Le mendiant discourait gravement ; pendant qu'il parlait, la lumière s'éteignit complètement, puis revint en petites lueurs tremblotantes et faibles. Le palier de l'escalier était encombré de fauteuils d'osier et sur une grande ardoise s'inscrivait à la craie le nom des clients... Il n'y en avait que trois pour vingt chambres.

Le mendiant se tourna vers son compagnon.

« Le monsieur en question est sorti. C'est le directeur qui me l'a dit. Voulez-vous que nous l'attendions ?

— Mon temps n'est pas précieux. »

Ils entrèrent dans une grande chambre à coucher nue, au sol carrelé. Le petit lit de fer noir avait l'air d'un objet que quelqu'un, en partant, aurait oublié là. Ils s'assirent dessus côte à côte et attendirent, tandis que les cancrelats entraient dans la chambre par les trous de la gaze métallique qu'ils heurtaient avec de petits bruits secs.

« C'est un homme très important, dit le mendiant. C'est le cousin du gouverneur, il vous procurera n'importe quoi, n'importe quand. Mais, bien entendu, il faut lui être présenté par quelqu'un en qui il ait confiance.

— Et il a confiance en vous ?

— J'ai travaillé pour lui une fois. Il est forcé d'avoir confiance en moi, ajouta-t-il avec simplicité.

— Le gouverneur est-il au courant ?

— Bien sûr que non. Le gouverneur est un homme dur. »

De temps en temps, les conduites d'eau dégurgitaient bruyamment.

« Et pourquoi aurait-il confiance en moi ?

— Oh ! il est facile de reconnaître quand un homme boit. Vous reviendrez lui en acheter d'autre. Il vend de la bonne marchandise. Confiez-moi les quinze pesos, ça vaudra mieux. »

Il les compta soigneusement, puis les recompta.

« Je vais vous acheter une bouteille du meilleur cognac de Veracruz. Vous allez voir. »

La lumière s'éteignit et ils restèrent dans le noir : le lit grinça quand l'un des deux se déplaça un peu.

« Je ne veux pas de cognac, dit une voix, du moins pas beaucoup.

— Alors qu'est-ce que vous voulez ?

— Je vous l'ai déjà dit : du vin.

— Le vin est cher.

— Peu importe. Du vin ou rien.

— Du vin de coings ?

— Non. Non. Du vin français.

— Il a quelquefois du vin de Californie.

— Ça ferait l'affaire.

— Naturellement, lui, il l'a gratuitement. A la douane. »

La dynamo se remit à ronfler en bas et la lumière revint, éclairant à peine. La porte s'ouvrit et le directeur de l'hôtel fit un signe au mendiant ; une longue conversation fut entamée. L'homme aux vêtements de treillis, assis sur le lit, s'adossa au mur : son menton était coupé aux endroits où il s'était rasé de trop près ; son visage hâve, à l'air maladif, donnait l'impression que l'homme avait jadis été gras et rond, mais qu'il s'était creusé. Il faisait penser à un homme d'affaires victime de la misère des temps.

Le mendiant reparut.

« Le monsieur est occupé, dit-il, mais il va bientôt rentrer. Le directeur a envoyé un petit gosse le chercher.

— Où est-il ?

— On ne peut pas le déranger. Il est en train de jouer au billard avec le chef de la police. »

Il revint vers le lit en écrasant deux cancrelats sous ses pieds nus.

« Cet hôtel est très beau, dit-il. Où êtes-vous descendu ? Vous êtes étranger à la ville, n'est-ce pas ?

— Je ne suis que de passage.

— Ce monsieur est très influent. Vous feriez bien de lui offrir un verre. Après tout, vous n'avez pas l'intention de tout emporter. Autant boire ici qu'ailleurs.

— Je voudrais en garder un peu, pour emporter chez moi.

— C'est la même chose. Je dis toujours qu'on est chez soi partout où il y a une chaise et un verre.

— Tout de même... »

A ce moment, la lumière s'éteignit de nouveau. Eclairé par la foudre, l'horizon se gonflait comme un rideau. De très loin, le roulement du tonnerre arrivait, traversant la moustiquaire, semblable au bruit qu'on entend à l'autre bout de la ville pendant que se déroule la corrida du dimanche.

« Quel est votre métier ? demanda le mendiant sur un ton de confidence.

— Oh ! je bricole par-ci, par-là, comme je peux... »

Ils se turent, écoutant ensemble les pas qui montaient l'escalier de bois. La porte s'ouvrit, mais ils ne purent rien voir. Une voix jura, avec résignation et demanda : « Qui est là ? » puis l'on gratta une allumette qui, avant de s'éteindre, éclaira un large menton bleu. La dynamo continuait son ronron de baratte. La lumière revint :

« Ah ! c'est toi, dit l'inconnu, d'un air excédé.

— C'est moi. »

C'était un petit homme au visage empâté et trop grand. Il portait un costume gris qui le serrait ; un revolver gonflait son gilet.

« Je ne peux rien te donner, dit-il. Rien du tout. »

Le mendiant traversa la chambre au bruit mat de ses pieds nus. Il se mit à parlementer ardemment à voix très basse : pendant quelques secondes, il pressa doucement de ses doigts de pied la chaussure luisante de l'autre. Celui-ci soupirait, se gonflait les joues et surveillait attentivement le lit comme s'il craignait que ses visiteurs n'eussent projeté de le lui voler. Il dit d'une voix cassante à l'homme en costume de toile :

« Ainsi, vous voulez du cognac de Veracruz, hein ? C'est contraire aux lois...

— Pas de cognac. Je ne veux pas d'alcool.

— Et la bière, ce n'est pas assez bon pour vous ? »

Plein d'autorité, il s'avança jusqu'au milieu de la pièce, en faisant beaucoup d'embarras, et ses chaussures craquèrent sur le carrelage — le cousin du gouverneur.

« Je pourrais vous faire arrêter », menaça-t-il.

L'homme aux vêtements de toile montra une servilité de circonstance.

« Bien sûr, Excellence...

— Vous imaginez-vous que je n'aie rien de mieux à faire que d'étancher la soif de tous les va-nu-pieds à qui prend la fantaisie...

— Je ne serais jamais venu vous déranger si cet homme... »

Le cousin du gouverneur cracha sur les dalles.

« Mais si Votre Excellence préfère que je me retire...

— Je ne suis pas impitoyable, trancha-t-il, j'essaie toujours d'obliger mon prochain... quand c'est en mon pouvoir et que cela ne cause de tort à personne. J'ai un poste important, comprenez-le. Ces boissons me viennent de façon légale.

— Bien entendu.

— Je dois en demander ce qu'elles me coûtent.

— Bien entendu.

— Sinon, je cours à la ruine. »

Il marcha vers le lit, précautionneusement, comme si ses souliers le serraient et il ouvrit les couvertures.

« Etes-vous bavard ? lança-t-il par-dessus son épaule.

— Je sais garder un secret.

— Je veux bien que vous en parliez aux gens.... comme il faut. »

Le matelas apparut avec une grande déchirure : il en tira une poignée de paille et y plongea la main de nouveau. L'homme aux vêtements de treillis regardait par la fenêtre, avec une indifférence feinte, le jardin public, les rives couvertes de boue noire et les mâts des voiliers derrière lesquels les éclairs flambaient ; le bruit du tonnerre se rapprochait.

« Voilà, dit le cousin du gouverneur. Je peux vous céder ça. C'est de la bonne marchandise.

— Ce n'est pas du cognac que je voulais, réellement.

— Il faut prendre ce qu'il y a.

— Alors, je préfère que vous me rendiez mes quinze pesos.

— *Quinze* pesos ! » s'écria vivement le cousin du gouverneur.

Le mendiant se mit alors à lui expliquer avec volubilité que le monsieur voulait acheter un peu de vin en plus de l'alcool. Debout près du lit, ils se mirent à voix basse à discuter âprement au sujet du prix.

« C'est très difficile de se procurer du vin, dit le cousin du gouverneur, je ne peux vous céder que deux bouteilles d'alcool.

— Une d'alcool et une de...

— C'est du meilleur cognac de Veracruz.

— Mais je suis un buveur de vin... vous ne savez pas quelle envie j'ai de boire du vin...

— Le vin me coûte beaucoup d'argent. Pourriez-vous ajouter quelque chose ?

— Il ne me reste au monde que soixante-quinze *centavos*.

— Je pourrais vous céder une bouteille de *tequila*.

— Non, non.

— Alors, mettez cinquante *centavos* de plus... ce sera une grande bouteille. »

Il se remit à fouiller dans le matelas, et retira de la paille. Le mendiant fit un clin d'œil à l'homme vêtu de toile en faisant le geste de tirer un bouchon et de remplir un verre.

« Voilà, dit le cousin du gouverneur, c'est à prendre ou à laisser.

— Oh ! je le prends. »

Le cousin du gouverneur perdit brusquement son air hargneux. Il se frotta les mains et dit :

« Quel temps lourd, ce soir. On dirait que les pluies vont arriver tôt cette année.

— Peut-être Votre Excellence me fera-t-elle l'honneur d'accepter un verre de cognac pour trinquer à notre marché.

— Mon Dieu, mon Dieu... peut-être... »

Le mendiant ouvrit la porte et d'un ton joyeux demanda des verres.

« Il y a longtemps, dit le cousin du gouverneur, très longtemps que je n'ai bu un verre de vin. Si nous voulons trinquer, le vin conviendrait mieux.

— Naturellement, dit l'homme aux vêtements de treillis, comme il plaira à Votre Excellence. »

Il regarda avec une expression d'angoisse douloureuse le mendiant déboucher la bouteille : « Vous m'excuserez, dit-il, je crois que je vais boire du cognac », et il fit avec effort un pauvre sourire, en regardant le niveau du vin baisser dans la bouteille.

Ils trinquèrent, assis tous les trois sur le lit... le mendiant buvait de l'alcool.

« Je suis fier de ce vin, dit le cousin du gouverneur, c'est du bon vin. Le meilleur vin de Californie. »

Le mendiant cligna de l'œil et fit un geste :

« Un autre verre, Votre Excellence, dit l'homme aux

vêtements de toile, ou puis-je vous recommander cet alcool ?...

— C'est du bon alcool... mais je préfère un second verre de vin. »

Ils remplirent leurs verres.

« Je vais rapporter un peu de ce vin à ma mère, dit l'homme en treillis, elle aime beaucoup le vin.

— Elle a bien raison, dit le cousin du gouverneur, en vidant son verre. Ainsi, vous avez une mère, poursuivit-il.

— Nous en avons tous une...

— Ah ! mais vous, vous avez de la chance. La mienne est morte. »

Il avança la main, comme machinalement, vers la bouteille et s'en saisit. « Parfois, elle me manque. Je l'appelais : ma petite amie ! » Il pencha la bouteille : « Vous permettez !

— Naturellement, Excellence, répondit l'autre, désespéré, en avalant une longue rasade d'alcool.

— Moi aussi, j'ai ma mère, dit le mendiant.

— Tu nous embêtes », cria le cousin du gouverneur. Il se laissa aller en arrière et fit craquer le lit.

« J'ai souvent pensé, dit-il, qu'une mère fait plus pour nous qu'un père. Son influence est toute de paix, de tendresse, de charité... A l'anniversaire de sa mort, je me rends toujours sur sa tombe... je lui porte des fleurs. »

L'homme en costume de treillis étouffa poliment un hoquet.

« Ah ! si je pouvais en faire autant...

— Mais vous venez de dire que votre mère vivait ?

— Je croyais que vous parliez de votre grand-mère.

— Impossible. Je ne me rappelle même pas ma grand-mère.

— Moi non plus.

— Moi si, dit le mendiant.

— Tu parles trop, cria le cousin du gouverneur.

— Peut-être pourrais-je l'envoyer faire emballer ce

vin. Dans l'intérêt de Votre Excellence, il ne faut pas qu'on me voie...

— Attendez, attendez, rien ne presse. Vous êtes le bienvenu chez moi. Tout ce qui est dans cette chambre est à votre disposition. Un verre de vin ?

— Je crois que... de l'alcool...

— Alors, avec votre permission... » Il inclina la bouteille, un peu de vin se répandit sur les draps. « De quoi parlions-nous ?

— De nos grand-mères.

— Non, je ne crois pas que c'était de ça. Je ne peux même pas me rappeler la mienne. Mon souvenir le plus lointain... »

La porte s'ouvrit. Le directeur de l'hôtel annonça :

« Le chef de la police est en train de monter.

— Bravo. Qu'il entre.

— Etes-vous sûr ?

— Oh ! mais oui. C'est un brave type », il se tourna vers les autres, « sauf au billard où il ne faut pas se fier à lui. »

Un grand et gros homme portant un tricot et un pantalon blancs et un étui à revolver apparut dans l'embrasure de la porte.

« Entrez, entrez, dit le cousin du gouverneur. Comment va votre mal de dents ? Nous parlions de nos grand-mères. »

Il ordonna brutalement au mendiant : « Fais place au *jefe.* »

Le *jefe* était demeuré sur le seuil et les regardait d'un air un peu gêné.

« Eh bien, eh bien..., dit-il.

— Nous donnions une petite fête intime. Voulez-vous être des nôtres ? Ce serait un honneur pour nous. »

Le visage de *jefe* s'éclaira brusquement à la vue du vin :

« Volontiers. Un peu de bière n'a jamais fait de mal à qui que soit.

— Exactement. Donne un verre de bière au *jefe*. »

Le mendiant emplit de vin son propre verre et le tendit au *jefe* qui prit sa place sur le lit et vida le verre. ·

Il dit ensuite en s'emparant de la bouteille : « Cette bière est bonne. Très bonne. Est-ce la seule bouteille que vous ayez ? »

L'homme en habits de toile le regardait, pétrifié d'angoisse.

« Hélas ! oui, la seule bouteille.

— *Salud*.

— Au fait, demanda le cousin du gouverneur, de quoi parlions-nous ?

— De votre lointain souvenir, dit le mendiant.

— Moi, mon plus lointain souvenir, commença le *jefe* sans se presser... Mais ce monsieur ne boit pas !

— Je prendrai un peu d'alcool.

— *Salud*.

— *Salud*.

— La première chose que je puisse me rappeler avec quelque netteté, c'est ma première communion. Ah ! quelle émotion profonde ! Entouré de mes parents...

— Combien étaient-ils donc ?

— Deux, naturellement.

— Alors, ils ne pouvaient pas vous entourer !... Il en aurait fallu au moins quatre... ha, ha, ha !

— *Salud*.

— *Salud*.

— Bien sûr, mais comme je le disais, la vie a de ces ironies : ce fut dans la suite mon pénible devoir d'être présent lorsqu'on fusilla le prêtre qui m'avait fait communier... c'était un vieillard. Je l'avoue sans honte, j'ai pleuré. La seule consolation, c'est de penser qu'il a dû devenir un saint et qu'il prie pour nous. Il n'est pas donné à tout le monde de gagner les prières d'un saint.

— Le moyen est inusité...

— Ah ! mais la vie entière est un mystère !

— *Salud !* »

L'homme en vêtements de treillis proposa :

« Un verre d'alcool, *jefe ?*

— Il reste si peu de vin que je ferais aussi bien...

— J'avais le grand désir d'en rapporter un peu à ma mère...

— Oh ! pour une si petite goutte... Ce serait lui faire injure. Il n'y a plus que la lie... »

Il vida complètement la bouteille en la retournant au-dessus de son verre... « ... si l'on peut dire que la bière a de la lie. » Puis, il s'immobilisa, la bouteille encore sens dessus dessous et s'écria :

« Mais ma parole... vous pleurez !

— Ça me fait toujours cet effet, dit-il, le cognac... Pardonnez-moi, messieurs. Je m'enivre très facilement et alors, je vois...

— Vous voyez quoi ?

— Oh ! je ne sais pas... Tout l'espoir du monde s'épuiser et disparaître.

— *Hombre,* vous êtes un poète.

— Un poète, dit le mendiant, est l'âme de son pays. »

Un éclair tendit un rideau blanc devant la fenêtre et le tonnerre éclata soudain au-dessus de leurs têtes. L'unique lampe du plafond vacilla et s'éteignit.

« Voici une bien mauvaise nouvelle pour mes hommes, dit le *jefe* en écrasant du pied un cancrelat qui s'approchait un peu trop.

— Quelle mauvaise nouvelle ?

— Les pluies qui arrivent si tôt. Parce qu'ils sont à la chasse.

— Le *gringo*...

— Non, il n'est pas très intéressant, mais le gouverneur a découvert qu'il restait encore un prêtre et vous savez quels sont ses sentiments à ce sujet. S'il n'y avait que moi, je laisserais le pauvre bougre bien tranquille. Il finirait par mourir de faim, de fièvre, ou par se rendre. Il ne peut actuellement faire ni bien, ni mal. On

ne s'était même pas aperçu qu'il existait jusqu'à ces
derniers mois.

— Il va falloir vous dépêcher.

— Oh ! il ne peut pas nous échapper. A moins qu'il ne
passe la frontière. Nous avons avec nous un homme qui
le connaît. Il lui a parlé, il a passé toute une nuit avec
lui. Oh !... parlons d'autre chose. Qui donc voudrait être
gendarme ?

— Où pensez-vous qu'il soit ?

— Si je vous le disais, vous ne le croiriez pas.

— Pourquoi ?

— Il est ici... dans cette ville, veux-je dire. J'ai
trouvé ça par déduction. Voyez-vous, depuis que nous
avons commencé à prendre des otages dans les villages,
il ne peut plus être ailleurs... Les gens des villages le
chassent, ils n'en veulent pas. Aussi cet homme dont
je viens de vous parler, nous venons de le lâcher, comme
un chien... un de ces jours il retrouvera sa piste... et
alors... »

L'homme aux vêtements de toile s'informa :

« Avez-vous été forcés de fusiller beaucoup d'otages ?

— Pas encore. Trois ou quatre peut-être. Allons bon...
Voici vraiment les dernières gouttes de bière. *Salud !* »

Il reposa son verre à regret.

« Pourrais-je goûter à présent un peu de votre...
disons : limonade ?

— Oui, bien sûr.

— Vous ais-je déjà rencontré ? je ne sais pourquoi
votre visage...

— Je ne crois pas avoir eu cet honneur.

— Un autre mystère, dit le *jefe* en étirant sa longue
jambe obèse et en repoussant doucement le mendiant
vers le pied du lit, c'est de s'imaginer qu'on a déjà vu
certaines personnes... certains endroits. Etait-ce en rêve,
ou dans une vie antérieure ? Un jour, j'ai entendu dire à
un médecin que c'était une question d'accommodation
de la vision. Mais c'était un Yankee, donc un matérialiste.

— Je me rappelle qu'une fois... », commença le cousin du gouverneur. La foudre tombait sur le port et le tonnerre grondait au-dessus d'eux sur le toit : c'était l'atmosphère d'une province entière... Au-dehors, l'orage, et dedans la conversation qui continuait... des mots tels que « mystère » ou « âme » ou « source de vie » revenaient à mainte et mainte reprise ; ils étaient assis sur le lit et bavardaient, parce qu'ils n'avaient rien à faire, rien à croire, et qu'ils n'auraient pas su où aller.

« Je crois qu'il faut que je parte, dit l'homme en treillis.

— Où allez-vous ?

— Oh ! chez des amis, répondit-il d'un air vague en embrassant d'un grand geste des mains tout un monde d'amitiés imaginaires.

— Emportez votre alcool, dit le cousin du gouverneur. Après tout, vous l'avez payé (il en convenait).

— Merci, Excellence. »

Il ramassa la bouteille où il restait à peine trois doigts de cognac. Naturellement, la bouteille de vin était tout à fait vide.

« Cachez-la, surtout, cachez-la, dit vivement le cousin du gouverneur.

— Oh ! cela va de soi, Excellence, je serai prudent.

— Vous n'avez pas besoin de l'appeler Excellence », dit le *jefe*. Il poussa un rugissement de rire et fit rouler le mendiant du lit au sol.

« Non, non, c'est seulement... »

Il sortit de la chambre en se faufilant prudemment, écrasant des traces de larmes sous ses yeux rouges et enflammés ; du vestibule, il entendit la conversation qui repartait de plus belle... « mystère », « âme »... interminablement, pour n'aboutir à rien.

Les cancrelats avaient disparu ; la pluie avait dû les balayer, elle tombait verticalement avec une sorte d'intensité calculée, comme si elle enfonçait des clous dans

un couvercle de cercueil. Mais l'air n'en était pas moins
lourd : la sueur et la pluie trempaient ensemble les
vêtements. Pendant quelques secondes, le prêtre se tint
sur le seuil de l'hôtel, tandis que la dynamo palpitait
dans son dos, puis il fit quelques mètres en courant,
jusqu'à une autre entrée de maison où il s'abrita hésitant, les yeux fixés, au-delà du buste du général, sur
les voiliers amarrés dans le port et sur un vieux chaland
dont la cheminée était un tuyau de fer-blanc. Il ne savait
pas où aller : il n'avait pas compté sur la pluie — il
avait cru qu'il pourrait continuer à traîner çà et là, à
coucher sur des bancs ou au bord de la rivière.

Deux soldats, se dirigeant vers le quai, descendaient la
rue en discutant violemment — ils recevaient la pluie
sans se protéger, comme s'ils ne la sentaient pas, comme
si tout allait tellement mal que la pluie n'avait pas
d'importance... Le prêtre poussa la porte de bois contre
laquelle il s'était réfugié — le portillon d'une *cantina* qui
ne lui venait qu'aux genoux — et entra, pour échapper
à la pluie : des monceaux de bouteilles d'eau minérale
et une table de billard surmontée d'anneaux pour marquer les points, trois ou quatre hommes... L'un d'eux
avait posé sur le bar son étui à revolver. Le prêtre avança
trop vite et heurta le coude d'un homme qui se préparait
à jouer. L'homme se retourna furibond : « Mère de
Dieu ! »... C'était une Chemise Rouge. N'y avait-il de sécurité nulle part, même pour un moment ?

Le prêtre s'excusa humblement en reculant de guin-
gois vers la porte, mais, là encore, il alla trop vite : sa
poche rencontra le mur et l'on entendit tinter la bouteille
d'alcool. Trois ou quatre visages se tournèrent vers lui
avec une expression amusée et gouailleuse : c'était un
étranger, on allait bien rire.

« Qu'avez-vous dans votre poche ? » demanda la Chemise Rouge. C'était un garçon de moins de vingt ans,
dont la bouche prétentieuse et ironique était garnie de
dents en or.

« De la limonade, répondit le prêtre.

— Pourquoi diable portez-vous de la limonade dans vos poches ?

— J'en prends la nuit, avec ma quinine. »

La Chemise Rouge s'approcha de lui d'un air suffisant et poussa de sa queue de billard la poche du prêtre.

« Ah ! ah ! de la limonade, vraiment ?

— Oui, de la limonade.

— Eh bien, nous allons jeter un coup d'œil sur cette limonade. »

Il se retourna fièrement vers les autres :

« Moi, je flaire un fraudeur à vingt pas. »

Il enfonça la main dans la poche du prêtre et trouva la bouteille d'alcool.

« Là, s'écria-t-il, qu'est-ce que je vous disais !... »

Le prêtre se jeta contre le portillon et détala à toutes jambes sous la pluie. Une voix cria :

« Rattrapez-le ! »

Ils s'amusaient comme des fous.

Il remonta la rue jusqu'à la place, tourna à gauche, puis à droite. C'était heureux que les rues fussent sombres et la lune voilée. Tant qu'il se tenait loin des fenêtres éclairées, il était presque invisible... il entendait les jeunes gens qui s'interpellaient. Ils n'avaient pas abandonné la poursuite : c'était plus amusant que le billard. Un coup de sifflet retentit. La police s'était jointe à eux.

C'était la ville où il avait eu l'ambition de se voir installé dans un poste important, après avoir laissé, en quittant Concepción, le genre de dettes qu'un prêtre doit laisser. Tout en faisant des zigzags pour tromper ses poursuivants, il pensa à la cathédrale, à Montez, et à un chanoine qu'il avait connu naguère. Ensevelie au plus profond de lui, la volonté de leur échapper lui montra momentanément la situation sous un aspect terrible et burlesque... Il éclata de rire, reprit haleine et rit de nouveau. Il les entendait siffler et lancer des appels dans la nuit, et la pluie descendait en nappes ; elle tombait en rejaillissant sur le sol cimenté de l'inutile parvis de ce qui avait été la cathédrale (il faisait trop chaud pour jouer à la pelote — quelques balançoires en fer se dressaient à l'extrémité comme des potences). Il retourna sur ses pas et regagna le pied de la colline : il avait une idée.

Les clameurs approchèrent, puis il entendit monter de la rivière un nouveau groupe d'hommes qui menaient la chasse avec méthode : il devinait, à leur allure mesurée, les gens de la police, les limiers officiels. Il se trouvait placé entre les deux, entre les amateurs et les professionnels. Mais il connaissait la porte : il la poussa, passa rapidement dans le patio et la referma derrière lui.

Il s'arrêta dans l'ombre, haletant, à écouter dans la rue les pas qui approchaient sous la pluie battante. Puis il sentit que, par une fenêtre, quelqu'un le surveillait, un petit visage sombre et ratatiné, comme les têtes momifiées qu'achètent les touristes. Le prêtre s'approcha du grillage et demanda :

« Le Père José ?

— Par là. »

Derrière l'épaule de la première personne apparut, faiblement éclairé par une bougie, un second visage, puis un troisième : les visages poussaient comme des champignons. Il sentit leurs yeux fixés sur lui, tandis qu'il traversait le patio en pataugeant dans les flaques et frappait à une porte.

Ce ne fut qu'au bout de quelques secondes qu'il reconnut le Padre José, une lampe à la main, affublé d'une absurde chemise de nuit que le vent gonflait. La dernière fois qu'il l'avait vu, ç'avait été à cette conférence où il était assis au dernier rang, et de nervosité se rongeait les ongles dans la crainte qu'on ne le remarquât. C'était bien inutile : pas un seul des membres du clergé occupés ce jour-là dans la cathédrale ne connaissait même son nom. Il était curieux de penser qu'aujourd'hui il avait acquis une sorte de célébrité supérieure à la leur. « José », dit-il doucement en clignotant dans la nuit cinglée de pluie.

« Qui êtes-vous ?

— Ne me reconnaissez-vous pas ? Ah ! bien sûr, des années ont passé... vous ne vous souvenez pas de la conférence dans la cathédrale ?

— Oh ! mon Dieu ! fit le Père José.

— On me recherche. J'ai pensé que pour une nuit, une nuit seulement... vous pourriez peut-être...

— Allez-vous-en, dit Padre José, allez-vous-en...

— Ils ne savent pas qui je suis. Ils me prennent pour un contrebandier. Mais s'ils m'emmènent au poste de police, ils sauront.

— Ne parlez pas si fort. Ma femme...

— Conduisez-moi dans une petite cachette, c'est tout », murmura-t-il.

La peur recommençait à l'envahir. Peut-être le cognac cessait-il de faire son effet (il était impossible, dans ce climat tropical, de rester ivre longtemps, l'alcool s'éliminait sous vos aisselles ou coulait goutte à goutte de votre front) ou n'était-ce que le retour cyclique du désir de vivre, de vivre n'importe quelle vie.

Eclairé par la lampe, le visage du Padre José avait une expression haineuse.

« Pourquoi êtes-vous venu chez moi ? demanda-t-il. Qu'est-ce qui vous a fait croire... ? Si vous ne partez pas, j'appelle la police. Vous savez quel homme je suis.

— Je sais que vous êtes un brave homme, José, plaida-t-il avec douceur. Je l'ai toujours su.

— Je vais crier si vous ne partez pas. »

Il essaya de trouver dans ses souvenirs une raison à cette haine. Des voix s'élevaient dans la rue, des discussions, des coups sur les portes... Fouillaient-ils les maisons ?

« José, dit-il, si jamais je vous ai offensé, pardonnez-

moi. J'étais vaniteux, arrogant, plein d'outrecuidance...
un mauvais prêtre. J'ai toujours su, au fond de mon
cœur, que vous valiez mieux que moi.

— Partez, cria José d'une voix perçante, partez. Je ne
veux pas de martyrs chez moi. Je ne suis plus des vôtres.
Laissez-moi tranquille. Je suis très bien comme je suis. »

Il essaya de ramasser tout son venin en un crachat
qu'il lança à la figure du prêtre, mais il était trop faible
et le crachat tomba entre eux sans effet.

« Partez et mourez vite. C'est tout ce qui vous reste
à faire », et il lui ferma violemment la porte au nez.
La porte du patio s'ouvrit au même moment poussée par
les gendarmes. Derrière une fenêtre, il distingua le Padre
José qui guettait furtivement, il vit ensuite une énorme
silhouette en chemise de nuit blanche l'envelopper tout
entier, l'entraîner loin de là, l'escamoter à la façon d'un
ange gardien déterminé à le soustraire aux désastreuses
querelles des hommes.

« C'est lui », dit une voix. C'était le jeune homme à
la Chemise Rouge. Le prêtre ouvrit le poing et laissa
tomber à côté du mur du Padre José une petite boule
de papier : c'était comme l'abandon final d'un passé tout
entier.

Il savait que ceci, au bout de tant d'années, était le
commencement de la fin...

Il se mit à réciter tout bas un acte de contrition, pendant qu'ils sortaient de sa poche la bouteille de cognac,
mais il n'arrivait pas à concentrer son attention. Illusion
du repentir sur le lit de mort : la pénitence est le fruit
d'un entraînement, d'une discipline prolongée, la peur
ne suffit pas. Il essayait de se sentir honteux à la pensée
de son enfant, mais il ne pouvait éprouver à son sujet
qu'une sorte d'amour frustré... Qu'allait-elle devenir ? Et
ce péché, il l'avait commis depuis si longtemps qu'il
avait perdu, comme une peinture primitive, sa laideur
originale qu'une sorte de grâce avait remplacée. La Chemise Rouge brisa la bouteille sur les dalles et l'odeur

de l'alcool monta jusqu'à eux — pas très forte, il n'en restait vraiment pas beaucoup.

Puis on l'emmena ; maintenant qu'ils l'avaient rattrapé, ils le traitaient de façon cordiale, et ils le taquinaient sur sa tentative de fuite — tous sauf la Chemise Rouge qu'il avait empêchée de marquer un point au billard. Il ne pouvait trouver de réponse à leurs plaisanteries : le souci de sa conservation obsédait son esprit. A quel moment allaient-ils découvrir qui il était en réalité ? Quand rencontrerait-il le métis ou le lieutenant qui l'avait déjà interrogé ? En groupe serré, ils remontèrent la colline jusqu'à la *plaza*. Une crosse de fusil frappa la terre devant le poste de police lorsqu'ils y furent arrivés. Ils entrèrent, une petite lampe fumait contre le mur blanchi à la chaux et très sale : dans la cour, des hamacs se balançaient empaquetant des corps endormis comme les filets dans lesquels on emprisonne la volaille.

« Vous pouvez vous asseoir », dit un des hommes, en le poussant avec bonhomie vers un banc. Maintenant, tout paraissait irrévocable : la sentinelle allait et venait dehors devant la porte et de la cour, où pendaient les hamacs, montait l'incessant murmure du sommeil.

Quelqu'un lui avait parlé : bouche bée, il leva un regard hébété.

« Quoi ? »

Les gendarmes et la Chemise Rouge avaient l'air d'être en désaccord sur la nécessité de réveiller quelqu'un.

« Mais c'est dans ses fonctions, répétait sans trêve la Chemise Rouge : ses dents de devant rappelaient une mâchoire de lapin.

— J'en rendrai compte au gouverneur.

— Vous plaidez coupable, bien entendu, dit un gendarme.

— Oui, répondit le prêtre.

— Là. Que demandez-vous de plus ? C'est une amende

de cinq pesos. A quoi bon déranger qui que ce soit ?

— Et qui empochera les cinq pesos, hein ?

— Ça ne vous regarde pas. »

Le prêtre s'interposa brusquement :

« Personne ne les empochera.

— Personne ?

— Je ne possède pour tout bien que vingt-cinq *centavos*. »

La porte de la pièce intérieure s'ouvrit et le lieutenant en sortit.

« Bon Dieu de bon Dieu, dit-il, qu'est-ce que c'est que ce charivari ? »

Mollement, à contrecœur, les gendarmes se mirent au garde-à-vous.

« J'ai arrêté un homme qui portait de l'alcool », dit la Chemise Rouge.

Le prêtre gardait les yeux rivés sur le sol : « ... parce qu'Il fut crucifié... crucifié... crucifié... » Les mots convenus paralysaient sans espoir son effort de repentir. Il ne ressentait d'autre émotion que la peur.

« Et alors, dit le lieutenant, en quoi est-ce que ça vous concerne ? Nous les prenons par douzaines.

— Faut-il l'incarcérer ? » demanda l'un des hommes.

Le lieutenant lança un coup d'œil sur l'individu servile, affalé sur le banc.

« Lève-toi », dit-il.

Le prêtre se leva. « C'est le moment, pensa-t-il, le moment... » et il leva les yeux. Le lieutenant avait détourné les siens et surveillait par la porte ouverte la sentinelle qui allait et venait en traînant les pieds. L'officier avait sur son visage hâlé et maigre une expression d'angoisse et d'extrême lassitude.

« Il n'a pas d'argent, dit un des gendarmes.

— Mère de Dieu, s'écria le lieutenant, est-ce que je réussirai un jour à vous faire comprendre... » Il fit deux pas vers la sentinelle puis se retourna : « Fouillez-le.

S'il n'a pas d'argent, mettez-le dans une cellule. Faites-lui faire la corvée... »

Il sortit et de sa main ouverte brusquement levée, il souffleta la sentinelle.

« Tu dors, cria-t-il. Marche comme si tu étais capable de fierté... de fierté », répéta-t-il. Et la petite lampe à acétylène continuait d'enfumer le mur blanchi à la chaux, l'odeur d'urine montait de la cour et les hommes dormaient, emprisonnés dans les mailles de leurs hamacs.

« Faut-il prendre son nom ? demanda le sergent.

— Mais oui, bien entendu », répondit le lieutenant sans le regarder. Il passa d'un pas vif et nerveux sous la lampe et s'en alla dans la cour où il se tint exposé à la pluie qui ruisselait sur son coquet uniforme, tandis qu'il regardait autour de lui. Il avait l'air d'un homme hanté par quelque souci : comme s'il subissait l'empire d'une passion secrète qui eût troublé la routine de sa vie. Il revint sur ses pas. Il ne pouvait tenir en place.

Le sergent fit entrer le prêtre dans la pièce intérieure en le poussant devant lui. Accroché au mur dont le badigeon de chaux s'écaillait, pendait un calendrier réclame sur lequel une jeune métisse à la peau bronzée recommandait une eau gazeuse quelconque. Quelqu'un y avait griffonné d'une écriture nette et scolaire un adage empreint de facile et excessive assurance, d'après lequel l'homme n'a rien à perdre, hormis ses chaînes.

« Votre nom ? » dit le sergent.

Sans la moindre hésitation, il répondit : « Montez.

— D'où venez-vous ? »

Il nomma un village au hasard, il était absorbé par la contemplation de son propre portrait. Il se voyait assis au milieu des robes blanches empesées des premières communiantes. On avait entouré sa figure d'un cercle au crayon qui l'isolait du groupe. Il y avait un second portrait sur ce mur : celui du *gringo* natif de San Antonio, Texas, recherché pour meurtre et cambriolage de banque.

« Je suppose, dit le sergent avec circonspection, que vous avez acheté cet alcool à un inconnu...

— Oui.

— Qu'il vous serait impossible d'identifier ?

— Exactement.

— C'est toujours comme ça », déclara le sergent d'un ton approbateur. Il était évident qu'il ne souhaitait rien déclencher. Il prit le prêtre par le bras, très amicalement, il lui fit traverser la cour : il portait une énorme clef semblable à celles qui dans les moralités et les contes de fées figurent comme symboles. Quelques hommes bougèrent dans leurs couchettes — une grosse mâchoire hirsute pendait au bord d'un hamac comme le laissé pour compte d'un boucher sur un billot, ici une grande oreille déchiquetée, là une cuisse blanche couverte de poils noirs. Le prêtre se demanda quand allait apparaître le visage du métis, rayonnant du plaisir de le reconnaître.

Le sergent ouvrit avec sa clef la serrure d'une petite porte à guichet et envoya son pied dans quelque chose qui obstruait l'entrée.

« Ce sont de bons bougres, dit-il, de très bons bougres ici », en se frayant un chemin à coups de bottes. Une odeur effroyable emplissait l'air, et dans l'obscurité opaque, quelqu'un pleurait.

Le prêtre hésita sur le seuil, et essaya de distinguer des formes : l'ombre paraissait faite de masses mouvantes, agitées.

« Ma gorge est sèche, dit-il, pourriez-vous me donner un peu d'eau ? »

La puanteur emplit ses narines : il eut un haut-le-cœur.

« Rien jusqu'à demain matin, dit le sergent. Vous avez assez bu pour aujourd'hui », et posant avec douceur sa grande main sur le dos du prêtre, il le poussa en avant, puis fit claquer la porte. Le prêtre fit quelques pas, écrasant du pied un bras, une main, et saisi d'horreur protesta d'une voix débile :

« Il n'y a pas de place. Je ne vois pas clair. Qui sont ces gens ? »

Dehors, entre les hamacs, le sergent éclata de rire.

« *Hombre, hombre,* dit-il, est-ce la première fois que vous allez en prison ? »

III

« Vous avez des cigarettes ? » fit une voix près de son pied.

Il se recula vivement et marcha sur un bras. Une voix impérieuse réclama :

« De l'eau, tout de suite... » Comme si celui qui parlait s'imaginait pouvoir faire débourser n'importe quoi au nouvel arrivé en le prenant à l'improviste.

« Vous avez des cigarettes ?

— Non, répondit-il d'une voix faible, je n'ai rien du tout », et il crut sentir l'animosité monter comme une fumée autour de lui.

Il se remit à avancer.

« Attention au seau », dit quelqu'un.

C'était de là que venait l'odeur nauséabonde. Il se tint tout à fait immobile, en attendant que ses yeux fussent accoutumés à l'obscurité. Dehors, la pluie diminuait de violence, on l'entendait tomber par gouttes isolées et l'orage s'était éloigné. On pouvait maintenant compter jusqu'à quarante entre l'éclair et le coup de tonnerre.

Quarante milles, suivant la croyance populaire. A mi-chemin vers la mer, à mi-chemin vers la montagne. Le prêtre tâtonna du pied le sol, pour trouver assez de place pour s'asseoir... mais il ne semblait pas y avoir le moindre interstice. Chaque fois qu'un éclair jaillissait, il apercevait les hamacs le long de la cour.

« Z'avez quelque chose à manger ? fit une voix, et comme il ne répondait pas : Avez-vous quelque chose à manger ?

— Non. »

Soudain, à quelque deux mètres de lui, il entendit un petit cri, un cri de femme. Une voix fatiguée protesta :

« Vous ne pourriez pas rester tranquilles ? »

Au milieu de mouvements furtifs, des plaintes étouffées, qui n'étaient pas de souffrance, reprirent dans l'ombre. Le prêtre comprit avec horreur que la recherche du plaisir se poursuivait même dans cette obscurité grouillante. Il avança encore le pied et pas à pas essaya, en se faufilant, de s'éloigner de la porte grillée. Soulignant les voix humaines, régnait un bruit constant, semblable à celui d'une petite courroie de transmission électrique marchant à un rythme régulier. Ce bourdonnement plus bruyant que les respirations humaines comblait tous les silences. C'était celui des moustiques.

Le prêtre s'était éloigné de la grille à trois ou quatre pas, et ses yeux commençaient à discerner des têtes ; peut-être le ciel s'était-il éclairci : les visages semblaient suspendus autour de lui comme des coloquintes.

« Qui êtes-vous ? » fit une voix.

Pris de panique, il se précipita en avant sans répondre : il se trouva arrêté par le mur du fond, sa main toucha la pierre humide... La cellule n'avait certainement pas plus de trois à quatre mètres de profondeur. Il découvrit qu'il avait là tout juste assez de place pour s'asseoir, à condition de ramener ses pieds sous lui. Un vieillard s'affaissa contre son épaule : il sut que c'était un vieillard à la légèreté de plume de ses os et au rythme inégal de sa respiration faible. C'était un être très près de la naissance ou très près de la mort, et comment imaginer qu'un enfant aurait échoué dans cet endroit ? Le vieillard demanda brusquement :

« Est-ce toi, Catarina ? »

Et son souffle s'exhala en un long et patient soupir, comme s'il avait déjà attendu très longtemps et se préparait sans révolte à attendre très longtemps encore.

« Non, dit le prêtre, non, ce n'est pas Catarina. »

Lorsqu'il parla, tous les autres se turent brusquement comme si ce qu'il disait avait beaucoup d'importance. Puis les murmures et les mouvements recommencèrent. Mais le son de sa propre voix, le sentiment d'avoir communiqué avec un autre être l'avaient apaisé.

« Bien sûr que non, dit le vieillard. Je ne vous ai pas vraiment pris pour elle. Elle ne viendra pas.

— C'est votre femme ?

— Que dites-vous là ? Je n'ai pas de femme.

— Catarina ?

— C'est ma fille. »

Tout le monde se remit à écouter : sauf le couple invisible uniquement occupé de son plaisir.

« Peut-être ne la laisse-t-on pas entrer ?

— Elle n'essaiera même pas », déclara sur un ton d'absolue conviction la vieille voix sans espoir. Les jambes du prêtre, repliées sous lui, commencèrent à le faire souffrir.

« Si elle vous aime... », dit-il.

Au-delà du fouillis de formes entassées, la femme poussa un nouveau cri, le cri suprême où se mêlent la protestation, l'abandon, le plaisir.

« Tout ça, c'est la faute des prêtres, dit le vieil homme.

— Des prêtres ?

— Oui, des prêtres.

— Mais pourquoi des prêtres ?

— Parce que c'est eux. »

Près de ses genoux, une voix expliqua :

« Ce vieux bonhomme est fou. A quoi bon le questionner ?

— Est-ce toi, Catarina ? » Il ajouta : « Je ne le crois pas réellement, vous savez. Ce n'est qu'une question.

— Ainsi, moi, continua la voix, j'ai de quoi me plaindre. Un homme doit défendre son honneur. Vous êtes de mon avis, n'est-ce pas ?

— Je ne connais rien aux questions d'honneur.

— J'étais dans la cantine et l'homme dont je vous parle s'est approché de moi pour me dire : Ta mère est une putain. Moi, je n'ai rien pu faire parce qu'il avait son revolver. Il ne me restait qu'à attendre. Il a bu trop de bière — je savais qu'il boirait trop — et quand il est sorti en titubant, je l'ai suivi. J'avais une bouteille ; je l'ai brisée contre un mur. Comprenez-vous ? Moi, je n'avais pas mon revolver. Sa famille est bien avec le *jefe*, sans ça je ne serais pas ici.

— C'est une chose terrible que de tuer un homme.

— Vous parlez comme un prêtre.

— Ce sont les prêtres qui l'ont fait, dit le vieillard. Vous avez bien raison.

— Que veut-il dire ?

— Qu'importe ce que veut dire un vieux bonhomme comme ça ? Je voulais vous raconter une autre chose...

— On lui a enlevé son enfant, dit une voix de femme.

— Pourquoi ?

— C'était une petite bâtarde. On a très bien fait. »

En entendant le mot « bâtarde » son cœur avait battu douloureusement : ce que ressent un homme amoureux lorsqu'il entend un inconnu prononcer un nom de fleur qui est aussi un nom de femme.

« Bâtarde », ce mot l'emplissait d'un pauvre bonheur, en rendant sa propre enfant plus proche. Il voyait la fillette, appuyée au tronc d'arbre, près du tas d'ordures, exposée à tous les dangers. Il répéta « bâtarde » comme il eût répété le prénom de sa fille, avec une tendresse cachée sous un masque d'indifférence.

« On a dit qu'il était un père indigne, incapable de l'élever. Mais quand les prêtres ont dû fuir, elle est revenue auprès de lui, où serait-elle allée ? »

On eût cru que l'histoire se terminait bien, mais la femme ajouta :

« Naturellement, elle le détestait. Les prêtres lui avaient donné de l'éducation. »

On pouvait imaginer, en écoutant la femme, sa petite bouche aux lèvres minces de bourgeoise bien élevée : que faisait-elle en cet endroit ?

« Pourquoi est-il en prison ?

— Il avait un crucifix. »

La puanteur qui venait du seau empirait sans cesse. La nuit les entourait comme un mur à travers lequel n'entrait pas un souffle d'air, et il entendait quelqu'un uriner à grand bruit, le jet frappant la paroi de fer-blanc du seau.

« Ils n'avaient pas le droit..., dit-il.

— Ils ont fait ce qu'il fallait, naturellement. C'était un péché mortel.

— Ils n'avaient pas le droit de lui faire haïr son père.

— Ils savaient ce qu'il fallait faire.

— Ce sont de mauvais prêtres, ceux qui ont fait une chose comme celle-là. Le péché appartenait au passé. Leur devoir était de lui apprendre... à aimer.

— Vous ne savez pas ce qu'est le devoir, les prêtres le savent. »

Après avoir hésité quelques minutes, il dit à la femme en prononçant les mots très distinctement :

« Je suis prêtre. »

Il semblait bien que ce fût la fin : plus besoin d'espérer. Au bout de dix années, la chasse se terminait enfin. Il était environné de silence. Cet endroit ressemblait beaucoup au monde : regorgeant de luxure et de crime, et d'amour insatisfait ; sa puanteur montait jusqu'au ciel ; mais le prêtre avait conscience qu'après tout on y

pouvait trouver la paix quand on était tout à fait sûr
que la fin était proche.

« Un prêtre ? dit enfin la femme.

— Oui.

— *Eux*, le savent-ils ?

— Pas encore. »

Il sentit qu'une main lui tirait la manche.

« Vous n'auriez pas dû nous le dire, murmura une
voix ; vous savez, mon Père, il y a toutes sortes de gens
ici : des assassins... »

La voix qui lui avait raconté le crime protesta :

« Quel besoin avez-vous de m'injurier ? Ce n'est pas
parce que j'ai tué un homme que je... »

Des chuchotements s'élevèrent de tous les côtés. La
voix, se faisant amère, poursuivit :

« Je ne suis tout de même pas forcément un mouchard
parce qu'un homme m'a dit : « Ta mère est une putain... »

— Personne n'aura besoin de me dénoncer, dit le
prêtre. Inutile de commettre ce péché. Lorsqu'il fera
jour, ils me découvriront tout seuls.

— Ils vont vous fusiller, mon Père, dit la femme.

— Oui.

— Avez-vous peur ?

— Oh ! oui ! Bien sûr. »

Une nouvelle voix se fit entendre. Elle venait du coin
d'où étaient partis les gémissements de plaisir.

« Un homme n'a pas peur d'une chose comme ça,
disait-elle d'un ton rude et têtu.

— Ah ! oui ? dit le prêtre.

— Un peu de souffrance. Que voulez-vous, ça doit arriver un jour ou l'autre.

— Et pourtant, dit le prêtre, et pourtant, j'ai peur.

— Une rage de dents est pire.

— Tout le monde ne peut pas être brave.

— Vous êtes tous les mêmes, vous autres croyants ;
la religion ne fait que des poltrons, dit la voix avec
mépris.

— Oui. Sans doute avez-vous raison. Voyez-vous, je suis un mauvais prêtre et un mauvais homme. Mourir en état de péché mortel (il eut un petit rire gêné), cela porte à réfléchir.

— Voilà : c'est exactement ce que je viens de dire. Croire en Dieu vous rend lâche. »

La voix triomphait comme si elle venait de faire la preuve de quelque chose.

« Et vous en concluez ? demanda le prêtre.

— Qu'il vaut mieux ne pas croire en Dieu et être brave.

— Oui... je vois. Et, naturellement, si l'on pouvait croire que ni le gouverneur ni le *jefe* n'existent, si nous pouvions prétendre que cette prison n'est pas du tout une prison, mais un jardin, comme nous serions braves, alors !

— En ce moment, vous dites des bêtises.

— Mais quand nous aurions découvert que cette prison est une prison, et que le gouverneur qui est là-haut sur la place existe en réalité, alors, il importerait peu que nous ayons été braves pendant une heure ou deux.

— Personne n'irait prétendre que cette prison n'est pas une prison.

— Vous croyez ? Pourquoi pas ? Je vois que vous n'écoutez pas ce que vous disent les politiciens. »

Ses jambes le faisaient beaucoup souffrir. Il avait des crampes dans la plante des pieds et ne pouvait exercer aucune pression sur les muscles pour les détendre. Il n'était pas encore minuit : d'interminables heures nocturnes s'étendaient devant lui.

« Quand on pense, dit la femme, que nous avons un martyr parmi nous... »

Le prêtre ne put se retenir de rire.

« Je ne crois pas que les martyrs soient faits comme moi... », dit-il, et puis, brusquement, il redevint sérieux en se rappelant les paroles de Maria... Il ne fallait pas rendre la religion ridicule.

« Les martyrs, dit-il, sont d'abord de saints hommes. Il ne faut pas penser qu'il suffit de mourir... non. Je vous le répète : je suis en état de péché mortel. J'ai fait des choses dont je ne peux pas vous parler, je ne pourrais que les murmurer dans le confessionnal. »

Ils l'écoutaient tous attentivement comme s'il leur avait fait un sermon à l'église. Il se demanda où l'attendait pendant ce temps-là l'inévitable Judas, mais il n'avait pas, comme dans la hutte, la sensation de la présence proche du traître. Il fut saisi d'une tendresse immense et irraisonnée pour les occupants de cette prison. Une phrase lui revint : « Dieu a tellement aimé le monde... »

« Mes enfants, dit-il, ne croyez jamais que les saints martyrs me ressemblent. Je suis un prêtre ivrogne. Je suis ici, ce soir, parce qu'on a trouvé une bouteille d'alcool dans ma poche. »

Il essaya de dégager ses pieds. La crampe avait passé, mais ses jambes restaient complètement engourdies, toute sensibilité morte. Oh ! bien, qu'elle restent où elles étaient : il n'aurait plus l'occasion de s'en servir très longtemps.

Le vieillard marmonnait, et les pensées du prêtre retournèrent vers Brigitte. La connaissance du monde était en elle comme la tache plus foncée, prévue, au milieu d'une radiographie ; il avait au cœur un désir éperdu, haletant, de la sauver, mais il connaissait le verdict du chirurgien : le mal était incurable.

La voix de femme implorait :

« Boire un peu, mon père, ce n'est pas si coupable... »

Il se demanda pourquoi elle était là — on avait dû trouver une image sainte chez elle. Elle avait, en parlant, l'intonation intense et agaçante des dévotes. Comme ces femmes étaient stupides avec leurs images de pitié. Pourquoi ne les brûlaient-elles pas ? On n'a pas besoin d'images...

« Oh ! je ne suis pas seulement un ivrogne... »

Il avait toujours été préoccupé par la destinée des femmes dévotes : autant que les politiciens, elles se nourrissaient d'illusions ; il avait grand-peur pour elles. Elles arrivaient à la mort bien souvent dans un état d'invincible contentement de soi, dénuées de la moindre charité. C'était un devoir, si l'on pouvait, de les débarrasser de leurs notions sentimentales quant à ce qui est le bien...

« J'ai un enfant », dit-il d'une voix dure.

Quelle digne femme ! Sa voix parlait dans l'obscurité : il ne comprenait pas très clairement ce qu'elle disait, sauf qu'il s'agissait du bon larron.

« Mon enfant, dit le prêtre, le larron s'est repenti. Moi pas. »

Il revit la fillette entrant dans la hutte, le soleil derrière elle, ses yeux noirs, malins et avertis fixés sur lui.

« Je ne sais pas comment me repentir », dit-il.

Et c'était vrai, il en avait perdu la faculté. Il était incapable de se convaincre lui-même qu'il aurait souhaité que le péché n'eût jamais été commis, car le péché lui paraissait à présent dépouillé de son importance, et il en aimait le fruit. Il aurait eu besoin d'un confesseur pour entraîner lentement son esprit le long des sinistres corridors qui mènent à l'horreur, au tourment et au repentir.

La femme se taisait : il se demanda s'il n'avait pas été, après tout, trop dur avec elle. Si elle affermissait sa foi en imaginant qu'il était un martyr... Mais il repoussa cette idée ; on a fait vœu de vérité. Il se déplaça de quatre ou cinq centimètres sur ses cuisses et demanda :

« A quelle heure fait-il jour ?

— Quatre... cinq heures, répliqua l'homme ; comment saurions-nous exactement, mon Père ? Nous n'avons pas de montres.

— Y a-t-il longtemps que vous êtes ici ?

— Trois semaines.

— Etes-vous enfermés toute la journée ?

— Oh ! non ! On nous fait sortir pour nettoyer la cour. »

« C'est alors, pensa-t-il, qu'on découvrira qui je suis... peut-être même plus tôt, car un de ces prisonniers me trahira sûrement, d'ici là. » Une longue suite de pensées traversa son esprit pour finir, au bout de quelques minutes, par cette déclaration à voix haute :

« Ma tête est mise à prix. Cinq cents, six cents pesos, je ne sais plus au juste. »

Ensuite, il garda le silence. Il ne pouvait pousser les gens à le dénoncer — ce serait les induire à pécher — mais en même temps, s'il y avait un mouchard parmi eux, il n'y avait pas de raison pour priver le pauvre hère de la récompense. Commettre un péché aussi laid, autant dire un crime, et ne pas recevoir de rétribution en ce monde... le prêtre pensa avec simplicité : ce ne serait pas juste.

« Personne ici, dit une voix, ne voudrait prendre le prix du sang. »

Il fut de nouveau bouleversé par une extraordinaire tendresse. Il n'était qu'un criminel au milieu d'une bande de criminels... il éprouvait un sentiment de camaraderie qu'il n'avait jamais connu autrefois lorsque les gens venaient pieusement baiser son gant de coton noir.

La dévote, incapable de dominer ses nerfs, lui cria brusquement :

« C'est absurde de leur dire ça. Vous ne savez pas qu'il y a ici toutes sortes de scélérats, mon Père, des voleurs, des assassins...

— Eh bien, alors, s'enquit une voix, pourquoi y êtes-vous ?

— Parce que, dans ma maison, j'avais de bons livres », déclara-t-elle avec une insupportable suffisance. Le prêtre n'avait rien dit qui pût ébranler cet orgueil.

« On en trouve partout, dit-il. Ici comme ailleurs.

— Des bons livres ?

— Non, non, répondit-il en riant, des voleurs, des

assassins... Oh ! mon enfant. Si vous aviez un peu plus
d'expérience, vous découvririez que vous ignorez encore
le pire. »

Le vieillard semblait avoir sombré dans un sommeil
inquiet : sa tête s'appuyait de travers sur l'épaule du
prêtre qui se mit à bougonner ; Dieu sait qu'il n'avait
jamais été très commode de se mouvoir dans cette cellule, mais la difficulté augmentait à mesure que la nuit
passait et que les membres s'engourdissaient. Maintenant
voilà qu'il ne pouvait plus remuer l'épaule, si peu que
ce fût, sans éveiller le vieillard et lui imposer une nouvelle nuit de souffrance. « Allons, pensa-t-il, mes semblables ont causé son malheur, il n'est que juste de m'imposer cette légère gêne... » Il s'appuya, silencieux et
raide, contre le mur humide, accroupi sur ses pieds
gourds, pétrifiés comme ceux des lépreux. Les moustiques ronronnaient sans trêve ; il était inutile d'essayer
de se défendre contre eux en frappant l'air de ses
mains : ils emplissaient toute la pièce, à la façon d'un
élément. Outre le vieillard, un homme s'était endormi
dans quelque coin et ses ronflements rendaient une
étrange note de satisfaction, comme s'il faisait une petite
sieste après un bon repas où il aurait bien mangé et bien
bu. Le prêtre essaya de calculer pour deviner l'heure ;
combien de temps s'était-il écoulé depuis sa rencontre
avec le mendiant, sur la place ? Il ne devait pas être
beaucoup plus de minuit : il en avait encore pour des
heures et des heures à rester là.

C'était la fin, évidemment. Mais tout de même, il fallait
s'attendre à n'importe quoi, être prêt, même à s'évader.
Si Dieu avait décidé de le faire échapper, il pouvait l'enlever sous les yeux mêmes du peloton d'exécution. Mais
l'on peut compter sur Sa miséricorde. Si Dieu lui refusait Sa paix, ce ne serait assurément que pour une seule
raison : qu'il pût encore servir à sauver une âme, la
sienne ou une autre. Mais quel bien était-il capable de
faire maintenant ? On le harcelait comme un fuyard ;

il n'osait pas pénétrer dans un village, de peur qu'un autre homme ne payât de sa vie sa visite — et cet autre homme pouvait être en état de péché mortel et n'avoir pas le temps de se repentir. Comment savoir combien d'âmes seraient peut-être perdues à cause de son entêtement, de son orgueil, de son refus d'admettre la défaite ? Il ne pouvait même plus dire la messe, il n'avait plus de vin. Son vin avait servi jusqu'à la dernière goutte à humecter le gosier sec du chef de la police. Tout cela était effroyablement compliqué. Il avait peur de la mort ; il en aurait encore plus peur quand viendrait le matin, mais elle commençait à l'attirer parce qu'elle allait tout simplifier.

La dévote lui parlait en chuchotant : elle avait dû parvenir à se faufiler plus près de lui. Elle lui dit :

« Mon Père, je veux me confesser. Consentez-vous à m'entendre ?

— Ici ! C'est tout à fait impossible, mon enfant, où serait le secret ?

— Il y a si longtemps...

— Dites un acte de contrition pour vos péchés. Il faut avoir confiance en Dieu, ma chère enfant, en Son indulgence.

— Ça me serait égal de souffrir...

— Eh bien, vous êtes ici.

— Oh ! ce n'est rien. Avant le matin, ma sœur aura trouvé de l'argent pour payer mon amende. »

Dans le noir, contre le mur opposé, le jeu voluptueux avait recommencé ; on ne pouvait s'y tromper : les mouvements, le halètement, puis le cri. La dévote furieuse dit tout haut :

« Pourquoi ne les fait-on pas cesser, ces gens répugnants, ces animaux...

— Dans cet état d'esprit, il ne sert à rien de dire un acte de contrition.

— Mais c'est tellement laid...

— Ne le croyez pas. C'est dangereux. Car, brusquement, nous nous apercevons que nos péchés ont tant de beauté.

— De la beauté, dit-elle avec dégoût. Ici, dans cette prison, au milieu de tout ce monde...

— Tant de beauté ! Les saints parlent de la beauté de la souffrance. Mais vous et moi, nous ne sommes pas des saints. Pour nous, la souffrance n'est que laide ; elle est la puanteur, la foule grouillante, la douleur physique. *Ça* dans le coin, c'est beau... pour eux. Il faut une grande science pour voir les choses avec l'œil d'un saint. Les saints ont le goût très subtil en matière de beauté, ils peuvent se permettre de considérer avec mépris l'ignorance et la grossièreté de pauvres gens comme eux. Mais nous, nous n'en avons pas le droit.

— C'est un péché mortel.

— Qu'en savons-nous ? C'est possible. Mais moi, voyez-vous, je suis un mauvais prêtre. Je sais par expérience combien de beauté Satan entraîna avec lui dans sa chute. Personne n'a jamais dit que les anges déchus fussent laids. Oh ! non, ils étaient aussi légers, beaux, radieux, et... »

Le cri s'éleva de nouveau, exprimant un plaisir intolérable.

« Faites-les cesser, dit la femme, c'est un vrai scandale. »

Le prêtre sentit que des doigts s'agrippaient à ses genoux, s'y enfonçaient.

« Nous sommes tous prisonniers de même manière, dit-il. En ce moment, j'ai envie de boire, je le désire plus que tout, plus que je ne désire Dieu. Cela aussi est un péché.

— Je vois maintenant, dit la femme, que vous êtes un mauvais prêtre. Je ne voulais pas le croire avant, je le crois maintenant. Vous montrez de la sympathie pour ces porcs. Si votre évêque vous entendait parler...

— Ah ! mon évêque est loin d'ici... »

Il évoqua le vieillard qui en ce moment, dans la capitale, vivait dans une de ces laides maisons pieuses, pleines d'images et de statuettes saintes, et qui officiait le dimanche à l'autel de la cathédrale.

« Quand je serai sortie de cette prison, je lui écrirai... »

Il ne put s'empêcher de rire : la femme ne se rendait pas compte que les choses avaient changé.

« S'il reçoit votre lettre, poursuivit-il, il sera bien étonné de savoir que je suis encore vivant. »

Mais il retrouva immédiatement son sérieux. Il était plus difficile de ressentir de la pitié pour cette femme que pour le métis qui, la semaine passée, l'avait suivi comme un chien dans la forêt. Pourtant, le cas de la femme était sûrement plus grave. Le métis avait toutes les excuses : pauvreté, crainte, humiliations sans nombre.

« Tâchez de ne pas me haïr, lui dit-il, priez plutôt pour moi.

— Plus vite vous mourrez, mieux ce sera. »

Il ne la distinguait pas, dans l'obscurité, mais il pouvait retrouver dans ses vieux souvenirs un grand nombre de visages avec lesquels cette voix se serait fort bien accordée. Lorsqu'on peut imaginer avec minutie le visage d'un homme ou d'une femme, on se met inévitablement à ressentir de la pitié... à cause d'une qualité qui s'attache à l'image de Dieu... Si l'on examine les petites rides au coin des yeux, la forme de la bouche, la naissance des cheveux, il est impossible de haïr. La haine n'est qu'une défaite de l'imagination. Il fut repris d'un sentiment de lourde responsabilité envers cette femme pieuse.

« Vous et le Padre José, reprit-elle, ce sont des gens comme vous qui font qu'on tourne en dérision la vraie religion. »

Après tout, elle avait autant d'excuses que le métis. Il s'imaginait le genre de salon dans lequel elle passait ses journées, assise sur une chaise à bascule au milieu des photographes de famille, sans jamais voir personne.

« Vous n'êtes pas mariée ? lui demanda-t-il.

— Pourquoi voulez-vous le savoir ?

— Et vous n'avez jamais eu de vocation religieuse ?

— On ne m'a pas crue », dit-elle avec amertume.

« Pauvre femme, pensa-t-il, elle n'a rien, rien du tout. Si seulement l'on pouvait trouver la parole qui convient... » Découragé, il s'appuya contre le mur, en bougeant avec précaution pour ne pas éveiller le vieil homme. Mais les paroles qui conviennent ne lui venaient jamais à l'esprit. Décidément, il avait perdu tout contact avec les gens de l'espèce de cette femme. Autrefois, il aurait su ce qu'il fallait lui dire ; sans ressentir la moindre pitié, il aurait trouvé deux ou trois platitudes qu'il aurait débitées distraitement. Maintenant, il se sentait inutile : il était un criminel et ne devait parler qu'aux criminels. Une fois de plus, il avait eu tort en essayant de détruire la vaniteuse assurance de cette femme. Il aurait mieux valu lui laisser croire qu'il était un martyr.

Ses yeux se fermèrent et, tout de suite, il se prit à rêver. On le poursuivait : il était devant la porte d'une maison et frappait pour qu'on lui ouvrît ; personne ne répondait... Il y avait un mot, un mot de passe, qui l'aurait sauvé, mais il l'avait oublié. Il en essaya une série au hasard, désespérément : fromage, enfant, Californie, Excellence, lait, Veracruz. Ses pieds étaient engourdis, il s'agenouilla sur la pierre du seuil. Alors, il sut pourquoi il voulait entrer dans la maison ; on ne le poursuivait pas du tout, il s'était trompé. Son enfant mourante, perdant tout son sang, était étendue à côté de lui et c'était la maison d'un docteur. Il frappa violemment la porte du poing et hurla : « Même si je ne peux pas me rappeler le mot qu'il faut, n'avez-vous pas de cœur ? » L'enfant, à l'agonie, le regardait de ses yeux pleins de sagesse adulte, sûre d'elle. « Oh ! la brute ! » dit-elle, et il s'éveilla en pleurant. Il n'avait pas pu dormir plus de quelques secondes, car la femme parlait encore de sa vocation que les religieuses avaient refusé de reconnaître.

« Cela vous a fait souffrir, n'est-ce pas ? lui dit-il. Il valait sans doute mieux souffrir de cette manière que d'entrer au couvent et d'y être heureuse. »

A peine avait-il parlé qu'il pensa : « Quelle remarque stupide ! Qu'est-ce que cela signifie ? Pourquoi ne puis-je trouver à lui dire une chose qu'elle se rappellerait ? » Il renonça à cet effort : cet endroit ressemblait beaucoup à tout le reste du monde, les gens y saisissaient les moindres occasions d'y prendre du plaisir ou de se gonfler d'orgueil, quelles que fussent la laideur et l'incommodité du lieu où ils se trouvaient. On n'avait jamais le temps de faire une chose qui en valût la peine, et toujours l'on rêvait d'évasion...

Il ne se rendormit pas : il négociait un nouveau marché avec Dieu. Cette fois, s'il sortait de la prison, il s'enfuirait pour de bon. Il irait vers le nord et passerait la frontière. La réussite de son entreprise était si improbable qu'elle ne pourrait être qu'un signe indiquant qu'il faisait plus de mal par son exemple que de bien par les rares confessions qu'il entendait. Le vieillard bougea un peu contre son épaule ; la nuit était comme installée autour d'eux. Les ténèbres étaient toujours aussi denses et il n'y avait d'horloge nulle part... rien pour indiquer que le temps passait. La seule ponctuation, dans la nuit, était le bruit que faisaient les hommes en urinant.

Tout à coup, il s'aperçut qu'il voyait un visage, puis un autre : il avait commencé à oublier qu'une aube nouvelle allait se lever, tout comme nous oublions qu'un jour nous mourrons. Le sens du temps qui passe et de la vie qui se termine nous vient brusquement à cause d'un sifflement dans l'air, d'un frein qui grince. Toutes les voix qui l'avaient entouré devinrent des visages... il n'eut pas de surprises : le confessionnal vous enseigne à connaître la forme d'une voix, la lèvre molle, le menton faible et la fausse candeur des yeux qui vous regardent trop bien en face. Il vit, à quelques pas de lui, la bigote qui dormait d'un sommeil agité, ses lèvres minces écartées laissant apercevoir de larges dents, en forme de pierres tombales ; le vieillard, et le bravache du coin, avec sa maîtresse débraillée endormie, allongée en travers de ses genoux. A présent qu'il faisait enfin jour, le prêtre était le seul à ne pas dormir, sauf un petit Indien assis à croupetons près de la porte et dont le visage revêtait une expression de joie et d'intérêt, comme s'il ne s'était jamais trouvé en aussi agréable compagnie. De l'autre côté de la cour, la peinture blanche du mur opposé devenait visible. Le prêtre sentit qu'il devait pour la forme faire ses adieux au monde : il ne parvint pas à y mettre son cœur. Sa corruption lui semblait moins évidente que sa mort. « Une balle, pensa-t-il, doit presque inévitablement atteindre la poitrine ; il ne peut manquer d'y avoir dans le peloton d'exécution un homme qui sache viser. » La vie s'éteindrait en « moins » d'une seconde (selon l'expression courante) mais cette longue nuit lui avait fait comprendre que le temps dépend des horloges et des changements de lumière : il n'y avait pas d'horloge et la lumière refusait de changer. En réalité, personne ne sait combien de temps peut durer une seconde de souffrance. Elle peut durer le temps d'un purgatoire ou toute l'éternité. Sans raison apparente, il se rappela un homme à qui jadis il avait donné l'absolution ; cet homme se mourait d'un cancer, ses parents avaient dû s'envelopper de linges le visage, tant l'odeur de ses entrailles pourrissantes était effroyable. Ce n'était pas un saint. Rien dans la vie n'a la laideur de la mort.

Dans la cour, une voix appela : « Montez ! » Le prêtre resta assis sur ses pieds morts, en pensant automatiquement : « Ce costume ne me fera plus très longtemps. » L'étoffe en était salie, elle s'était souillée d'excréments au contact du sol de la prison et de ses compagnons de captivité ; il l'avait achetée, non sans risques, dans un magasin au bord du fleuve, en faisant semblant d'être un petit fermier avec des prétentions à paraître d'un rang plus élevé. Puis il se souvint qu'il n'en aurait plus besoin très longtemps — l'idée lui en vint avec un étrange choc, comme lorsqu'on ferme la porte de sa maison pour la dernière fois. La voix répéta avec impatience : « Montez ! »

Il se rappela alors que, pour le moment, c'est ainsi qu'il s'appelait. Son regard quitta le costume défraîchi pour se poser sur la porte de la cellule dont le sergent ouvrait les verrous. « Allons, Montez ! » Il laissa doucement retomber la tête du vieillard contre le mur suintant, et essaya de se remettre debout, mais ses pieds s'écrasaient sous son poids, comme une matière friable.

« Avez-vous l'intention de dormir tout le temps ? »

Le sergent bougonnait : quelque chose avait dû le contrarier. Il n'était pas aussi cordial qu'il l'avait été la veille au soir. Il lança un coup de pied à l'homme endormi et tambourina sur la porte de la cellule.

« Allons, là-dedans ! Eveillez-vous. Sortez dans la cour ! »

Seul, le petit Indien obéit et se glissa furtivement dehors, avec son expression de bonheur inexplicable. Le sergent maugréa :

« Bande de porcs ! Ils voudraient peut-être qu'on les débarbouille. Allons, Montez, arrivez. »

La vie revenait peu à peu dans ses pieds endoloris. Il réussit à atteindre la porte.

Paresseusement, la cour s'éveillait. Des hommes faisaient la queue pour se baigner le visage à l'unique robinet ; un homme en tricot et caleçon était assis à terre et serrait un fusil entre ses mains.

« Allez vous laver dans la cour », hurla le sergent aux prisonniers. Mais quand le prêtre fit un pas en avant, il l'arrêta en lui criant : « Non, pas vous, Montez.

— Pas moi ?

— Non, nous avons d'autres projets pour vous. »

Le prêtre attendit, immobile, tandis que ses compagnons de cellule sortaient l'un derrière l'autre. Ils passèrent devant lui à la file indienne, il regardait leurs pieds plutôt que leur visage ; debout contre la porte, il représentait pour eux la tentation. Personne ne dit mot ; les pieds d'une femme passèrent en traînant leurs chaussures éculées à talons plats. Il se sentit secoué par le sentiment de son inutilité. Sans lever les yeux, il chuchota : « Priez pour moi. »

« Qu'est-ce que vous dites, Montez ? »

Il ne put inventer un mensonge : ces deux années avaient épuisé tout son stock d'impostures.

« Qu'est-ce que vous venez de dire ? »

Les chaussures usées s'étaient immobilisées. La voix de la femme s'éleva :

« Il mendiait. » Elle ajouta impitoyablement : « Il pourrait avoir un peu plus de jugeote. Je n'ai rien à lui donner. »

Et elle se remit en marche, en traînant ses pieds plats à travers la cour.

« Avez-vous bien dormi, Montez ? demanda le sergent pour faire une plaisanterie.

— Pas très bien.

— C'était à prévoir, dit le sergent. Ça vous apprendra à trop aimer l'alcool, hé, hé ?

— Oui, c'est vrai. »

Il se demanda si ces préliminaires allaient durer longtemps.

« Eh bien, puisque vous avez dépensé tout votre argent à acheter de l'alcool, il va falloir travailler un peu pour payer votre logement de cette nuit. Sortez les seaux des cellules et ayez soin de ne rien renverser. Ça pue déjà assez dans cette taule.

— Où dois-je les porter ? »

Le sergent lui montra la porte des *excusados*, au-delà de la prise d'eau.

« Quand vous aurez fini, vous viendrez me le dire »,

dit-il. Puis il continua à mugir des ordres dans la cour.

Le prêtre se pencha et souleva le seau qui était plein et très lourd ; son poids le courba en deux, et tandis qu'il traversait la cour, la sueur coulait jusque dans ses yeux. Il les essuya et quand il eut recouvré la vue aperçut dans la queue, devant la prise d'eau, des visages connus : ceux des otages. Il y avait Miguel, qu'il avait vu emmener ; il se rappela les cris de la mère, la fatigue et la colère du lieutenant, sous les premiers rayons du soleil. Les otages le virent au même moment : il posa à terre le lourd seau et les regarda. Feindre de ne pas les reconnaître serait comme une prière, une requête sollicitant d'eux qu'ils continuassent à souffrir afin que lui fût épargné. Miguel avait été battu : il avait sous l'œil une plaie ouverte autour de laquelle les mouches bourdonnaient comme elles bourdonnent autour des flancs écorchés d'un mulet. Ensuite, la file d'hommes avança ; les yeux baissés, les otages passèrent et furent remplacés par des étrangers. Silencieusement, le prêtre pria : « Oh ! Dieu, envoyez-leur quelqu'un qui soit plus digne de leur souffrance. » Il sentait qu'il y avait une atroce dérision dans le fait qu'ils se sacrifiaient pour un prêtre ivrogne, père d'un bâtard. Le soldat en caleçon était toujours assis, son fusil entre les jambes, et il se nettoyait les ongles en arrachant les petites peaux avec ses dents. Le prêtre, assez bizarrement, se sentit abandonné parce que les otages n'avaient pas eu l'air de le reconnaître.

Les *excusados* n'étaient qu'une fosse d'aisances traversée par deux planches sur lesquelles un homme pouvait se tenir debout. Le prêtre y vida le seau, et retourna vers la rangée des cellules, de l'autre côté de la cour. Il y en avait six ; il en sortit les seaux, l'un après l'autre. Il dut s'arrêter un instant pour vomir. Flic, flac, son va-et-vient à travers la cour recommença. Enfin, il arriva à la dernière cellule : elle n'était pas vide, un homme était assis à terre, le dos au mur ; le soleil levant lui

caressait tout juste les pieds. Les mouches bourdonnaient autour d'un tas de vomissures. Le prêtre était
penché sur le seau quand l'homme ouvrit les yeux et le
regarda : il avait deux canines en crocs...

Le prêtre fit un mouvement brusque et arrosa le sol.

« Halte-là, dit le métis de sa voix maussade trop familière, il ne faut pas faire de ces choses-là ici. Je ne suis
pas un prisonnier, moi, expliqua-t-il fièrement, je suis un
invité. »

Le prêtre fit un geste pour s'excuser — il avait peur
de parler — et recula un peu plus.

« Attendez, lui ordonna le métis, venez ici. »

Obstinément, le prêtre demeura près de la porte, le
dos tourné ou presque.

« Venez ici, répéta le métis. Vous êtes prisonnier, n'est-
ce pas ? Moi, je suis l'invité du gouverneur. Voulez-vous
que je crie pour appeler un gendarme ? Alors faites ce
que je vous dis : venez ici. »

Il semblait bien que Dieu eût enfin pris une décision.
Le prêtre avança, le seau à la main, et vint se tenir tout
près du grand pied plat et nu ; le métis caché dans l'ombre du mur leva les yeux vers lui et lui demanda d'une
voix à la fois arrogante et anxieuse :

« Que faites-vous ici ?

— Je nettoie.

— Vous savez ce que je veux dire.

— J'ai été arrêté parce que j'avais sur moi une bouteille d'alcool, répondit le prêtre en essayant de prendre une grosse voix.

— Je vous reconnais, dit le métis, je ne pouvais en
croire mes yeux, mais quand vous parlez...

— Je ne crois pas...

— Cette voix de prêtre », fit le métis avec dégoût. Il
était pareil à un chien qui, instinctivement, se hérisse
devant un chien d'une autre race. Son gros orteil replet
s'agitait de façon hostile. Le prêtre posa le seau. Il dit
pour gagner du temps, sans espoir :

« Vous êtes ivre.

— De la bière, de la bière, dit le métis. Rien d'autre.
Ils m'avaient promis monts et merveilles, mais on ne
peut pas se fier à eux. Comme si je ne savais pas que
le *jefe* a une provision de cognac sous clef... !

— Il faut que j'aille vider le seau.

— Si vous bougez, j'appelle. J'ai tant de choses en
tête », gémit amèrement le métis. Le prêtre attendit : il
ne pouvait pas faire autrement, il était à la merci de
cet homme : phrase absurde, car ses yeux brûlés de
malaria n'avaient jamais su ce qu'est la merci. Il lui
épargnait, en tout cas, l'humiliation de supplier.

« Comprenez-moi, expliquait avec soin le métis, je me
trouve bien ici... (il étirait ses doigts de pieds jaunes
voluptueusement à côté des matières vomies)... bonne
nourriture, de la bière, de la compagnie, et ce toit qui ne
laisse pas passer l'eau. Ne me dites pas ce qui arrivera
après, je le sais : ils me chasseront à coups de pied
comme un chien, comme un chien. » Sa voix devenait
stridente à force d'indignation. « Pourquoi vous ont-ils
enfermé ici ? Voilà ce que je voudrais savoir. Ça m'a
l'air très louche. C'était mon boulot de vous retrouver,
oui ou non ? Qui touchera la prime s'ils vous ont déjà ?
Le *jefe*, ça ne m'étonnerait guère... à moins que ce ne
soit ce salaud de sergent. »

Il réfléchit, l'air très malheureux : « On ne peut se fier
à personne, de nos jours.

— Et il y a aussi une Chemise Rouge, dit le prêtre.

— Une Chemise Rouge ?

— Oui, l'homme qui m'a pris.

— Mère de Dieu ! s'écria le métis. Et ils sont tous
dans les bonnes grâces du gouverneur. »

Il leva vers le prêtre des yeux suppliants :

« Vous êtes un homme instruit, dit-il, conseillez-moi.

— Ce serait un meurtre, dit le prêtre, un péché mortel.

— Je ne veux pas parler de ça. Il s'agit de la récom-

pense. Voyez-vous, tant qu'ils ne savent rien, je peux rester ici où j'ai mes aises. Quelques semaines de vacances
ne font de mal à personne. Et vous ne pouvez pas vous
sauver très loin, tout compte fait. Ce serait mieux, vous
ne croyez pas, si je vous attrapais hors de cette prison,
en ville n'importe où... Comme ça, personne d'autre ne
prétendrait avoir droit... »

Il ajouta rageusement :

« Quand on est pauvre, il faut tellement calculer.

— Je pense, dit le prêtre, que même ici on vous don-
nerait quelque chose.

— Quelque chose, dit le métis en s'arc-boutant contre
le mur, et pourquoi n'aurais-je pas tout ?

— Qu'est-ce qui se passe ici ? demanda le sergent qui
venait de surgir sur le seuil, en plein soleil et regardait
dans la cellule.

— Il voulait, répondit lentement le prêtre, il voulait
me forcer à nettoyer ce qu'il a vomi. J'ai répondu que
vous ne m'aviez pas donné d'ordres...

— Oh ! c'est un invité, répondit lc scrgent. Il faut le
traiter bien. Faites ce qu'il vous demande. »

Le métis fit un sourire obséquieux.

« Et que diriez-vous d'une bouteille de bièrc, scrgent ?

— Plus tard, répondit le sergent, avant tout, tu dois
faire un tour en ville. »

Le prêtre ramassa le seau et les laissant à leur discussion traversa la cour. Il lui semblait qu'un revolver était
braqué sur son dos ; il entra dans les cabinets et vida
son seau. Ensuite, il revint en plein soleil... Le revolver
était maintenant dirigé vers sa poitrine. Les deux hommes étaient debout et bavardaient à la porte de la cellule. Le prêtre traversa la cour : ils le regardèrent venir.
Le sergent dit au métis : « Si c'est vrai que tu as mal
au foie et que tu n'y vois pas clair ce matin, alors nettoie
ce que tu as vomi. Si tu n'es pas capable de faire ton
travail... »

Derrière le dos du sergent, le métis lui cligna de l'œil

d'un air sournois et rassurant. Maintenant que la crainte immédiate était passée, il ne ressentait plus que du regret. C'était la sentence de Dieu. Il devait continuer à vivre, continuer à prendre des décisions, des initiatives, à faire des plans de campagne.

Il lui fallut encore une demi-heure pour finir de nettoyer la prison en jetant un baquet d'eau sur le sol de chaque cellule ; il regarda la dévote disparaître — on eût dit à tout jamais — sous la grande porte voûtée où sa sœur l'attendait avec le montant de l'amende : elles étaient toutes les deux empaquetées dans des châles noirs comme des objets achetés au marché, des objets durs et secs, vendus en solde. Ensuite, il fit un nouveau rapport au sergent qui passa l'inspection des cellules, critiqua son travail et lui donna l'ordre d'arroser le sol plus abondamment, puis qui, brusquement fatigué de toute cette histoire, lui dit qu'il pouvait aller trouver le *jefe* pour lui demander la permission de s'en aller. Le prêtre attendit donc une heure de plus sur le banc placé devant la porte du *jefe*, à regarder la sentinelle qui traînait nonchalamment de long en large sous le soleil brûlant.

Lorsque enfin le gendarme l'introduisit, ce n'était pas le *jefe* qui était assis devant le bureau mais le lieutenant. Le prêtre attendit, debout non loin de son propre portrait épinglé sur le mur. Il ne jeta qu'un coup d'œil rapide et inquiet vers la vieille coupure de journal, et pensa avec soulagement : « Ça ne me ressemble plus guère. » Quel personnage insupportable il avait dû être !... et pourtant, il vivait alors dans une innocence relative. C'était là un autre mystère : il lui semblait parfois que les péchés véniels — l'impatience, les petits mensonges, la vanité, les occasions perdues — éloignent de vous la grâce plus irrémédiablement que les plus graves forfaits. Dans son innocence d'alors il n'y avait pas place pour l'amour ! à présent, sa corruption lui avait appris...

« Et alors, demanda le lieutenant, a-t-il nettoyé à fond les cellules ? »

Sans lever les yeux de ses papiers il ajouta :

« Dites au sergent qu'il me faut vingt-quatre hommes, avec des fusils bien nettoyés, dans deux minutes. »

Il regarda le prêtre distraitement et demanda :

« Et vous, qu'est-ce que vous attendez ?

— La permission de partir, Excellence.

— Je ne suis pas une Excellence. Habituez-vous à appeler les choses par leur nom. Avez-vous déjà fait de la prison ? »

Il parlait d'une voix cassante.

« Jamais.

— Vous vous appelez Montez. Je trouve que je rencontre trop de gens de ce nom, ces temps-ci. Des parents à vous ? »

Il se mit à le regarder attentivement, comme si sa mémoire s'éveillait.

« Un cousin à moi vient d'être fusillé à Concepción, se hâta d'expliquer le prêtre.

— Ce n'est pas ma faute.

— Je voulais dire seulement que nous nous ressemblions beaucoup. Nos pères étaient jumeaux. Nés à une demi-heure d'intervalle. J'ai eu l'impression que Votre Excellence pensait...

— Autant que je me le rappelle, il était très différent. Grand, maigre, étroit d'épaules...

— Peut-être n'était-ce qu'un air de famille...

— Enfin, je ne l'ai vu qu'une fois. »

On eût presque dit que le lieutenant avait un poids sur la conscience. Son visage était songeur et ses mains très brunes d'Indien feuilletaient nerveusement ses papiers.

« Où allez-vous maintenant ? s'enquit-il.

— Dieu le sait.

— Vous êtes tous les mêmes ! Vous n'apprendrez donc jamais la vérité : que Dieu ne sait rien du tout. »

Une minuscule chose vivante, pas plus grosse qu'un grain de poussière, traversa en courant la page posée devant lui : il appuya le doigt dessus et dit :

« Vous n'aviez pas d'argent pour payer l'amende ? »

Il suivit des yeux une autre poussière vivante qui avait apparu entre deux feuillets et filait à la recherche d'un abri. Dans cette chaleur, la vie grouillait inépuisablement.

« Non.

— Comment allez-vous vivre ?

— Un travail quelconque...

— Vous commencez à être trop vieux pour travailler. »

Il enfonça brusquement sa main dans sa poche et en tira une pièce de cinq pesos.

« Tenez, dit-il. Fichez le camp et que je ne vous revoie plus. Compris ? »

Stupéfait, le prêtre serra la pièce au creux de sa main : le prix d'une messe.

« Vous êtes un brave homme », dit-il.

IV

DE grand matin, il traversa la rivière et, tout ruisselant d'eau, gravit la berge opposée. Il ne s'attendait pas à faire de rencontres. Il retrouva le bungalow, le hangar au toit de tôle ondulée, le mât sans pavillon ; il s'imaginait que tous les Anglais ramenaient les couleurs au coucher du soleil en chantant *God save the King*. Il tourna avec précaution le coin du hangar et la porte céda sous sa main. Il se retrouva à l'intérieur, environné de l'ombre qui l'avait caché une fois déjà, combien de semaines auparavant ? Il n'en avait pas la moindre idée. Il se rappelait seulement qu'à ce moment-là la saison des pluies était encore lointaine ; maintenant, elle commençait à se déclencher. Dans une semaine, seuls les avions pourraient franchir la chaîne des montagnes.

Il tâta le sol du pied : il avait si grand-faim (il n'avait pris aucune nourriture depuis deux jours) que même deux ou trois bananes lui paraîtraient mieux que rien : mais il n'en trouva pas, pas une seule. Sans doute arrivait-il un jour où la récolte venait d'être embarquée pour descendre la rivière. Il resta un moment debout

dans l'embrasure de la porte pour essayer de se rappeler ce que la petite lui avait dit : l'alphabet morse,
sa fenêtre. De l'autre côté de la cour poussiéreuse d'un
blanc mat, le soleil luisait sur la toile métallique d'une
moustiquaire. Cela lui rappela brusquement un garde-
manger vide. Il se mit à écouter anxieusement : pas un
son ; le début de la journée n'était pas annoncé par le
premier claquement encore mal éveillé de la savate sur
un sol cimenté, le grattement des griffes du chien qui
s'étire, le toc-toc de la main qui frappe à la porte. On
n'entendait rien, rien du tout.

Quelle heure était-il ? Combien d'heures de lumière y
avait-il eu depuis la nuit ? Il lui était impossible de l'apprécier : le temps était élastique, il se tendait jusqu'à
casser. Peut-être, après tout, n'était-il pas très bonne
heure... disons six heures, ou sept... Il comprit combien
il avait compté sur cette enfant. Elle était la seule personne qui pût lui venir en aide sans se mettre elle-même
en danger. S'il ne pouvait parvenir à franchir les montagnes dans les deux ou trois jours qui suivaient, il était
pris au piège... Autant valait se livrer volontairement à la
police. Car, comment pourrait-il vivre pendant les pluies
puisque personne n'oserait lui donner nourriture ou abri ?
Tout se serait passé mieux, plus vite, si on l'avait
reconnu au poste de police, la semaine précédente : tant
d'ennuis évités !... Brusquement, il entendit un bruit :
comme si l'espoir revenait timidement, une plainte, un
grattement, c'est cela qu'on appelle l'aube... les bruits
de la vie. Affamé, il attendit, au seuil de la maison, le
retour de cette vie.

Elle vint sous la forme d'une chienne sans race qui
traversait la cour en rampant, une affreuse bête aux
oreilles pendantes, traînant en geignant une patte blessée
ou cassée. Elle avait le dos malade. Elle approchait très
lentement, ses côtes saillantes apparaissaient comme
celles d'un squelette exposé au musée d'Histoire natu-

relle. Il était visible qu'elle n'avait rien eu à manger depuis plusieurs jours, et qu'on l'avait abandonnée.

A la différence du prêtre, elle gardait encore un espoir : l'espoir est un instinct que seul peut tuer un raisonnement de l'esprit. Les animaux ne connaissent pas le désespoir. En regardant s'approcher la bête blessée, il eut le sentiment que la scène dont il était témoin s'était produite tous les jours, peut-être depuis des semaines : ce n'était qu'une des manifestations routinières du jour naissant, ce qui, dans un pays plus fortuné, eût été un chant d'oiseau. La chienne rampa péniblement jusqu'à la porte de la véranda et se mit à gratter avec une patte, vautrée d'étrange manière, le museau collé à une fente ; on eût dit qu'elle reniflait avidement l'air superflu des chambres inhabitées. Tout à coup, elle perdit patience et se mit à pleurer, puis elle agita la queue comme si elle avait entendu quelque chose bouger à l'intérieur. Enfin, elle poussa un hurlement.

Alors, le prêtre ne put plus supporter la scène ; il comprit ce qu'elle signifiait et sentit qu'il valait mieux se servir de ses propres yeux. Il s'avança dans la cour et la chienne se retourna d'un mouvement maladroit ; parodiant la vigilance d'un chien de garde, elle aboya contre lui. Il n'était pas celui qu'elle attendait ; elle attendait ceux à qui elle était habituée ; elle attendait que le monde qu'elle avait connu lui revînt.

Il regarda par la fenêtre ; peut-être était-ce la chambre de la fillette. Tout en avait été enlevé, sauf les objets inutiles ou brisés. On avait laissé un carton plein de papiers déchirés et une petite chaise bancale. Sur le mur blanchi à la chaux, il restait encore un gros clou auquel avait dû être accroché un miroir, ou un tableau. On voyait aussi une corne à chaussure cassée.

La chienne se traînait en grondant tout le long de la véranda. L'instinct ressemble au sentiment du devoir, on peut le prendre aisément pour de la fidélité. Il évita la bête simplement en marchant au soleil : elle ne put

pas se retourner assez vite pour le suivre. Il poussa la
porte qui s'ouvrit : on n'avait pas pris la peine de la
fermer à clef. Une vieille peau d'alligator mal coupée et
mal séchée pendait au mur. Il entendit renifler derrière
lui et il se retourna : la chienne avait posé deux pattes
sur le seuil, mais maintenant qu'il était installé dans la
maison, elle ne s'inquiétait plus de sa présence. Elle
le voyait prendre possession, en maître, et elle retrouvait
toutes sortes d'odeurs pour occuper son esprit. Elle
avança sur le parquet, par saccades, en faisant un bruit
de gorge mouillé.

Le prêtre ouvrit une porte à gauche, peut-être était-ce
la chambre à coucher : dans un coin gisaient en tas de
vieilles bouteilles à pharmacie, dont quelques-unes conte-
naient encore un petit fond d'un liquide de couleur vive.
Il y avait des remèdes pour les maux de tête, pour
l'estomac, des remèdes à prendre avant et après les
repas. Quelqu'un avait dû être très malade, à en juger
par cette quantité de médicaments. A côté, un peigne
cassé et une boule de démêlures, des cheveux blonds
grisonnants et poussiéreux. Soulagé, il pensa : « C'est sa
mère, ce n'est que sa mère. »

Il essaya une autre pièce qui donnait, par une fenêtre
garnie d'une moustiquaire, sur la lente rivière presque à
sec. Ç'avait été le salon, car ils y avaient laissé une table
à jeu — une table pliante en contreplaqué qu'on avait
dû acheter pour quelques shillings et qui ne valait pas la
peine d'être emportée... là où ils étaient partis. La mère
était-elle mourante ? se demanda-t-il. Peut-être s'étaient-
ils débarrassés de la récolte afin d'aller s'installer en
ville où il y a un hôpital. Il quitta cette pièce et entra
dans une autre : c'était celle qu'il avait vue de l'extérieur, la chambre de la petite fille. Il retourna le contenu
de la corbeille à papiers avec une curiosité triste. Il avait
l'impression de faire des rangements après un décès, afin
d'écarter ce qui serait douloureux à conserver.

Il lut : « La cause immédiate de la guerre de l'Indépendance américaine fut ce qu'on a appelé depuis le Thé de Boston. » Cela semblait être un fragment de composition écrite avec beaucoup de soin en grosses lettres bien moulées. « Mais le vrai point en litige (le mot avait été mal orthographié, barré, écrit de nouveau) était la question de savoir s'il était légal de faire payer des impôts aux gens qui n'étaient pas représentés au Parlement. » Ce devait être un brouillon, il y avait tellement de surcharges. Il ramassa au hasard une autre feuille volante où il s'agissait de personnes appelées Whigs et Tories. Ces mots n'avaient pour lui aucun sens. Une chose semblable à un chiffon tomba du toit sur le sol de la cour : c'était une buse. Le prêtre continuait à lire : « Si cinq hommes mettent trois jours à faucher deux hectares cinq ares de pré, quelle superficie deux hommes faucheront-ils en un jour ? » Une ligne nette était tracée à la règle sous l'énoncé du problème, et les calculs, un inextricable méli-mélo de chiffres, commençaient au-dessous d'où ne sortait aucun résultat ; le papier froissé, jeté au panier, évoquait l'extrême chaleur, la lassitude, l'irritation. Il se l'imagina clairement, en train de supprimer cet exercice sans une hésitation : il revit son visage net, au modelé précis, entre les deux nattes en queues-de-rat. Il se rappela comme elle avait été prompte à jurer de ne jamais pardonner aux hommes qui le tourmenteraient... et il se rappela sa propre fille essayant de le séduire, à côté du tas d'ordures.

Il ferma soigneusement la porte derrière lui comme pour empêcher quelqu'un de s'évader. Il entendit la chienne grogner quelque part, et il la retrouva dans ce qui avait été la cuisine : elle était couchée d'un air féroce, montrant ses vieilles dents, elle gardait un os. Le visage d'un Indien apparut de l'autre côté de la toile métallique, comme une chose qu'on a suspendue pour la faire sécher... une chose brune, ratatinée, peu appétissante. Il fixait sur l'os un regard de convoitise. Il leva les yeux quand le prêtre traversa la cuisine, puis disparut subitement comme s'il n'avait jamais été là, laissant la maison dans le même abandon. Le prêtre, lui aussi, regardait l'os.

Il y avait encore beaucoup de viande après : un petit nuage de mouches tourbillonnait au-dessus, à quelques centimètres du museau de la chienne qui, maintenant que l'Indien était parti, ne quittait pas le prêtre des yeux. Ils étaient en rivalité. Le prêtre fit un pas en avant et frappa deux fois du pied : « Va-t'en, cria-t-il en agitant les mains, allons, va-t'en !... » Mais la bête refusa de bouger, aplatie sur son dos, grondant entre ses dents ; toute la résistance qui demeurait dans son corps brisé était concentrée dans le regard de ses yeux jaunes. C'était la haine sur un lit de mort. Le prêtre approcha prudemment : il n'était pas encore habitué à l'idée que la chienne était incapable de bondir — on pense toujours qu'un chien bouge et attaque, mais cette malheureuse bête comme un être humain estropié, n'était capable que de penser. On pouvait voir ses pensées — de faim, d'espoir et de haine — monter aux globes de ses yeux.

Le prêtre étendit la main vers l'os et les mouches s'envolèrent en bourdonnant. La chienne se tut, aux aguets : « Là, là », dit le prêtre, d'un ton cajoleur, en esquissant sous le regard fixe de l'animal de petits gestes engageants. Puis il se détourna et fit mine de partir comme s'il abandonnait l'os : il se marmotta à voix basse une phrase de la messe, en prenant un air laborieusement indifférent. Puis il se détourna brusquement : le coup avait manqué. La chienne n'avait pas cessé de le regarder, en se tordant le cou, pour suivre sa naïve comédie.

Saisi d'une fureur passagère à l'idée qu'un chien bâtard à l'échine brisée s'était emparé de la seule nourriture qu'il y eût, il se mit à jurer contre la bête avec des mots grossiers et populaires qu'il avait ramassés inconsciemment autour des kiosques à musique. En toute autre circonstance, il se fût étonné de les sentir monter si facilement à ses lèvres. Il éclata de rire : voilà bien la dignité humaine ! Disputer un os à une chienne. En l'entendant rire, l'animal effrayé, les babines frémissantes, rabattit les oreilles. Mais le prêtre ne ressentait aucune pitié : la vie de cette bête n'avait aucune importance comparée à celle d'un être humain. Il se retourna, à la recherche de quelque chose à lancer. Mais la cuisine avait été complètement vidée. On n'y avait laissé que cet os... qui sait ? peut-être tout exprès pour cette chienne. Il imaginait très bien la petite fille se rappelant une chose de ce genre avant de partir avec sa mère malade et son père stupide. Il avait l'impression que c'était toujours elle qui pensait à tout. Il ne put trouver, convenant à son projet, qu'un vieil égouttoir en fil de fer qui avait servi pour les légumes.

Il revint vers la chienne et lui en donna un léger coup sur le museau. Sans bouger, elle tenta de happer la passoire entre ses vieilles dents cassées. Il frappa plus fort, et elle saisit dans sa gueule l'ustensile qu'il dut lui arracher de force. Il la roua de coups avant de se rendre compte qu'elle ne pouvait bouger qu'au prix de grands efforts : elle ne pouvait ni échapper aux coups ni abandonner l'os, elle ne pouvait que souffrir. Ses yeux jaunes, épouvantés, malveillants, lui lançaient des éclairs entre les coups.

Alors il changea de méthode : il se servit de la passoire comme d'une sorte de muselière pour écarter les dents de la chienne pendant qu'il se penchait pour s'emparer de l'os. Elle le retint d'une patte, puis lâcha prise. Il abaissa la passoire et sauta en arrière... La chienne fit un vain effort pour le suivre, puis s'affaissa sur le sol. Le prêtre avait gagné : il avait son os. La chienne n'essaya même plus de gronder.

Le prêtre arracha un peu de la viande crue avec ses dents, et se mit à mâcher : jamais nourriture ne lui avait paru aussi délicieuse et comme il se sentait heureux momentanément, il ressentit un peu de compassion. Il pensa : « Je vais manger jusque-là et je lui laisserai le reste. » Mentalement, il fit une marque sur l'os et en arracha un second morceau. La nausée dont il souffrait depuis des heures commença à céder la place à une honnête sensation de faim. Il continua de manger tandis que la chienne le regardait. Elle n'avait pas l'air de lui en vouloir, maintenant que le combat était terminé ; elle se mit à battre le sol de sa queue, pour l'interroger, avec espoir. Le prêtre arriva au point qu'il s'était fixé, mais il lui semblait à présent que sa faim passée était imaginaire : la vraie faim, c'était ce qu'il ressentait maintenant. Les besoins d'un homme sont plus grands que ceux d'un chien. Il allait lui laisser ce qu'il y avait sur la jointure. Mais lorsqu'il y fut arrivé, il mangea aussi ce petit bout de viande ; après tout, le chien avait des dents, il rongerait l'os. Il le lui jeta sous le museau et quitta la cuisine.

Il fit une fois de plus le tour des chambres vides. Un chausse-pied cassé, des bouteilles de médicaments, une composition sur la guerre de l'Indépendance américaine... rien qui lui laissât deviner pourquoi ils étaient partis. Il passa dans la véranda et vit par un interstice des planches qu'un livre était tombé sur le sol et gisait entre les grossiers piliers de brique qui soutenaient la maison et la mettait hors des pistes suivies par les fourmis. Il n'avait pas vu de livres depuis des mois. C'était presque, dans cette moisissure entre les piliers, comme la promesse d'un avenir meilleur : la vie qui continue dans les maisons particulières, les postes de T.S.F. et les étagères chargées de livres, les lits préparés pour la nuit et la table mise pour les repas. Il s'agenouilla sur le sol et allongea le bras pour attraper le livre ; il s'était brusquement rendu compte que lorsque cette longue lutte se terminerait, lorsqu'il aurait franchi les montagnes et la frontière, il pourrait, après tout, jouir encore de la vie.

C'était un livre anglais, mais, de ses années passées dans un séminaire américain, il avait retenu assez d'anglais pour pouvoir le lire, non sans difficulté. Même s'il n'avait pas été capable d'en comprendre un seul mot, ce n'en était pas moins un livre. Il s'appelait : *Trésors en cinq mots : Anthologie de la poésie anglaise*, et sur la page de garde, une formule imprimée était collée : « Prix décerné à... puis le nom Coral Fellows ajouté à la main... pour sa compétence en composition anglaise, troisième division. » L'étiquette s'ornait d'un mystérieux blason où l'on pouvait discerner un griffon, une feuille de chêne, une devise latine : *Virtus laudata crescit*, et une signature au tampon de caoutchouc : Henry Beckley B. A. Principal des Cours privés par correspondance Ltd.

Le prêtre s'assit sur les marches de la véranda. Le silence régnait partout ; la vie avait fui le dépôt de bananes avec la famille disparue, seule demeurait la buse qui n'avait pas encore abandonné tout espoir. L'Indien semblait n'avoir jamais existé. « Après le repas, pensa le prêtre avec un humour mélancolique, il convient de lire un peu. » Il ouvrit le livre au hasard. Coral... la petite fille s'appelait donc Coral. Il pensa aux magasins de Veracruz pleins de corail, de cette pierre rose dure et cassante qu'on donnait toujours aux petites filles — qui sait pourquoi ? — après leur première communion.

> *I come from haunts of cool and hern*
> *I make a sudden sally*
> *And sparkle out among the fern*
> *To bicker down a valley* [1]

Ce poème était bien obscur : plein de mots qui ressemblaient à de l'esperanto. Ainsi, pensa le prêtre, c'est de la poésie anglaise. Comme c'est étrange. Dans le peu de

---

1. TENNYSSON : *The Brook* (Le Ruisseau).
   Des lieux que hantent le héron et la foulque
   On me voit sourdre brusquement
   Et, scintillant à travers les fougères,
   Je babille et descends jusqu'au fond du vallon.

poésie qu'il connaissait, il était surtout question d'agonie, de remords et d'espérance. Le poème se terminait sur une note philosophique :

> For men may come and men may go
> But I go on fer ever [1].

La banalité et l'inexactitude de ce « for ever » le scandalisa un peu. Un poème comme celui-ci n'aurait jamais dû être mis entre les mains d'une enfant. Le busard traversa la cour, en marchant avec précaution, comme un fantôme poussiéreux et désolé : de temps en temps, il s'élevait lourdement et rasant la terre, avec de grands claquements d'ailes, allait se poser vingt mètres plus loin. Le prêtre continua sa lecture :

> Come back, come back, he cried in grief,
> Across the stormy water :
> And I'll forgive your Highland, chief,
> My daughter, O my daughter [2] !

Ceci lui parut plus émouvant, bien que le poème fût, autant que le précédent, une médiocre lecture pour une petite fille. Il sentait un accent de vraie douleur passer dans les paroles étrangères ; assis sur ce perchoir brûlant, perdu dans cette solitude, il se répéta le dernier cri : « Ma fille, ô ma fille ! » qui semblait contenir tout ce qu'il ressentait de repentir, de nostalgie, d'amour frustré et douloureux.

Une chose lui paraissait bizarre : depuis cette nuit étouffante passée à la prison, au milieu de gens entas-

---

1. Car les hommes naissent et disparaissent
   Mais moi je dure éternellement.
2. Reviens, reviens, cria-t-il dans sa douleur
   Par-delà les eaux tumultueuses...
   Et je pardonnerai à ton Chef écossais,
      Ma fille, ô ma fille.

sés, il avait vécu dans une région désertique presque comme s'il était mort là-bas, la tête du vieillard appuyée sur son épaule, et qu'il errât maintenant dans les limbes, n'ayant été ni assez bon, ni assez mauvais... La vie s'était retirée de partout, pas seulement du dépôt de bananes. Quand l'orage éclata et qu'il courut vers une habitation pour s'y abriter il savait très bien d'avance qu'il n'y trouverait personne.

Les huttes apparurent soudain, dans la lumière de l'éclair où leurs formes vacillèrent, puis disparurent au fond des ténèbres emplies de grondements. La pluie n'était pas encore là : elle montait en larges nappes de la baie de Campêche, gagnant méthodiquement du terrain pour parvenir à balayer toute la province. Entre les coups de tonnerre, le prêtre s'imaginait l'entendre comme un bruissement gigantesque se dirigeant vers les montagnes déjà si proches de lui... Il ne s'agissait plus en somme que de vingt à vingt-cinq kilomètres.

Il gagna la première hutte ; la porte en était ouverte ; à la lueur tremblante d'un éclair, il vit — comme il s'y attendait — qu'elle était vide. Rien qu'un tas de maïs, et quelque chose de vague et de gris qui bougeait... sans doute un rat. Il s'élança vers la hutte voisine, mais c'était exactement la même chose (le maïs et rien d'autre). On eût dit que toute vie humaine se retirait à son approche, et que l'*On* avait décidé que désormais il serait seul, absolument seul. Pendant qu'il était là, la pluie atteignit la clairière. Elle sortit de la forêt comme une épaisse fumée blanche, s'abattit et gagna l'autre extrémité : comme si les ennemis répandaient un nuage de gaz sur tout le territoire, systématiquement, afin que pas un seul être ne pût y échapper. La pluie s'étalait, et tombait le temps qu'il fallait : l'ennemi avait sorti son chronomètre, car il connaissait, à une seconde près, la limite d'endurance des poumons humains. Le toit de la hutte résista à l'eau pendant un moment, mais la laissa bientôt filtrer... Les branchages craquèrent sous son poids, puis s'écartèrent ; la pluie les traversa en une demi-douzaine d'endroits et ruissela en coulées noires. Tout à coup, l'averse s'arrêta et l'eau tomba goutte à goutte du toit. La pluie s'en alla plus loin, accompagnée de la foudre qui palpitait contre ses flancs comme un barrage de protection. Dans quelques minutes, elle aurait gagné les montagnes : quelques orages de la violence de celui-ci et leurs cols seraient devenus infranchissables.

Le prêtre avait marché tout le jour et se sentait très las. Il trouva un endroit sec où il s'assit. A chaque éclair, il pouvait voir la clairière : autour de lui, le silence n'était troublé que par le bruit très doux des gouttes d'eau qui finissaient de tomber. C'était presque la paix, pas tout à fait pourtant. Pour se sentir en paix, il faut être avec d'autres hommes : son isolement contenait la menace de malheurs à venir. Il se rappela brusquement sans raison apparente, un jour de pluie au séminaire américain : les vitres embuées par le chauffage central dans la biliothèque, les hautes étagères chargées de livres sages, et un jeune homme, un étranger venu de Tuscon, qui du bout du doigt traçait des initiales sur le carreau... cela c'était la paix. Il la regardait maintenant de l'extérieur, sans pouvoir croire qu'il la retrouverait jamais. Il s'était fait un monde à lui, et c'était ceci : les huttes vides et délabrées, l'orage traversant la clairière, et la peur qui naissait en lui de nouveau... parce qu'il venait de s'apercevoir qu'après tout, il n'était pas seul.

Dehors, quelqu'un bougeait, avec précaution. Les pas s'avançaient un peu, puis s'arrêtaient. Il attendit passivement ; derrière lui, l'eau dégouttait du toit. Il pensa au métis parcourant la ville, pieds nus et cherchant un argument vraiment solide pour expliquer sa trahison. Un visage épiait le prêtre par l'ouverture de la hutte. Il se retira vivement : c'était un visage de vieille femme, mais avec les Indiennes, on ne peut jamais savoir... Peut-être n'avait-elle pas plus de vingt ans. Il se leva et sortit ; elle se mit à courir, embarrassée dans sa lourde jupe semblable à un sac, avec ses deux épaisses nattes noires qui battaient l'air. Il semblait que sa solitude ne devait être brisée que par ces visions insaisissables, par ces créatures qu'on eût dites surgies de l'Age de la pierre, et dont le visage s'effaçait aussitôt apparu.

Il sentit gronder en lui une sourde colère hargneuse : il ne laisserait pas fuir ce visage-ci. Il poursuivit la femme à travers la clairière, en pataugeant dans les flaques d'eau ; mais elle avait de l'avance et courait sans la moindre pudeur, aussi atteignit-elle la forêt bien avant lui. Elle s'y enfonça et il savait qu'il serait inutile d'essayer de l'y retrouver. Il revint à la hutte la plus proche. Ce n'était pas celle où il s'était abrité en premier lieu, mais elle était tout aussi vide. Qu'était-il donc arrivé aux gens de ce village ? Il n'ignorait pas que ces campements plus ou moins sauvages n'étaient que temporaires, les Indiens cultivaient un petit lopin de terre et quand ils en avaient momentanément épuisé le sol, ils changeaient tout bonnement de place, car ils ne connaissaient pas les lois de rotation en culture ; mais en s'en allant, ils emportaient toujours leur maïs. Cette fois, ils semblaient l'avoir fui... chassés par la violence ou par la maladie. Il connaissait des exemples de fuites semblables, en cas d'épidémie, et, naturellement, la chose affreuse était qu'ils transportaient avec eux leur maladie partout où ils allaient ; parfois, ils étaient saisis de panique comme des mouches contre une vitre, mais discrètement, secrètement, leur remue-ménage s'accomplissant en sourdine. De mauvaise humeur, le prêtre se retourna pour regarder la clairière et vit l'Indienne qui revenait à pas furtifs vers la hutte où il s'était réfugié. Il l'appela d'une voix autoritaire et son appel la fit repartir à pas traînants en direction de la forêt. Sa marche lourde et gauche lui rappela celle d'un oiseau qui feint d'avoir l'aile brisée... Cette fois, il ne fit pas mine de la suivre, et avant d'être arrivée aux arbres, elle s'arrêta pour le regarder ; il se dirigea lentement vers la première hutte : une fois, il se retourna : elle le suivait de loin, les yeux fixés sur lui. Elle lui fit de nouveau l'impression d'un animal ou d'un oiseau effarouché, anxieux. Il continua d'avancer droit vers la hutte... Au loin, les éclairs traversaient encore le ciel, mais l'on entendait à peine le tonnerre. Le ciel se dégageait et la lune sortait des nuages. Tout à coup, un cri bizarre, artificiel, retentit, et, en se retournant, il vit la femme courir vers la forêt. Elle trébucha, lança les bras au ciel et tomba sur le sol comme un oiseau femelle qui s'offre.

Le prêtre fut dès lors convaincu qu'il y avait dans la hutte une chose précieuse sans doute cachée parmi le maïs, et il entra sans s'occuper de ce que faisait la femme. Maintenant que les éclairs ne sillonnaient plus le ciel au-dessus de sa tête, il ne voyait plus clair du tout. Il alla à tâtons jusqu'au monceau de maïs. Dehors, le bruit mat des pieds nus approchait. Le prêtre se mit à fouiller des mains dans le maïs — peut-être y avait-on caché de la nourriture — et le craquement sec des feuilles s'ajouta au clapotis de l'eau qui dégouttait et au bruit furtif des pas, pour former la rumeur discrète de gens qui vaquent à leurs affaires personnelles. Tout à coup, sa main rencontra un visage.

Ce genre de surprise ne l'effrayait plus. Après tout, ce qu'il trouvait là était quelque chose d'humain. Ses doigts glissèrent le long du corps : ils trouvèrent un enfant, qui gisait absolument inerte. Dans l'ouverture de la porte, au clair de lune, il distinguait à peine le visage de la femme : les traits en étaient sans doute convulsés d'angoisse, mais il ne pouvait la voir distinctement. « Il faut que j'emporte ceci dehors, pensa-t-il, dehors où je verrai clair. »

C'était un petit garçon... dans les trois ans : une tête en boule et flétrie, couverte d'une tignasse noire. Il était évanoui... pas mort. Le prêtre sentit un très léger battement de cœur. L'idée d'une épidémie lui revint, jusqu'au moment où, retirant sa main, il s'aperçut que l'enfant était trempé de sang, non de transpiration. L'horreur et le dégoût s'emparèrent de lui. Partout de la violence... n'y aurait-il pas de fin à toute cette cruauté ?

« Qu'est-il arrivé ? » demanda-t-il à la femme d'une voix rude.

On eût dit que, dans cette province, l'homme avait pour mission de supprimer l'homme.

Agenouillée à quelques pas de lui, la femme suivait des yeux chaque geste de ses mains. Elle savait un peu d'espagnol, car elle répondit : « Americano. » L'enfant portait une sorte de blouse brune faite d'un seul morceau que le prêtre remonta jusqu'au cou : le corps était percé de trois balles. La vie, de minute en minute, s'en échappait ; à dire vrai, il n'y avait plus rien à faire, mais il fallait pourtant essayer.

« De l'eau, dit-il à la femme. Eau », répéta-t-il.

Mais elle n'eut pas l'air de comprendre et demeura accroupie à le surveiller. Croire que parce que ses yeux n'expriment rien, un être ne souffre pas est une erreur facile à commettre. Quand il palpait le petit corps, il voyait la femme tendue, la croupe frémissante, comme un animal prêt à bondir ; elle l'aurait attaqué, avec ses dents, au moindre gémissement de l'enfant.

Il se mit à lui parler doucement, lentement (il ne savait pas dans quelle mesure elle comprenait).

« Il nous faut de l'eau. Pour le laver. N'ayez pas peur de moi. Je ne lui ferai pas de mal. »

Il ôta sa chemise et la déchira en bandes. C'était contre toutes les règles de l'aseptie, mais que faire ? Il pouvait aussi prier, naturellement, mais l'on ne prie pas pour demander la vie... Cette vie. Il répéta :

« De l'eau. »

La femme eut l'air de comprendre. Elle lança un regard désespéré sur les creux où la pluie était demeurée en flaques : c'étaient les seuls endroits où l'on trouvât de l'eau. « Oh ! pensa-t-il, la terre n'est pas plus sale que

ne l'aurait été n'importe quel récipient. » Il y plongea
un morceau de sa chemise et se pencha sur l'enfant : il
entendit la femme qui s'approchait en rampant sur le sol,
comme une menace qui se précise. Il tenta une fois de
plus de la rassurer :

« Il ne faut pas avoir peur de moi. Je suis un prêtre. »

Elle comprit le mot « prêtre » : elle se pencha en
avant, saisit et baisa la main qui tenait le lambeau de
chemise imbibé d'eau. Au même moment, pendant que
les lèvres de la femme étaient posées sur la main du
prêtre, le visage de l'enfant se fronça, ses yeux s'ouvrirent et les regardèrent fixement, et le petit corps fut
tordu par une sorte d'explosion de souffrance : ils virent
ses yeux rouler puis brusquement devenir fixes, comme
les billes d'un jeu de solitaire, tandis que la mort leur
donnait une vilaine couleur jaune. La femme lâcha la
main du prêtre et courut vers une flaque d'eau, où elle
emplit ses paumes creusées en coupe.

« C'est inutile à présent », lui dit le prêtre, qui était
resté debout, les mains encombrées des lambeaux mouil-
lés de sa chemise. La femme écarta les doigts et laissa
l'eau s'en échapper. Elle murmura : « Padre » d'une voix
suppliante ; il plia ses jambes lasses et s'agenouilla pour
prier.

Il ne croyait plus à l'efficacité de prières comme celle-
ci — le Saint-Sacrement était autre chose : poser une
hostie entre les lèvres d'un moribond était y introduire
Dieu. Il y avait là un fait réel, une chose tangible, tandis
que ceci n'était qu'une aspiration pieuse, rien de plus.
Pourquoi Dieu écouterait-il les prières d'un tel prêtre ? Le
péché était l'obstacle qui s'opposait à leur essor ; il
sentait ses prières, retenues en lui, peser autant qu'une
nourriture lourde à digérer.

Lorsqu'il eut terminé, il prit le cadavre et le trans-
porta dans la hutte comme un meuble — ç'avait été, lui
sembla-t-il, une perte de temps que de l'en sortir : l'on
emporte une chaise dans le jardin et l'on se hâte de la

rentrer parce que l'herbe est mouillée. La femme le suivit, docilement ; elle n'eut pas l'air de désirer toucher le corps et se contenta de regarder le prêtre qui le remit dans le coin sombre au milieu du maïs. Il s'assit sur le sol et dit lentement :

« Il va falloir l'enterrer. »

Elle comprit et hocha la tête.

« Où est votre mari ? demanda-t-il. Est-ce qu'il vous aidera ? »

Elle se mit à parler rapidement. Peut-être était-ce du camache ; il ne comprenait que de loin en loin un mot d'espagnol. Le mot « *Americano* » revint... et il se rappela l'homme qu'on recherchait et dont la photographie voisinait avec la sienne sur le mur du poste de police.

« Est-ce lui qui a fait *ça* ? » demanda-t-il à la femme.

Elle secoua la tête.

Que s'était-il donc passé ? Le fugitif s'était-il réfugié dans une de ces huttes et les gendarmes avaient-ils tiré ? Ce n'était pas impossible. Tout à coup, son attention fut éveillée : elle venait de prononcer le nom du dépôt de bananes. Mais il n'y avait pas trouvé de mourants, il n'y avait vu aucun signe de violence : à moins que le silence et l'abandon n'en fussent les signes. Il avait imaginé que la mère était tombée malade : mais peut-être était-il arrivé quelque chose de pire. Il voyait très bien ce stupide capitaine Fellows décrochant son fusil, et s'exposant en le maniant maladroitement aux coups de feu d'hommes dont le principal talent consistait à dégainer vite ou même à tirer de leur poche. La pauvre petite... Quelles responsabilités elle avait dû être forcée de prendre !...

Il écarta ces pensées et reprit :

« Avez-vous une pelle ? »

Elle ne comprit pas le mot et il dut faire la mimique de creuser. Il fut interrompu par un nouveau coup de tonnerre : un second orage commençait, l'ennemi s'apercevait, semblait-il, que les premiers feux de barrage

avaient laissé quelques survivants... ces nouveaux coups
les anéantiraient. Il entendit l'énorme souffle de la
pluie haleter dans le lointain. Il se rendit compte que la
femme avait prononcé le mot « église », tout seul : son
espagnol ne comprenait que des mots isolés. Il se
demanda ce qu'elle voulait dire. Alors, la pluie s'abattit
sur eux. Elle s'interposa entre le prêtre et l'évasion
comme un mur tombé d'une seule masse qui se serait
élevé peu à peu autour d'eux. Toute la lumière du ciel
disparut, et il ne resta que la lueur des éclairs.

Contre une telle pluie, le toit ne leur offrait plus de
protection. Bientôt, l'eau filtra de tous côtés. Les feuilles
sèches du maïs sur lesquelles reposait l'enfant mort cra-
quaient comme du bois qui brûle. Le prêtre eut un frisson : il se sentait glacé et comme au bord de la fièvre.
Il fallait fuir avant de ne plus pouvoir bouger du tout.
La femme (qu'il ne voyait plus) répéta « *Iglesia* » d'une
voix suppliante. Il pensa qu'elle désirait sans doute que
son enfant fût enseveli près d'une église ou peut-être
simplement porté jusqu'à l'autel afin de lui faire toucher
les pieds du Christ. Ils avaient de ces idées fantastiques.

Il profita d'un long trait vacillant de lumière bleue pour
expliquer par gestes à la femme que ce qu'elle demandait était impossible.

« Soldats », dit-il.

Elle riposta : « *Americano*. » Cela revenait toujours, à
la manière de ces mots dont le sens est différent suivant
la syllabe que vous accentuez et qui peuvent devenir
une explication, un avertissement ou une menace.
Peut-être voulait-elle dire que tous les soldats étaient
occupés à la poursuite, mais même dans ce cas, restait
la pluie qui démolissait tout. Il était encore à vingt
milles de la frontière et depuis l'orage les sentiers de la
montagne devaient être infranchissables. Une église... Il
n'avait pas la moindre idée de l'endroit où il pourrait
trouver une église. Il y avait des années qu'il n'en avait
aperçu l'ombre d'une, et il lui était bien difficile de croire

qu'il en existât encore à quelques journées de voyage. Lorsqu'un nouvel éclair jaillit, il vit la femme qui le regardait patiemment, dans une immobilité de pierre.

Depuis trente heures, ils n'avaient mangé que du sucre... en gros morceaux bruns de la taille d'une tête d'enfant. Ils n'avaient vu personne et n'avaient échangé aucune parole. A quoi bon, puisque les seuls mots, ou presque, qu'ils eussent en commun étaient *Iglesia* et *Americano* ? La femme marchait derrière lui, sur ses talons, l'enfant mort ficelé sur son dos. Elle paraissait infatigable. Après une marche d'un jour et une nuit, ils sortirent des marais et arrivèrent au pied des collines : ils dormirent à cinquante pieds au-dessus de la lente et verte rivière, sous une saillie de rocher où le sol était sec — tout autour ce n'était qu'une épaisse couche de boue. La femme s'accroupit, les genoux remontés au menton, la tête pendante ; elle ne manifestait aucune émotion ; elle avait posé derrière elle le cadavre de l'enfant, comme un objet auquel on tient et qu'on doit protéger contre les maraudeurs. Ils s'étaient guidés sur le soleil jusqu'au moment où le mur noir des montagnes boisées vers lesquelles ils allaient leur fût apparu. Ils auraient pu être les seuls survivants d'un monde en train de mourir, transportant avec eux le symbole visible de cette mort.

Le prêtre se demandait parfois s'il était en sécurité, mais lorsqu'il n'y a pas de trace apparente de frontière entre une province et l'autre, pas d'examen de passeports ou de cabanes de douaniers, le danger semble continuer de peser sur vous, il voyage à vos côtés, soulève ses pieds lourds au rythme de votre marche. Il avait l'impression de progresser à peine : le chemin montait en pente abrupte jusqu'à cinq cents pieds environ, puis s'abaissait brusquement et se noyait dans la boue. A un certain endroit, le sentier qu'ils suivaient fit une énorme courbe en épingle à cheveux, de sorte qu'au bout de trois heures ils étaient revenus, ayant gagné moins de cent mètres, en face de leur point de départ.

Au crépuscule du second jour, ils débouchèrent sur un vaste plateau couvert d'herbe rase. Des croix étrangement groupées, penchées à des angles différents, se dressaient en silhouettes noires sur le ciel ; les unes avaient cinq ou six mètres de haut, les autres moins de trois. On aurait dit des plantes montées en graines. Le prêtre s'arrêta, les yeux fixes : c'étaient, depuis plus de cinq ans, les premiers symboles chrétiens, exposés en un lieu public, qu'il eût rencontrés — si l'on pouvait dire de ce plateau désert entouré de montagnes qu'il était un lieu public. Il paraissait impossible qu'un prêtre eût fait ériger cet étrange ensemble ; il ne pouvait être que l'œuvre d'Indiens et n'appartenait point au monde des vêtements sacerdotaux qu'on prépare minutieusement pour la messe, ou des symboles compliqués de la liturgie. C'était comme un raccourci menant jusqu'au cœur sombre et magique de la foi... jusqu'à la nuit où les tombes s'ouvriront et où les morts marcheront. Un mouvement qu'il entendit derrière lui le fit se retourner.

La femme s'était agenouillée et se traînait lentement sur le sol cruel vers le groupe des croix : sur son dos, l'enfant mort était ballotté. Quand elle eut atteint la plus haute des croix, elle détacha l'enfant dont elle appuya contre le bois le visage, puis les reins. Elle fit le signe de la Croix, pas à la manière ordinaire des catholiques, mais d'un geste compliqué qui comprenait le nez et les oreilles. Espérait-elle un miracle ? Et si elle en espérait un, pourquoi ne lui serait-il pas accordé ? se demandait le prêtre. La foi, dit-on, peut mouvoir les montagnes... et ceci était vraiment la foi, la foi absolue en la salive qui guérit les aveugles, en la voix qui ressuscite les morts. L'étoile du soir venait de se lever : suspendue très bas, presque au bord du plateau, elle paraissait à portée de la main ; une légère brise chaude soufflait. Le prêtre s'aperçut qu'il guettait l'enfant, dans l'espoir de déceler un mouvement : et comme rien ne se produisit, il eut l'impression que Dieu avait laissé passer une occasion. La femme s'assit et, sortant de son paquet un bloc de sucre, se mit à manger tandis que l'enfant reposait paisiblement au pied de la croix. Après tout, pourquoi s'attendre à ce que Dieu impose à l'innocent le châtiment d'une longue vie ?

« *Vamos* », dit le prêtre, mais la femme occupée à ronger le sucre, avec ses dents de devant aiguës, ne fit aucune attention à lui. Levant les yeux vers le ciel, il vit que de noirs nuages voilaient l'étoile du soir. *Vamos*. Il n'y avait pas un seul endroit où s'abriter sur ce plateau.

La femme demeura parfaitement immobile : son visage ravagé, au nez camus, restait, entre ses deux tresses noires, d'une inébranlable fixité. On eût dit qu'elle avait accompli son devoir et qu'elle était désormais prête pour le repos éternel. Brusquement, le prêtre frissonna : la douleur qui toute la journée avait enserré son front, comme un bord de chapeau rigide, pénétra jusque sous son crâne. « Il faut, pensa-t-il, que je trouve un endroit où m'abriter. Avant tout l'homme a des devoirs envers lui-même : l'Eglise vous enseigne cela, somme toute, à sa manière. » Le ciel entier devenait sombre ; les croix s'y dressaient comme d'affreux cactus desséchés : le prêtre se dirigea vers le bord du plateau. Une seule fois, avant que le sentier ne s'enfonçât hors de vue, il se retourna pour regarder la femme : elle rongeait encore le bloc de sucre, et il se rappela que c'était la seule nourriture qu'ils eussent encore en réserve.

Le sentier était très raide, si raide qu'il dut tourner le dos et continuer à reculons : à droite et à gauche, les arbres sortaient du roc gris perpendiculairement, et, deux cents mètres plus bas, le sentier remontait. Le prêtre se mit à transpirer, pris d'une soif insupportable : lorsque la pluie tomba, ce fut au début comme un soulagement. Il resta sans bouger, appuyé contre un rocher

— aucun abri avant le fond de la *barranca* et cela valait-il vraiment la peine de se donner tout ce mal ? Il frissonnait maintenant à peu près sans arrêt, et la douleur qu'il ressentait ne se limitait plus à l'intérieur de la tête — c'était une chose extérieure à lui, n'importe quoi, un bruit, une pensée, une odeur. Ses sens se confondaient l'un avec l'autre. Un instant, cette douleur ressembla à une voix irritante s'efforçant de lui expliquer qu'il s'était trompé de sentier : il se rappela une carte des deux Etats voisins qu'il avait vue jadis. L'Etat qu'il fuyait était parsemé de villages — sur la terre chaude et marécageuse les gens se reproduisaient aussi vite que les moustiques — mais pour l'Etat voisin, dans le coin nord-ouest, il ne figurait presque rien sur le papier, tout y était blanc. « Tu es ici au milieu du papier blanc, lui disait sa douleur. — Mais il y a un sentier, discutait sa lassitude. — Oh ! un sentier, répondait sa douleur, un sentier peut vous entraîner pendant cinquante milles avant d'arriver où que ce soit : tu sais très bien que tu ne pourras jamais aller si loin que cela. Tu es entouré d'un vaste désert de papier blanc. »

Une autre fois, sa douleur prit un visage : il eut la conviction que l'Américain le guettait : sa peau était un semis de petites taches comme une photographie de journal. Sans doute les avait-il suivis depuis le début avec l'intention de tuer la mère après avoir tué l'enfant : les meurtriers ont cette sorte de sentimentalité. Il fallait agir : cette pluie était comme un rideau derrière lequel n'importe quoi pouvait arriver. « Je n'aurais pas dû la laisser seule ainsi, pensa-t-il. Dieu me pardonne. Je n'ai aucun sens de mes responsabilités ; mais qu'attendre d'un prêtre qui s'enivre ? » Et, se remettant sur ses pieds, il remonta la pente qui menait au plateau. Des idées le tourmentaient : il ne s'agissait pas seulement de la femme. Il était aussi responsable de l'Américain : leurs deux images, celle du tueur et la sienne, étaient fixées côte à côte sur le mur du poste de police, comme celles de deux frères dans une galerie de portraits de famille. On n'expose pas son frère à la tentation.

Frissonnant, suant et trempé par la pluie, il arriva sur le plateau. Il n'y avait plus personne : ce petit enfant mort n'était pas quelqu'un, c'était un objet inutile abandonné au pied de l'une des croix : la mère était rentrée chez elle. Elle avait fait ce qu'elle voulait faire. La surprise le souleva, pour ainsi dire, le sortit une seconde de sa fièvre où il retomba immédiatement. Un morceau de sucre — tout ce qui restait — gisait près de la bouche de l'enfant. Etait-ce en prévision d'un miracle, ou pour servir de nourriture à l'esprit ? Non sans une honte obscure, le prêtre se pencha et le ramassa. L'enfant mort ne gronderait pas contre lui comme un chien malade. Mais qui donc était-il pour douter des miracles ? Il hésita sous la pluie battante, mais finit par mettre le sucre dans sa bouche. S'il plaît à Dieu de rendre la vie à un être, ne peut-il lui donner aussi à manger ?

Dès qu'il commença à manger, la fièvre revint ; le sucre lui resta dans le gosier ; il fut pris d'une soif épouvantable. Accroupi, il essaya de laper un peu d'eau au creux d'une ornière ; il suça même le bord trempé de son pantalon. L'enfant couché sous les torrents de pluie ressemblait à un amas sombre de bouse de vache. Le prêtre s'écarta de nouveau, regagna le bord du plateau et le sentier abrupt menant dans la *barranca*. Sa seule sensation était maintenant l'angoisse de la solitude : le visage lui-même l'avait abandonné. Il traversait tout seul l'espace vide et blanc de la carte, et s'enfonçait, de minute en minute, davantage dans ce territoire désertique.

Ailleurs, si l'on allait d'un certain côté, on pouvait trouver des villes, bien sûr ; si l'on allait assez loin, c'était la côte, le Pacifique, le chemin de fer qui conduit au Guatemala : là-bas, il y avait des routes et des automobiles. Il n'avait pas vu de train depuis dix ans. Il imaginait la ligne noire qui, sur la carte, suit le rivage et devant son esprit défilaient cinquante, cent milles de pays inconnu. C'est dans l'inconnu qu'il cheminait : il avait trop bien réussi à échapper aux hommes, et c'était la nature qui allait le tuer.

Néanmoins, il poursuivit sa route... A quoi servirait de retourner jusqu'au village abandonné, pour y retrouver dans le dépôt de bananes un chien bâtard agonisant et un chausse-pied cassé ? Rien d'autre à faire que de poser un pied devant l'autre ; de descendre au fond d'une gorge pour gravir ensuite la pente opposée. Du haut de la *barranca*, quand la pluie s'en alla plus loin, on ne voyait qu'une immense étendue de terre tourmentée de vallonnements, de forêts, de montagnes, sur quoi passait le voile gris de l'eau. Il y jeta un regard, mais détourna vite les yeux. C'était l'image trop parfaite du désespoir.

Il lui sembla que des heures avaient passé lorsqu'il cessa de monter : c'était le soir ; dans la forêt, des singes invisibles faisaient craquer les branches, avec des bruits évoquant à la fois la hardiesse et la gaucherie, et, dans l'herbe, de petites flammes fuyaient, avec un sifflement d'allumette qui flambe... probablement des serpents. Il n'en avait pas peur : c'était une manifestation de vie, et il sentait la vie s'écarter à son approche inexorablement. Ce n'était pas seulement les hommes qui le fuyaient : même les bêtes, même les reptiles faisaient le vide autour de lui : bientôt, il serait seul, seul avec son propre souffle. Il se mit à réciter : « J'ai aimé, ô Seigneur, la beauté de Ta maison », et l'odeur des feuilles imbibées d'eau et pourrissantes, la nuit chaude, l'obscurité, lui firent croire qu'il descendait dans un puits de mine et s'enfonçait au sein même de la terre afin de s'y ensevelir. Il ne tarderait pas à trouver son tombeau.

Lorsqu'un homme, armé d'un fusil, s'approcha de lui, il n'eut aucune réaction. L'homme avançait prudemment : on ne s'attend pas à faire de rencontres au sein de la terre. Le nouveau venu demanda :

« Qui êtes-vous ? » en préparant son fusil.

Pour la première fois depuis dix ans, à cause de son extrême lassitude, et parce qu'il lui semblait inutile de s'obstiner à vivre, le prêtre livra son nom à un inconnu.

« Un prêtre ? dit l'autre, surpris. D'où venez-vous donc ? »

La fièvre le quitta quelques minutes, laissant un peu de réalité remonter à la surface.

« Ne vous inquiétez pas, dit-il. Je ne m'arrête pas ici. Je ne demande rien. »

Il fit un grand effort pour rassembler tout ce qui lui restait d'énergie et continua de marcher : un visage plein d'étonnement perça l'écran de sa fièvre puis se retira. « Il n'y aura plus d'otages », se déclara-t-il à lui-même, tout haut. Des pas le suivaient : la sécurité veut qu'on accompagne l'individu dangereux jusqu'à ce qu'il ait franchi la frontière, avant de rentrer chez soi.

Le prêtre répéta d'une voix forte :

« Ne soyez pas inquiet. Je ne m'arrêterai pas. Je ne vous demande rien. »

Il entendit un appel humble, anxieux :

« Mon Père...

— Je pars, je pars très loin. »

Il essaya de courir et se trouva brusquement hors de la forêt, sur une longue déclivité gazonnée. Plus bas, il aperçut des lumières et des huttes, et tout près de lui, à l'orée du bois, un grand bâtiment blanchi à la chaux... une caserne ? Allait-il trouver des soldats ?

« Si l'on m'a vu, dit-il, je vais aller me livrer. Je vous assure que personne ne souffrira à cause de moi.

— Mon Père... »

Son mal de tête le mettait à la torture ; il trébucha et appuya la main contre le mur pour ne pas tomber. Sa fatigue était infinie.

« Casernes ? demanda-t-il.

— Mais, mon Père, dit la voix inquiète et perplexe, mais... c'est notre église.

— Une église ? »

Le prêtre promena sur le mur une main incrédule, du geste d'un aveugle qui cherche à reconnaître une maison parmi les autres, mais il était bien trop fatigué pour pouvoir distinguer quoi que ce fût. Devenu invisible, l'homme au fusil parlait confusément :

« Quel honneur, mon Père ! Nous allons sonner les cloches... »

Mais le prêtre, s'écroulant tout d'une masse sur l'herbe mouillée, appuyant sa tête contre le mur blanc, s'endormit, avec sa propre maison pour dossier.

Ses rêves s'emplirent d'une joyeuse cacophonie.

TROISIÈME PARTIE

I

Assise sur la terrasse vitrée, une femme qui n'était plus très jeune reprisait des chaussettes : elle portait un pince-nez et avait ôté ses souliers pour se mettre à son aise. Son frère, Mr. Lehr, lisait un magazine new-yorkais vieux de trois semaines ; mais la date du journal importait peu. Tout était très paisible : l'image même de la paix.

« Quand vous voudrez boire de l'eau, dit Miss Lehr, servez-vous, je vous en prie. »

Une grosse jarre de terre était posée dans un coin frais, avec une cuiller à pot et une timbale.

« Etes-vous obligés de faire bouillir l'eau ? demanda le prêtre.

— Oh ! non, *chez nous* l'eau est fraîche et pure, répondit Miss Lehr, avec un air pincé, comme si elle ne répondait pas de l'eau que buvaient ses voisins.

— La meilleure eau de toute la province », ajouta son frère. Il faisait craquer en les tournant les feuillets glacés du magazine où l'on voyait des photographies de

sénateurs et de membres du Congrès aux lourdes mâchoi-
res glabres de bouledogues. Derrière la haie du jardin se
déroulaient des pâturages, ondulant avec mollesse jusqu'aux montagnes les plus proches; près de la grille, un
tulipier perdait ses fleurs et refleurissait tous les jours.

« Vous avez vraiment repris bonne mine, mon Père »,
dit Miss Lehr. Elle et son frère parlaient un anglais un
peu guttural teinté d'un léger accent américain. Mr. Lehr
avait quitté l'Allemagne très jeune, pour échapper au
service militaire ; il avait un visage d'idéaliste sagace et
creusé de rides. Il fallait avoir de la finesse dans ce
pays si l'on voulait conserver un idéal quelconque ; il
mettait toute sa sagacité à mener et défendre une vie
vertueuse.

« Oh ! dit Mr. Lehr, il n'avait besoin que de quelques
jours de repos. »

Il ne montrait pas la moindre curiosité à l'endroit de
cet homme que son contremaître lui avait ramené dans
un état d'épuisement complet, à dos de mulet, trois jours
avant. Il ne savait que ce que le prêtre lui avait raconté ;
voilà encore une chose que ce pays vous enseignait... à
ne jamais poser de questions ni faire de suppositions...

« Je vais bientôt pouvoir poursuivre mon voyage, dit
le prêtre.

— Vous n'avez pas besoin de vous presser, dit Miss
Lehr, en retournant les chaussettes de son frère, à la
recherche de trous.

— C'est tellement paisible ici.

— Oh ! dit Mr. Lehr, nous avons nos soucis, nous
aussi. »

Il tourna une page et ajouta :

« Ce sénateur, Hiram Long, il faudrait lui imposer
silence. Insulter les autres pays ne mène à rien de bon.

— N'ont-ils pas essayé de vous prendre vos terres ? »

Le visage d'idéaliste se tourna vers lui ; il avait une
expression d'innocente astuce :

« Oh ! je leur ai donné tout ce qu'ils me demandaient :

cinq cents arpents de terre aride. Cela m'a délivré d'une importante somme d'impôts. Je n'avais jamais rien pu y faire pousser. » Il désigna du menton les piliers de la terrasse :

« Ceci date des derniers troubles dignes de ce nom. Vous voyez ces traces de balles ? Les partisans de Villa. »

Le prêtre se releva pour aller boire de l'eau ; il n'avait pas très soif, c'était pour savourer pleinement le luxe où il vivait.

« Combien de temps me faudra-t-il pour arriver à Las Casas ?

— Vous pouvez y être en quatre jours ; répondit Mr. Lehr.

— Pas dans son état de fatigue, protesta Miss Lehr. Six jours.

— Comme cela va me paraître étrange, dit le prêtre. Une ville avec des églises, une université...

— Bien entendu, dit Mr. Lehr, ma sœur et moi, en tant que luthériens, nous n'approuvons pas du tout votre Église, mon Père. Trop de richesses, me semble-t-il, alors que les gens pauvres meurent de faim.

— Voyons, mon ami, dit sa sœur, ce n'est pas la faute du Père.

— Des richesses ? » dit le prêtre. Il se trouvait près de la jarre de terre, et le verre en main, essayait de rassembler ses pensées. Son regard fasciné se posait sur la sérénité des longues pentes couvertes d'herbes. « Vous voulez dire... ? » Sans doute Mr. Lehr avait-il raison. Il avait vécu jadis dans une grande mollesse, et voici qu'il reprenait volontiers l'habitude d'une vie facile.

« Tout cet or dans les églises...

— Ce n'est souvent que de la peinture, vous savez », murmura le prêtre sur un ton conciliant. Il pensait : « Oui, oui, depuis trois jours, je n'ai rien fait. » Et il abaissa son regard sur ses pieds élégamment chaussés d'une paire de souliers appartenant à Mr. Lehr, et sur ses jambes couvertes d'un pantalon de Mr. Lehr.

Celui-ci disait à sa sœur :

« Le Père n'est pas froissé que je dise ce que je pense. Nous sommes entre chrétiens.

— Mais naturellement. J'aime à entendre...

— J'ai l'impression que les gens de votre foi font beaucoup d'histoires au sujet de détails sans importance.

— Ah ! oui ? Par exemple ?

— Par exemple, le jeûne, le poisson du vendredi... »

Oui, il se rappelait qu'autrefois il avait observé ces règles. C'était lointain, comme un souvenir d'enfance.

« Après tout, Mr. Lehr, dit-il, vous êtes Allemand. Votre pays est une grande nation de militaires.

— Je n'ai jamais été soldat. Je désapprouve...

— Oui, oui, cela va de soi. Mais pourtant vous devez mieux comprendre que personne la nécessité d'une discipline. Il est possible que les manœuvres forment le caractère. Sans discipline, on a des hommes... eh bien, des hommes comme moi. »

Il regarda ses souliers avec une bouffée brusque de haine : ils étaient les insignes de la désertion.

« Des hommes comme moi », répéta-t-il avec violence.

Il y eut un moment de grande gêne. Miss Lehr essaya de dire quelque chose :

« Voyons, mon Père... » Mais Mr. Lehr prit les devants, en reposant le magazine avec sa cargaison de politiciens rasés de frais, en déclarant de sa voix germano-américaine précise et gutturale :

« Ah ! je crois que c'est le moment d'aller se baigner. Venez-vous, mon Père ? »

Et le prêtre le suivit docilement jusque dans la chambre qu'ils partageaient. Il ôta les vêtements de Mr. Lehr, revêtit l'imperméable de Mr. Lehr et suivit pieds nus Mr. Lehr, par la terrasse, jusque dans le champ. La veille, il avait demandé craintivement : « N'y a-t-il pas de serpents ? » Et Mr. Lehr avait répondu par un grognement de mépris, ajoutant que s'il y avait des serpents, ils se sauveraient sans attendre leur reste. Mr. Lehr et

sa sœur avaient trouvé le moyen de priver de sa réalité
la sauvagerie qui les entourait en refusant systématiquement de voir toute manifestation de vie incompatible
avec l'organisation normale d'un foyer germano-améri-
cain. C'était, tous comptes faits, un admirable arrange-
ment.

Au bas de la prairie coulait un petit ruisseau peu profond qui roulait des galets bruns. Mr. Lehr enleva sa
robe de chambre et s'étendit à plat sur le dos ; même
ses vieilles jambes maigres aux muscles décharnés exprimaient la droiture et l'idéalisme. Des poissons minuscules jouaient sur sa poitrine et mordillaient sans ver-
gogne ses mamelons. C'était le squelette du jeune homme
qui avait autrefois condamné le militarisme au point de
fuir sa patrie. Au bout d'un moment, il se mit sur son
séant et savonna soigneusement ses cuisses étiques.
Le prêtre prit ensuite le savon et l'imita. Il faisait
là le geste qu'on attendait de lui, bien qu'il ne pût
s'empêcher de trouver que c'était une perte de temps.
La sueur nettoie aussi bien que l'eau. Mais voilà :
ce sont des gens de cette race qui ont inventé le
dicton : propreté est sœur de sainteté (la propreté,
pas la pureté).

Quand même, on ressentait un immense bien-être à
rester allongé dans ce petit cours d'eau froid, tandis que
le soleil s'aplatissait à l'horizon... Il pensait à la cellule
de la prison, au vieillard et à la femme pieuse, au métis
allongé en travers de l'entrée de la hutte, à l'enfant
mort, au dépôt de bananes désert, il pensait avec honte
à sa fille qu'il avait quittée près de ce tas d'ordures,
l'abandonnant à sa science et à son ignorance. Il n'avait
pas le droit de savourer ce grand bien-être.

« S'il vous plaît, dit Mr. Lehr, le savon ?... » Il s'était
tourné sur le ventre et s'attaquait vigoureusement à
son dos.

« Je crois, dit le prêtre, que je dois vous avertir :
demain, je dis la messe dans le village. Préféreriez-vous

que je quitte votre maison ? Je ne voudrais pas vous causer d'ennuis. »

Sans se départir de son sérieux, Mr. Lehr éclaboussa tout autour de lui en s'ébrouant.

« Oh ! dit-il, ils ne me demanderont pas de comptes, à moi. Mais vous feriez bien d'être prudent. Vous savez naturellement que c'est contraire aux lois.

— Oui, répondit le prêtre, je le sais.

— Un prêtre que je connaissais a dû payer une amende de quatre cents pesos. Comme il n'avait pas d'argent, on l'a gardé en prison pendant une semaine. Qu'est-ce qui vous fait sourire ?

— Oh ! rien... tout semble tellement paisible ici. Une semaine de prison !

— D'ailleurs, j'ai toujours entendu dire que vous autres, catholiques, vous vous en tirez en faisant des quêtes. Voulez-vous le savon ?

— Non, merci. J'ai fini.

— Alors, il faut que nous nous séchions. Miss Lehr tient à prendre son bain avant que le soleil ne soit couché. »

Lorsqu'ils arrivèrent, l'un derrière l'autre, au bungalow, ils rencontrèrent Miss Lehr, énorme dans sa robe de chambre. Elle demanda avec l'automatisme d'une pendule dont la sonnerie serait très discrète :

« L'eau est-elle bonne, aujourd'hui ? »

Et son frère répondit comme il avait dû répondre un millier de fois :

« D'une fraîcheur délicieuse, ma chère. »

Et Miss Lehr s'en alla par la prairie : elle était un peu courbée en avant par la myopie et traînait ses pieds chaussés de pantoufles d'intérieur.

« Si vous le voulez bien, dit Mr. Lehr en fermant la porte de la chambre, je vous demanderai de rester ici jusqu'au retour de Miss Lehr. Vous comprenez, de la façade, on voit le ruisseau. »

Grand, osseux, un peu raide, il remit ses vêtements.

Deux lits de cuivre, une seule chaise, une armoire ; la chambre était monacale, mais il n'y avait pas de croix — pas de « détails sans importance », aurait dit Mr. Lehr. Pourtant, il y avait une Bible. Elle était posée sur le plancher, à côté d'un des lits, et couverte de toile cirée noire. Quand le prêtre eut fini de s'habiller, il l'ouvrit.

Sur la page de garde, une étiquette vous apprenait que cette Bible avait été fournie par la Maison Gideous. Le texte publicitaire annonçait : « Une Bible dans chaque chambre d'hôtel. Gagner au Christ les voyageurs de commerce. Bonnes nouvelles. »

Suivait une liste de textes saints, et le prêtre lut non sans surprise :

Si vous êtes dans l'embarras, lisez Psaume XXXIV.

Si les affaires vont mal, lisez Psaume XXXVII.

Si le commerce est très prospère, lisez I Corinthiens, x, 2.

Si vous péchez et retombez dans le péché, lisez Jacques, I, Osée, XIV : 4-9.

Si vous êtes las de pécher, lisez Psaume LI, Luc XVIII, 9-14.

Si vous voulez connaître la paix, la puissance et l'abondance, lisez Jean, XIV.

Si vous vous sentez seul et découragé, lisez Psaumes XXIII et XXVII.

Si vous perdez confiance en l'humanité, lisez I, Corinthiens, XIII.

Si vous désirez dormir paisible, lisez Psaume CXXI.

Il ne put s'empêcher de s'étonner que ce livre à la mauvaise typographie, aux explications par trop élémentaires, se trouvât dans cette *hacienda* du Sud du Mexique. Mr. Lehr, une grosse brosse à cheveux dure à la main, se détourna de la glace pour lui expliquer, en choisissant ses mots :

« Ma sœur a tenu un hôtel, autrefois. Un hôtel de voyageurs de commerce. Elle l'a vendu pour venir me

rejoindre après la mort de ma femme, et a rapporté une
de ces Bibles de l'hôtel. C'est une chose que vous ne
pouvez pas comprendre, mon Père. Vous n'aimez pas
qu'on lise la Bible. »

Lorsqu'il était question de sa foi, il était toujours
sur la défensive, comme s'il avait eu conscience d'une
incessante friction comparable à celle d'un soulier qui
blesse.

« Votre femme est-elle enterrée ici ? demanda le prêtre.

— Oui, dans le pré », répondit Mr. Lehr d'un ton
brusque.

Il s'arrêta pour écouter, la brosse en l'air, les pas qui
s'approchaient doucement de la maison.

« Voici Miss Lehr, ajouta-t-il qui revient du bain. Nous
allons pouvoir sortir. »

En arrivant devant l'église, le prêtre descendit du vieux
cheval de Mr. Lehr et jeta les rênes sur une haie. C'était
la première fois qu'il venait au village depuis le soir où
il s'était évanoui contre la muraille. Au-dessous de lui,
dans la lumière crépusculaire, le village s'étageait : bungalows au toit de tôle ondulée, huttes de torchis, se faisaient face, des deux côtés d'une unique et large rue
où l'herbe poussait. Quelques lampes étaient déjà allumées et l'on portait du feu de l'une à l'autre des cabanes
les plus pauvres. Le prêtre marchait lentement, avec
une sensation de paix et de sécurité. Le premier villageois qu'il croisa se découvrit, s'agenouilla et lui baisa
la main.

« Comment t'appelles-tu ? demanda le prêtre.
— Pedro, mon Père.
— Bonsoir, Pedro.
— Y aura-t-il une messe demain matin, mon Père ?
— Oui. Il y aura une messe. »

Il passa devant l'école du village. Le maître d'école
était assis sur la marche du seuil ; c'était un jeune

homme rondelet, aux yeux très noirs derrière des lunettes à bord d'écaille. Quand il vit approcher le prêtre, il détourna ostensiblement son regard. Il représentait l'élément respectueux des lois : il ne saluerait pas un criminel. Il se mit à dire d'une voix pédante et didactique à quelqu'un qui était derrière lui, des choses concernant la classe enfantine. Une femme vint baiser la main du prêtre : il lui paraissait bien étrange de sentir qu'on désirait sa présence, qu'on ne le fuyait plus comme un porteur de germes mortels.

« Mon Père, dit-elle, voudriez-vous nous confesser ?

— Oui, oui. Dans la grange du señor Lehr. Avant la messe. J'y serai à cinq heures. Dès qu'il fera jour.

— Nous sommes si nombreux, mon Père...

— Eh bien, alors, ce soir... à huit heures.

— Puis, mon Père, il y a aussi beaucoup d'enfants à baptiser. Nous n'avons pas vu de prêtre depuis trois ans.

— Je suis encore ici pour deux jours.

— Quel prix demanderez-vous, mon Père ?

— Le prix habituel est de deux pesos. »

Il pensait : « Il faut que je loue deux mulets et un guide. J'aurais besoin de cinquante pesos pour aller jusqu'à Las Casas. » Cinq pour la messe... restaient quarante-cinq pesos.

« Nous sommes très pauvres ici, mon Père, marchanda-t-elle avec douceur. Moi-même, j'ai quatre enfants. Huit pesos, c'est beaucoup.

— Quatre enfants, c'est beaucoup, rétorqua le prêtre... si l'autre Padre n'est parti que depuis trois ans ! »

Il entendait revenir dans sa voix l'accent d'autorité, l'ancienne intonation dont il usait pour parler à ses paroissiens... comme si les années qui venaient de s'écouler n'avaient été qu'un rêve, comme s'il ne s'était jamais éloigné des Confréries, des Enfants de Marie et de la messe quotidienne. Il ajouta, d'un ton sec :

« Combien d'enfants y a-t-il dans ce village, qui ne soient pas baptisés ?

— Une centaine environ », mon Père.

Il fit des calculs : alors inutile d'arriver à Las Casas en mendiant : il allait pouvoir acheter des vêtements convenables, trouver un logement de bon aspect, s'installer...

« Il faudra me donner un peso cinquante par tête.

— Un peso, mon Père. Nous sommes très pauvres.

— Un peso cinquante. »

Une voix qui montait d'un passé lointain lui murmurait énergiquement à l'oreille : « Ils n'apprécient que ce qu'ils paient. » C'était le vieux prêtre qu'il avait remplacé à Concepción qui lui avait donné ce renseignement : « Ils vous raconteront toujours qu'ils sont pauvres, qu'ils meurent de faim, mais ils cachent tous quelque part un petit magot, dans un pot de terre. »

« Il faudra apporter l'argent, en même temps que les enfants, dans la grange du señor Lehr, demain, à deux heures de l'après-midi.

— Oui, mon Père », répondit-elle.

Elle paraissait tout à fait satisfaite de lui avoir fait baisser son prix de cinquante *centavos* par tête. Le prêtre se remit en route. « Disons cent enfants, pensait-il, cela signifie cent soixante pesos avec la messe de demain. Peut-être pourrai-je avoir les mulets et le guide pour quarante pesos. Le señor Lehr me donnera de la nourriture pour six jours. Il me restera cent vingt pesos. » Après toutes ces années de misère, une telle somme lui faisait l'effet d'une fortune. Il sentit le respect accompagner ses pas le long de cette rue. Les hommes se découvraient sur son passage : il était revenu — eût-on dit — à l'époque d'avant les persécutions. Il sentait sa vie d'autrefois, comme une gaine de pierre, durcir autour de lui, le forcer à tenir la tête droite, lui imposer une certaine démarche, et jusqu'aux paroles qu'il prononçait. Une voix l'appela :

« Mon Père... »

C'était l'homme qui tenait la *cantina*. Il était énorme,

avec un triple menton professionnel. Malgré la chaleur, il portait un gilet, et une chaîne de montre.

« Qu'y a-t-il ? » demanda le prêtre.

Derrière la tête de l'homme apparaissaient des bouteilles d'eau minérale, de bière, d'alcool... Le prêtre quitta la route chaude et poussiéreuse pour la pièce chauffée par la lampe.

« Que me voulez-vous ? dit-il de son ancien ton retrouvé, autoritaire et impatient.

— J'ai pensé, mon Père, que vous aurez sans doute besoin d'un peu de vin de messe.

— Sans doute... mais me ferez-vous crédit ?

— Le crédit d'un prêtre, mon Père, est toujours assez bon pour moi. Je suis moi-même un homme pieux. Les gens d'ici sont tous pieux. Vous allez certainement avoir des baptêmes. »

Il se penchait en avant avec avidité et parlait sur un ton à la fois respectueux et impertinent, comme s'ils étaient deux hommes qui ont la même forme de culture et partagent les mêmes idées.

« Peut-être... »

L'homme souriait d'un sourire complice. Entre gens de notre sorte, semblait-il vouloir dire, les choses n'ont pas besoin d'être précisées : nous lisons dans la pensée l'un de l'autre.

« Dans le temps, dit-il, où l'église était ouverte — comme c'est loin ! — j'étais trésorier de la Confrérie du Saint-Sacrement. Oh ! je suis un bon catholique, mon Père. Bien sûr, les gens d'ici sont très ignorants. »

Il ajouta :

« Voulez-vous me faire l'honneur d'accepter un verre de cognac ? »

Il était sincère à sa façon.

Le prêtre répondit en hésitant.

« C'est très aimable... »

Déjà les deux verres étaient pleins. Il se rappela la dernière fois qu'il avait bu, assis sur un lit, dans l'obscurité, et qu'il avait vu, quand la lumière s'était rallumée, la dernière goutte de vin disparaître... Ce souvenir, comme une main, le dépouillait de son enveloppe rigide, l'exposait aux regards. L'odeur de l'alcool lui dessécha la bouche. Il pensa : « Quel cabotin je fais ! Je n'ai aucun droit d'être ici, au milieu d'honnêtes gens. » Il revit le dentiste qui parlait de ses enfants et Maria déterrant la bouteille d'alcool qu'elle avait conservée pour lui... le prêtre ivrogne. Il but à contrecœur.

« C'est du bon cognac, mon Père, dit l'homme.

— Oui, il est très bon.

— Je pourrais vous en céder douze bouteilles pour soixante pesos.

— Où trouverais-je soixante pesos ? »

Il pensait que, sous certains rapports, on était mieux là-bas, de l'autre côté de la frontière. La peur et la mort ne sont pas les pires choses. C'est quelquefois une erreur que de continuer à vivre.

« Je ne voudrais rien gagner sur vous, mon Père. Cinquante pesos.

— Cinquante, soixante : pour moi, c'est la même chose.

— Allons donc. Encore un verre, mon Père. C'est du bon alcool. »

L'homme se penchait au-dessus du comptoir d'un air engageant.

« Pourquoi pas une demi-douzaine de bouteilles pour vingt-quatre pesos, mon Père ? et il ajouta sournoisement : Après tout, vous avez les baptêmes. »

Il est affreusement facile d'oublier et de retomber dans le péché ; il s'entendait encore parler dans la rue avec l'accent de Concepción, avec sa propre voix que n'avaient pas altéré le péché mortel, la désertion, l'absence de repentir. Sa corruption profonde donnait au cognac un goût de moisissure. Même si Dieu pardonne à la lâcheté et à la passion, est-il possible qu'Il pardonne à la piété machinale ? Il se rappela la femme de la prison dont il lui avait été impossible d'ébranler la sotte suffisance et il eut l'impression de lui ressembler. Il avala le cognac comme s'il absorbait sa damnation. Des hommes comme le métis peuvent être sauvés. La rédemption peut frapper le cœur coupable comme frappe la foudre, mais la piété du soir, les réunions de la Confrérie, le contact d'humbles lèvres sur votre main gantée...

« Las Casas est une ville magnifique, mon Père. Il paraît qu'on peut y entendre la messe tous les jours. »

Encore un homme pieux. Il y en avait un nombre énorme de par le monde, celui-ci versait encore un peu d'alcool — pas trop — il faut y aller prudemment.

« Quand vous y arriverez, mon Père, allez voir un de mes collègues. Celui de la rue Guadalupe. Il tient la cantina à côté de l'église. C'est un brave homme. Trésorier de la Confrérie du Saint-Sacrement... ce que j'étais ici, dans le bon temps. Il vous procurera ce qu'il vous faut au meilleur prix. Alors, si vous pensiez à quelques bouteilles pour le voyage ? »

Le prêtre but. Il ne sert à rien de refuser de boire. Il en avait maintenant l'habitude... de même qu'il avait acquis l'habitude de prier, et sa voix de curé.

« Trois bouteilles, répondit-il. Pour onze pesos. Gardez-les-moi chez vous. »

Il vida son verre et retourna dans la rue : les lampes brillaient aux fenêtres, entre elles, la large rue s'étalait comme une prairie. Il trébucha au bord d'un trou et sentit une main se poser sur sa manche.

« Ah ! Pedro, dit-il (c'était bien ce nom-là ?). Merci, Pedro.

— A votre service, mon Père. »

Semblable à un bloc de glace que la chaleur faisait fondre, l'église se dressait dans la nuit. Son toit s'effondrait par endroits ; près de la porte, un coin de corniche s'émiettait. Le prêtre jeta sur Pedro un rapide regard de côté, retenant son souffle, à cause de l'odeur de cognac, mais il ne put apercevoir que les vagues contours de son visage. Il lui dit avec un obscur sentiment de rouerie, comme pour duper la petite créature avare tapie tout au fond de son cœur : « Dis aux villageois, Pedro, que je ne ferai payer qu'un peso pour chaque baptême... » Il tirerait encore assez d'argent des baptêmes, et tant pis s'il arrivait en mendiant à Las Casas. Il y eut un silence de deux secondes puis la voix du paysan retors s'éleva :

« Nous sommes très pauvres, mon Père. Un peso est une grosse somme. Tenez, moi, par exemple, j'ai trois enfants. Disons soixante-quinze *centavos*, voulez-vous, mon Père ? »

Miss Lehr étalait avec satisfaction ses pieds chaussés de pantoufles souples. Les cancrelats, fuyant l'obscurité extérieure, envahissaient peu à peu la terrasse.

« Un jour, à Pittsburg... », disait Miss Lehr.

Son frère dormait, un très vieux journal posé sur les genoux : le courrier était arrivé. Le prêtre fit entendre un petit rire de complaisance, le petit rire mondain d'autrefois : ce fut un essai malheureux. Miss Lehr se tut et renifla :

« C'est drôle. Il m'a semblé sentir... une odeur d'alcool. »

Le prêtre se retint de respirer et s'enfonça tout au creux du fauteuil. Il pensait : « Quel calme, quelle sécurité. » Il se rappela les citadins qui ne pouvaient dormir à la campagne à cause du silence : le silence peut, autant que le bruit, frapper à coups répétés sur le tympan.

« Que disais-je donc, mon Père ?

— Une fois, à Pittsburg...

— Ah ! oui, bien sûr. A Pittsburg... j'attendais le train et je n'avais rien à lire. Les livres sont si chers. Alors j'ai eu l'idée d'acheter un journal... n'importe quel journal. Les nouvelles sont toujours les mêmes, n'est-ce pas ? Mais quand je l'ai déplié... C'était un nom comme

Les Nouvelles policières... Jamais je n'aurais cru qu'on imprimait des choses aussi abominables. Naturellement, je n'ai lu que quelques lignes. Je crois que c'est la chose la plus affreuse qui me soit jamais arrivée. Cela... comment dire ?... cela m'a ouvert les yeux.

— Ah ! oui ?

— Je n'en ai jamais rien dit à Mr. Lehr. Il ne pourrait plus avoir pour moi le même respect s'il le savait, j'en suis sûre.

— Mais vous n'avez rien fait de mal...

— Non, mais savoir... c'est grave... c'est grave, n'est-ce pas ? »

Très loin, un oiseau inconnu lança son appel ; sur la table, la lampe se mit à fumer et Miss Lehr se retourna pour baisser la mèche : on aurait dit que l'unique lumière, à des lieues à la ronde, venait d'être mise en veilleuse. Le goût du cognac lui revint à la bouche : de même que l'odeur de l'éther rappelle à un homme une intervention chirurgicale récente avant qu'il ne se soit réaccoutumé à la vie : cela l'enchaînait à un autre mode d'existence. Il n'appartenait pas encore à cette tranquillité profonde. Il se disait : « Avec le temps tout s'arrangera ; je remonterai le courant, je n'ai commandé que trois bouteilles cette fois-ci. Ce seront les dernières que je boirai jamais. Là-bas, je n'aurai pas besoin de boire. » Il savait qu'il mentait. Tout à coup, Mr. Lehr s'éveilla et dit :

« Comme je viens de le dire...

— Vous ne disiez rien, mon ami, vous dormiez.

— Oh ! mais non. Nous parlions de cette canaille de Hoover.

— Je ne crois pas, mon ami, pas depuis très longtemps.

— Allons, dit Mr. Lehr. La journée fut longue. Le Père aussi doit être fatigué... après toutes ces confessions », ajouta-t-il avec une légère nuance de dégoût.

De huit heures à dix heures, le cortège des pénitents

avait été ininterrompu... Deux heures durant, il avait
écouté les pires vilenies qui dans un aussi petit village
peuvent se commettre en trois ans. Cela se réduisait à
peu de choses : dans une ville, les résultats auraient été
plus spectaculaires ; et encore, qui sait ? Un homme a si
peu de possibilités. Ivrognerie, adultère, fornication. Le
goût du cognac dans la bouche, le prêtre était resté assis,
pendant tout ce temps, sur un fauteuil à bascule, dans
une stalle de l'écurie, évitant de regarder le visage de
celui qui était à genoux près de lui. Les autres attendaient, agenouillés dans une stalle vide. L'écurie de
Mr. Lehr s'était vidée peu à peu, au cours des dernières
années... Il ne lui restait plus qu'un vieux cheval asthma-
tique qui soufflait dans le noir, tandis que des voix gei-
gnardes énuméraient les péchés.

« Combien de fois ?

— Douze fois, mon Père. Peut-être davantage. » Et le
cheval soufflait.

En vérité, un étonnant sentiment d'innocence accompagne le péché... Seuls, l'homme dur et prudent et le
saint en sont quittes. Ces gens sortaient de l'écurie puri-
fiés ; le prêtre était le seul à qui fussent refusés le repentir, la confession et l'absolution. A l'un de ces hommes,
il aurait voulu pouvoir dire : « L'amour n'est pas un
péché, mais il faut aimer au grand jour et dans la joie.
Ce n'est un péché que lorsqu'on se cache et qu'on est
malheureux... il peut faire souffrir plus que tout, si ce
n'est la perte de Dieu. Il *est* lui-même la perte de Dieu.
Vous n'avez pas besoin de pénitence, mon fils, vous avez
assez souffert. » Et à tel autre : « Le désir charnel n'est
pas le plus grand péril. C'est parce que ce désir, un jour,
à n'importe quel moment, peut devenir amour qu'il nous
faut l'éviter : car c'est lorsque nous aimons notre péché
que nous sommes damnés irrémédiablement. » Mais
l'habitude du confessionnal lui était revenue. Il avait
l'impression de se retrouver dans l'étouffante petite
boîte de bois, cercueil où les hommes ensevelissent leur

prêtre en même temps que leurs impuretés. Il disait :
« Péché mortel... danger... volonté de s'amender... »
comme si ces mots avaient eu un sens. Il ajoutait :
« Vous direz trois *Pater* et trois *Ave.* »

Il disait avec lassitude : « S'enivrer n'est qu'un commencement... » et s'apercevait qu'il ne pouvait trouver
d'exemple pour condamner même ce vice banal, si ce
n'est son propre exemple et l'odeur de cognac qu'il
répandait dans l'écurie. Il distribuait les pénitences rapidement, mécaniquement, d'une voix brusque. L'homme
disait en s'en allant : « C'est un mauvais prêtre », car il
n'avait senti ni encouragement, ni sympathie.

Il disait : « Ces lois furent faites pour les hommes.
L'Eglise n'exige pas... Si vous êtes incapable de jeûner,
eh bien, mangez, voilà tout. »

La vieille femme jacassait interminablement, tandis
que les autres pénitents, impatients, s'agitaient dans la
stalle voisine et que le cheval hennissait. Elle parlait
de jeûnes rompus, de prières du soir écourtées. Soudain,
avec une étrange nostalgie, lui revint inopinément le souvenir de la cour de la prison, où les otages attendaient
à la fontaine, en évitant de le regarder... Il pensa aux
souffrances patiemment endurées par tous ces gens, de
l'autre côté de la montagne. Il interrompit férocement
les discours de la femme :

« Pourquoi ne vous confessez-vous pas comme il faut ?
Cela ne m'intéresse pas d'entendre vos histoires de poisson ou de savoir que vous avez sommeil le soir... rappelez-vous vos vrais péchés...

— Mais je n'en ai pas commis, mon Père, rétorqua-
t-elle toute surprise et d'une voix stridente.

— Alors que faites-vous ici, à prendre la place des
pécheurs ? Ne portez-vous d'intérêt qu'à vous-même ?

— J'aime Dieu, mon Père », dit-elle d'un air noble. Il
jeta sur elle un regard à la dérobée. Eclairés par la
bougie posée sur le sol, il distingua les vieux yeux impi-
toyables, noirs comme des grains de raisin, sous le châle

noir ; encore une qui avait de la piété... comme lui-même.

« Qu'en savez-vous ? Aimer Dieu est absolument la même chose qu'aimer un homme... ou un enfant. C'est vouloir être avec Lui, auprès de lui. » Ses mains esquissèrent un geste découragé : « C'est vouloir Le protéger contre soi-même. »

Quand le dernier pénitent fut parti, il traversa la cour pour rentrer au bungalow. Il voyait de loin brûler la lampe près de Miss Lehr qui tricotait, et il respirait l'odeur de l'herbe du pré humide des premières pluies. On devrait pouvoir être heureux ici si l'on n'était aussi fortement attaché à la crainte et à la souffrance — le malheur, comme la piété, peut devenir une habitude. Son devoir était peut-être de rompre cette habitude, de découvrir la paix. Tous ces gens qui venaient de se confesser à lui et avaient reçu l'absolution lui inspiraient une immense envie. « Dans six jours, à Las Casas, moi aussi... » mais il n'arrivait pas à croire que quelqu'un pût jamais le délivrer du fardeau qui pesait sur son âme. Même lorsqu'il buvait, il se sentait lié à son péché par l'amour. Il est plus facile de se débarrasser de la haine.

« Asseyez-vous, mon Père, dit Miss Lehr. Vous devez être bien fatigué. Moi, je n'ai jamais approuvé la confession, naturellement, Mr. Lehr non plus.

— Ah ! non ?

— Non. Je me demande comment vous avez la patience de rester là à écouter toutes ces horreurs... Je me rappelle un jour, à Pittsburg... »

Les deux mules avaient été amenées la veille au soir, afin qu'il pût se mettre en route immédiatement après la messe. Ce serait la seconde messe qu'il célébrerait dans la grange de Mr. Lehr. Son guide dormait on ne sait où, probablement avec les mules ; c'était un garçon maigre et nerveux qui n'était jamais allé à Las Casas ; il ne connaissait la route que par ouï-dire. Miss Lehr avait répété avec insistance qu'elle réveillerait leur hôte, bien que, de lui-même, il s'éveillât toujours avant le jour. Étendu sur son lit, il entendit sonner le réveille-matin dans une chambre voisine... Le timbre en était aussi bruyant qu'une sonnerie de téléphone. Tout de suite après, il entendit le flip-flap des pantoufles de Miss Lehr dans le corridor, et toc toc sur sa porte. Rien de tout cela n'avait dérangé Mr. Lehr qui continuait à dormir, allongé sur le dos, mince et raide comme un évêque sur son tombeau.

Le prêtre, qui avait dormi tout habillé, ouvrit la porte avant que Miss Lehr n'eût pu s'en éloigner ; elle poussa un petit cri de confusion : sa courte personne obèse était couronnée d'un filet qui enfermait ses cheveux.

« Excusez-moi !

— Oh ! ça ne fait rien. Combien de temps durera la messe, mon Père ?

— Il y aura beaucoup de communions. Peut-être trois quarts d'heure.

— Je vais vous préparer du café et des sandwiches.

— Ne prenez pas cette peine.

— Oh ! nous ne pouvons pas vous laisser partir à jeun. »

Elle le suivit jusqu'à la porte en se tenant un peu derrière lui, de crainte d'être vue par bêtes ou gens, surgis de ce vaste et vide univers au petit jour. La lumière grise déferlait sur les pâturages : à la grille, le tulipier ouvrait ses fleurs quotidiennes ; très, très loin, au-delà du petit cours d'eau où il s'était baigné, le prêtre voyait les gens qui montaient du village et s'acheminaient vers la grange de Mr. Lehr ; ils étaient trop petits, à cette distance, pour paraître humains. Il se sentait enveloppé par l'attente de la félicité, l'espoir d'un bonheur auquel il allait prendre part, quelque chose comme l'atmo-sphère d'un auditoire d'enfants dans un cinéma, ou avant un rodeo. Il eut conscience de la joie qu'il aurait pu ressentir, s'il n'avait laissé derrière lui, de l'autre côté des montagnes, que quelques mauvais souvenirs. Un homme doit toujours préférer la paix à la violence et il s'en allait vers la paix.

« Vous avez été très bonne pour moi, Miss Lehr. »

Comme il lui avait semblé étrange, au début, d'être traité en invité, non en criminel ou en mauvais prêtre. Ces gens étaient des hérétiques : la pensée qu'il n'était pas irréprochable ne leur effleurait même pas l'esprit ; ils n'avaient pas ce goût de l'inquisition qu'ont les catholiques entre eux.

« Nous étions contents de vous avoir, mon Père. Mais vous trouverez là-bas bien des satisfactions : Las Casas est une très belle ville. Et d'une haute moralité, comme dit toujours Mr. Lehr. Si vous rencontrez le Père Quintana, rappelez-nous à son bon souvenir. C'est lui qui était ici, il y a trois ans. »

Une cloche se mit à sonner. Les villageois avaient descendu celle du clocher de l'église et l'avaient accrochée au mur extérieur de la grange : on se serait cru le dimanche matin, n'importe où.

« J'ai souvent souhaité, dit Miss Lehr, pouvoir aller à l'église.

— Pourquoi pas ?

— Cela déplairait à Mr. Lehr. Il ne transige pas. Mais la chose se produit si rarement à présent. Je pense qu'il nous faudra attendre encore trois ans pour avoir un service religieux.

— Je reviendrai avant.

— Oh ! mais non, dit Miss Lehr. Vous ne reviendrez pas. C'est un dur voyage et Las Casas est une ville très belle. Ils ont l'éclairage électrique dans les rues : deux hôtels. Le père Quintana avait promis de revenir... mais l'on trouve des chrétiens partout, n'est-ce pas ? Pourquoi reviendrait-il ? Ce n'est même pas comme si nous étions vraiment très malheureux. »

Un petit groupe d'Indiens passa devant la grille : c'étaient de minuscules créatures datant de l'âge de la pierre : les hommes en tuniques courtes s'appuyaient sur de lourds bâtons, et les femmes aux tresses noires, aux visages plats et ravagés, portaient leurs bébés sur leurs dos.

« Les Indiens ont appris que vous étiez ici, dit Miss Lehr. Je ne serais pas surprise qu'ils aient fait à pied cinquante milles pour venir. »

Ils s'arrêtèrent devant la grille pour le regarder. Quand le prêtre se tourna vers eux, ils se mirent à genoux et se signèrent : en faisant cet étrange dessin si compliqué où se trouvent compris le nez, les oreilles et le menton.

« Mon frère est furieux, dit Miss Lehr, lorsqu'il voit quelqu'un s'agenouiller devant un prêtre... mais moi, je n'y vois aucun mal. »

Derrière l'angle de la maison, les mules frappaient le sol de leurs sabots. Le guide avait dû les sortir pour donner leur maïs : ce sont des bêtes qui mangent lentement, il faut leur laisser beaucoup de temps. C'était l'heure de dire la messe et de partir. Il respirait l'air parfumé de la pointe du jour, le monde était encore tout frais et vert, et du village au-dessous des prés montaient des aboiements de chiens. Dans la main de Miss Lehr tique-taquait le réveille-matin.

« Il faut que j'y aille », dit-il.

Il lui coûtait étrangement de quitter Miss Lehr, sa maison, et son frère endormi dans la chambre. Il sentait pour eux, dans son cœur, un mélange de tendresse et de confiance. Au sortir d'une opération dangereuse, on accorde un prix tout spécial au premier visage qu'on distingue, lorsque les effets de l'anesthésie se dissipent.

Il n'avait pas de vêtements sacerdotaux, mais dans ce village, les messes ressemblaient plus à celles qu'il célébrait autrefois dans sa paroisse qu'aucun des services qu'il avait connus au cours des huit dernières années. Il n'y craignait pas d'être interrompu, d'être contraint de hâter le Saint Sacrifice avant l'arrivée des gendarmes. Il y avait même une pierre d'autel qu'on avait apportée de l'église fermée. Mais à cause de toute cette paix, il était d'autant plus conscient de sa propre indignité, lorsqu'il se prépara à absorber les éléments de l'Eucharistie.

« Que la réception de votre corps, Seigneur Jésus-Christ, que j'ose recevoir malgré mon indignité, ne tourne pas à mon jugement et à ma condamnation. »

L'homme vertueux peut douter de l'enfer : lui portait l'enfer en son cœur. Parfois, la nuit, il en rêvait. *Domine, non sum dignus... Domine, non sum dignus...* Le mal coulait dans ses veines comme le paludisme. Il se souvint d'un rêve qu'il avait fait dans lequel, autour d'une vaste arène gazonnée, se dressaient les statues des saints ; mais ces saints étaient vivants ; ils tournaient les yeux de côté et d'autre, comme s'ils attendaient quelque chose. Lui-même se mit à attendre avec une angoisse horrible ; des Pierre et des Paul barbus, pressant leurs Bibles sur leurs poitrines, surveillaient derrière son dos une porte qu'il ne pouvait pas voir. On imagine ainsi l'approche menaçante d'une bête féroce. A ce moment-là, il avait entendu, grêles et répétés, les sons d'un *marimba*, puis un éclatement de pétard et le Christ avait fait son entrée dans l'arène en dansant : il dansait et prenait des poses, le visage maquillé et ensanglanté ; il bondissait et retombait, avec des simagrées, des sourires et des gestes suggestifs de prostituée. Le prêtre s'était éveillé avec le sentiment de désespoir qu'éprouverait un homme en découvrant que tout l'argent qu'il possède est fait de pièces fausses.

« ... Et nous avons vu Sa gloire, la gloire du Fils Unique, plein de grâce et de vérité. » La messe était terminée.

« Dans six jours, se dit-il, je serai à Las Casas : je me serai confessé et j'aurai reçu l'absolution... » Et la pensée de l'enfant sur le tas d'ordures lui revint automatiquement dans un douloureux élan d'amour. A quoi sert de se confesser lorsqu'on aime le fruit de sa faute ?

Lorsqu'il traversa la grange, les gens s'agenouillèrent sur son passage. Il vit le petit groupe d'Indiens, des femmes dont il avait baptisé les enfants, Pedro ; l'homme de la *cantina* y était aussi à genoux, le visage caché dans ses mains épaisses d'où pendait un chapelet. Il avait l'air d'un brave homme, peut-être était-il un brave homme : « Peut-être, songea le prêtre, ai-je perdu le pouvoir de juger. » Peut-être la femme de la prison était-elle meilleure que tous ceux qui l'entouraient. Un cheval attaché à un arbre hennissait dans l'aurore, et toute la fraîcheur du matin entrait par la porte.

Deux hommes l'attendaient à côté des mules : le guide attachait un étrier et, près de lui, se grattant les aisselles, le métis le regardait venir, un sourire hésitant et craintif aux lèvres. Ce fut comme la légère douleur qui vous rappelle votre maladie, ou encore comme le souvenir inopiné qui prouve que l'amour n'est pas mort, après tout.

« Tiens, dit le prêtre, je ne m'attendais pas à vous voir ici.

— Non, mon Père, bien sûr... »

Il continuait de se gratter et de sourire.

« Avez-vous amené aussi les gendarmes ?

— Comme vous me parlez durement, mon Père ! » protesta le métis en ricanant.

Derrière lui, de l'autre côté de la cour et par une porte ouverte, le prêtre voyait Miss Lehr en train de préparer ses sandwiches ; elle s'était habillée, mais elle portait encore son filet autour des cheveux. Elle enveloppait soigneusement les sandwiches dans du papier parcheminé, et ses gestes calmes produisaient un curieux effet d'irréalité. C'était le métis qui était réel.

« Alors, quelle nouvelle fourberie avez-vous inventée ? »

Peut-être avait-il payé le guide pour qu'il le reconduisît de l'autre côté de la frontière. Il s'attendait à peu près à tout, de la part de cet homme.

« Vous ne devriez pas dire des choses comme ça, mon Père. »

Miss Lehr sortit de son champ visuel, sans bruit, comme dans un songe.

« Pourquoi ?

— Je suis venu (l'homme respira profondément avant de faire avec emphase son étonnante déclaration), je suis venu remplir une mission charitable. »

Le guide avait fini de harnacher une mule et se préparait à vérifier les courroies de la seconde, raccourcissant encore le court étrier mexicain ; le prêtre ricana nerveusement.

« Une mission charitable ?

— Oui, mon Père. Vous êtes le seul prêtre de ce côté-là de Las Casas et l'homme est mourant...

— Quel homme ?

— Le Yankee.

— De quoi me parlez-vous ?

— L'Américain que la police recherchait. Qui a dévalisé une banque. Vous savez de qui je veux parler.

— Il n'a pas besoin de moi, dit le prêtre avec irritation, se rappelant la photographie qui, sur le mur écaillé, surveillait le groupe de première communion.

— Mais c'est un bon catholique, mon Père. »

Il se grattait sous les bras, sans regarder le prêtre.

« Il se meurt, poursuivit-il, et ni vous ni moi ne voudrions avoir sur la conscience ce que cet homme...

— Estimons-nous heureux si nous n'en avons pas davantage.

— Que voulez-vous dire ?

— Il n'a fait que voler et tuer, répondit le prêtre. Il n'a pas trahi ses amis.

— Sainte Mère de Dieu, je n'ai jamais...

— Mais si, et moi aussi », dit le prêtre. Il se tourna vers le guide : « Les mules sont-elles prêtes ?

— Oui, mon Père.

— Alors, partons. »

Il avait complètement oublié Miss Lehr : l'autre monde avait passé la main à travers la frontière, il se retrouvait enveloppé d'une atmosphère de fuite.

« Où allez-vous ? demanda le métis.

— A Las Casas. »

Les membres raides, il se hissa sur sa mule. Le métis s'accrocha à la courroie de son étrier, ce qui rappela au prêtre leur première rencontre. Il entendit le même mélange de plaintes, de prières et d'injures.

« Quel joli prêtre vous faites ! geignait-il. Il faudrait que votre évêque en soit averti. Comment... un homme agonise, veut se confesser, et rien que parce que vous avez envie d'aller vous promener en ville...

— Me prenez-vous donc pour un imbécile ? cria le prêtre. Je sais pourquoi vous êtes ici. Vous êtes le seul qui puissiez me reconnaître ; eux ne peuvent pas me suivre jusque dans cette province. Et maintenant, si je vous demande où se trouve cet Américain, vous allez me dire — Oh, je le sais ! — inutile de parler — qu'il est de l'autre côté de la frontière.

— Non, non, mon Père, vous vous trompez. Il est de ce côté-ci.

— Un kilomètre ou deux n'y changent rien. Personne dans la province où nous sommes ne songerait à contester...

— Quelle chose terrible, dit le métis, que de ne jamais être cru. Simplement parce qu'une fois... oui, j'en conviens... »

Le prêtre fit, d'un coup de pied, avancer sa mule : ils sortirent de la cour de Mr. Lehr et se dirigèrent vers le sud : le métis trottait près de l'étrier.

« Je me rappelle, dit le prêtre, que vous m'avez crié : je n'oublie jamais un visage.

— Et c'est vrai, s'écria le métis triomphalement ; sans ça, je ne serais pas ici, n'est-ce pas ? Ecoutez-moi, mon Père. Je reconnais que vous avez en grande partie raison. Vous ne pouvez pas savoir combien une récompense est

tentante pour un type aussi pauvre que moi. Et vous
avez commencé par vous méfier de moi. Alors je me
suis dit : « Ah ! c'est ça qu'il pense... eh bien, il va voir. »
Mais je suis bon catholique, mon Père, et quand un
mourant réclame un prêtre... »

Ils remontaient la longue pente des pâturages de
Mr. Lehr et se dirigeaient vers les plus proches collines.
L'air était encore frais ; c'était six heures du matin, à
mille mètres d'altitude ; là-haut, ce soir, il ferait très
froid. Ils avaient encore deux mille mètres à gravir.

« Pourquoi me laisserais-je prendre à votre piège ? »
dit le prêtre, mal à l'aise. C'était trop absurde.

« Regardez, mon Père. »

Le métis lui tendait un chiffon de papier ; l'écriture
lui parut tout à coup familière : c'était la grosse écriture
appliquée d'un enfant. Le papier avait servi à envelopper de la nourriture, il était taché de graisse. Il lut :
« Le Prince de Danemark se demande s'il doit se tuer
ou non, s'il vaut mieux continuer à souffrir toute cette
incertitude au sujet de son père, ou bien, d'un seul
coup... »

« Pas ça, mon Père, l'autre côté. Ceci n'est rien... »

Le prêtre retourna le bout de papier et lut ces seuls
mots grossièrement tracés en anglais, au crayon : « Pour
l'amour de Dieu, mon Père... » Le mulet, qu'il oubliait
de battre, avait repris sa lourde et lente allure ; le prêtre
ne fit aucun effort pour l'éperonner ; ce bout de papier
ne laissait plus aucun doute : il sentit le piège se refermer sur lui irrévocablement.

« Comment ceci est-il entre vos mains ? demanda-t-il.

— Ça s'est passé comme ceci, mon Père. J'étais avec
les gendarmes lorsqu'ils ont tiré sur lui. C'était dans un
village, de l'autre côté. Il a ramassé un enfant et il l'a
tenu devant lui, mais naturellement, les soldats ne s'en
sont pas occupés. Ce n'était qu'un petit Indien. Ils ont
été touchés tous les deux, mais lui s'est échappé.

— Alors, comment... ?

— Comme ceci, mon Père. »

Il parlait avec une grande volubilité. Il avait eu peur, racontait-il, du lieutenant, que l'évasion du prêtre avait mis en colère, si peur qu'il avait décidé de passer discrètement de l'autre côté, hors d'atteinte. Cette même nuit, il avait trouvé une occasion de fuir, et sur sa route — c'était probablement de ce côté-ci de la ligne de démarcation, mais qui savait où commençait une province, où se terminait la suivante ? — il avait trouvé l'Américain, avec une balle dans le ventre...

« Et il a pu s'échapper... ?

— Oh ! c'est un homme d'une vigueur surhumaine, mon Père. Il se sentait mourir, il a réclamé un prêtre...

— Comment vous l'a-t-il dit ?

— Deux mots suffisaient, mon Père. »

Puis le métis, en guise de preuve, raconta que l'homme avait rassemblé ses forces pour écrire ce message et alors... Son histoire avait autant de trous qu'un crible. Mais il n'en restait pas moins cette ligne d'écriture, comme une haute stèle de pierre qu'il est impossible de ne pas voir.

Le métis prit la mouche, une fois de plus :

« Vous ne me croyez pas, mon Père ?

— Oh ! non, dit le prêtre. Je ne vous crois pas.

— Vous pensez que je mens ?

— Presque tout ce que vous venez de me dire est faux. »

Il arrêta sa mule et demeura quelques minutes à réfléchir, le visage tourné vers le sud. Il avait la certitude que ceci n'était qu'un piège — dont le métis avait eu l'idée, probablement, dans son désir de toucher la prime. Mais un fait demeurait : l'Américain était en train de mourir. Il pensa au dépôt de bananes désert où sûrement quelque chose était arrivé, au petit cadavre de l'enfant indien couché dans le maïs ; il était hors de doute qu'un homme avait besoin de lui. Un homme à la conscience très chargée... Ce qui était le plus étrange, c'est qu'il se sentait tout joyeux. Cette paix, il n'y avait jamais réellement cru. Il en avait rêvé si souvent, de l'autre côté, qu'elle n'avait jamais eu pour lui que la consistance d'un rêve. Il se mit à siffloter... un air qu'il avait entendu autrefois, Dieu sait où : « J'ai trouvé dans mon champ une rose... » Il était temps de sortir du sommeil. Le rêve n'aurait pas continué à être agréable... Il pensa à cette confession à Las Casas où il lui aurait fallu avouer, en plus de tout le reste, qu'il avait refusé d'assister un agonisant en état de péché mortel.

« L'homme sera-t-il encore vivant ?

— Je le crois, mon Père, répondit le métis avec empressement.

— Est-ce loin ?

— Quatre, cinq heures, mon Père.

— Vous monterez tous les deux l'autre mule, chacun son tour. »

Le prêtre fit tourner sa mule et appela le guide. L'homme mit pied à terre, et écouta ses explications d'un air de torpeur dont il ne sortit à la fin que pour dire au métis en l'aidant à se mettre en selle :

« Attention à cette sacoche : le cognac du Père est dedans. »

Ils revinrent lentement vers la maison. Miss Lehr se tenait à la grille du jardin.

« Vous avez oublié les sandwiches, mon Père, dit-elle.

— Ah ! oui. Merci. »

Il jeta un bref regard sur ce qui l'entourait : rien de tout ceci ne gardait de sens pour lui.

« Mr. Lehr dort-il encore ? ajouta-t-il.

— Voulez-vous que je l'éveille ?

— Non, non. Mais remerciez-le, je vous prie, de son hospitalité.

— Je le ferai. Et qui sait, mon Père, si nous ne vous reverrons pas dans quelques années, comme vous l'avez dit ? »

Elle regardait sans comprendre le métis qui la fixait de ses yeux jaunes et insolents.

« C'est possible, répondit le prêtre en détournant les yeux, pour se sourire à lui-même, en secret.

— Eh bien, mon Père, au revoir. Je pense qu'il faut que vous partiez, n'est-ce pas ? Le soleil est déjà haut.

— Au revoir, ma chère Miss Lehr. »

Le *mestizo* cingla impatiemment sa mule qui s'ébranla.

« Pas par là, mon brave, s'écria Miss Lehr.

— J'ai d'abord une visite à faire », expliqua le prêtre. Et secoué désagréablement par le trot de la mule, il partit cahin-caha vers le village, derrière le métis. Ils passèrent devant l'église blanchie à la chaux... c'était une des visions du rêve. Dans la vie réelle, il n'y a pas d'église. La longue rue du village aux maisons éparses s'ouvrait devant eux. Du pas de sa porte, le maître d'école lui fit de la main un petit salut ironique accompagné d'un regard malveillant derrière ses lunettes d'écaille.

« Alors, curé, vous voilà parti avec votre butin ? »

Le prêtre arrêta la mule. Il dit au métis :

« C'est vrai, j'avais oublié...

— Les baptêmes vous ont bien rapporté, dit le maître d'école. Ça vaut la peine d'attendre quelques années, hein ?

— Venez, mon Père, dit le métis, n'écoutez pas ce qu'il vous dit. C'est un mauvais homme.

— Vous connaissez mieux que personne les gens d'ici, dit le prêtre au maître d'école. Dites-moi : si je vous laisse un don, vous en servirez-vous pour acheter des choses inoffensives... je veux dire des vivres, des couvertures... pas de livres ?

— Ils ont besoin de vivres plus que de livres !...

— J'ai quarante-deux pesos...

— Ah ! mon Père, que faites-vous... ? gémit le métis.

— Bien mal acquis ? questionna le maître d'école.

— Exactement.

— Je vous remercie tout de même. C'est réconfortant

de voir un curé nanti d'une conscience. C'est une étape franchie dans l'évolution. »

Au soleil, ses lunettes lançaient des éclairs : c'était un petit homme rond, plein d'amertume, exilé devant sa hutte au toit de tôle.

Ils dépassèrent les dernières maisons, le cimetière, et attaquèrent la montée.

« Mais pourquoi, mon Père, pourquoi... ? ne cessait de protester le métis.

— Ce n'est pas un mauvais homme. Il fait ce qu'il peut, et je n'aurai jamais plus besoin d'argent, n'est-ce pas ? »

Et pendant un long moment, ils avancèrent en silence, tandis que le soleil devenait aveuglant et que les mules tendaient le cou en gravissant les sentiers pierreux et escarpés.

Le prêtre se remit à siffloter :

« J'ai trouvé une rose... » le seul air qu'il connût.

A un moment, le métis se mit à se plaindre : « L'ennui, en ce qui vous concerne, mon Père c'est... » mais sa phrase se perdit avant qu'il n'eût précisé sa pensée, car en vérité il ne pouvait se plaindre de rien, et leur marche se poursuivit sans autre interruption, vers le nord, vers la frontière.

« Faim ? » demanda le prêtre un peu plus tard.

Le métis grommela des mots qui pouvaient être acri-monieux ou ironiques.

« Prenez un sandwich », dit le prêtre en ouvrant le paquet de Miss Lehr.

II

« C'est là », dit le métis, avec une sorte de hennissement de triomphe comme s'il avait, depuis sept heures, enduré les souffrances d'un innocent injustement soupçonné de mensonge. Il montrait du doigt, sur le flanc opposé de la *barranca*, un groupe de huttes indiennes bâties sur une péninsule rocheuse qui se projetait au-dessus du gouffre. A vol d'oiseau, elles n'étaient pas à plus de deux cents mètres, mais il faudrait aux deux voyageurs au moins une heure pour y arriver, car ils devaient descendre trois cents mètres et en remonter trois cents par des sentiers en lacet.

Immobile en selle, le prêtre regarda attentivement le village : il n'y voyait rien bouger. Même la vigie, la petite plate-forme du guetteur, faite de branchages et qui dominait les huttes, était vide, au sommet de son éminence.

« On dirait qu'il n'y a personne... »

Il était revenu dans le monde de la solitude et de l'abandon.

« Et alors, dit le métis, vous ne vous attendiez tout de même pas à trouver des gens. A part lui. Il est là. Vous le découvrirez bientôt.

— Où sont les Indiens ?

— Voilà que vous recommencez, se plaignit le métis. Méfiant, toujours méfiant. Comment saurais-je, moi, où sont les Indiens ? Je vous ai dit qu'il était seul, oui ou non ? »

Le prêtre descendit de sa mule.

« Qu'est-ce que vous faites maintenant ? s'écria le métis désespéré.

— Nous n'aurons plus besoin des mules. Il peut les reconduire.

— Pas besoin d'elles ! Et comment repartirez-vous d'ici ?

— Oh ! dit le prêtre, je n'aurai pas à me préoccuper de ça, vous le savez bien. »

Il compta quarante pesos et dit au muletier :

« Je vous avais loué pour aller à Las Casas. Eh bien, vous ferez une bonne affaire. Six jours de paie.

— Vous n'avez plus besoin de moi, mon Père ?

— Non. Et je pense que vous feriez bien de partir d'ici très vite. Laissez-moi, vous savez quoi. »

Le métis était très agité.

« Mais, mon Père, dit-il, nous ne pouvons pas faire tout ce chemin à pied. N'oubliez pas que l'homme est en train de mourir.

— Nous avancerons tout aussi vite sur nos propres jambes. Allons, mon ami, partez vite. »

Le métis suivit des yeux avec une expression de cupidité rêveuse les mules qui posaient le pied avec précaution sur l'étroit sentier caillouteux ; elles disparurent derrière une avancée de rocher, et : toc, toc, toc, le bruit de leurs sabots diminua peu à peu, puis se tut.

« Allons, fit le prêtre d'une voix ferme, ne nous attardons plus. »

Et il se mit à descendre le sentier, son petit sac accroché à l'épaule. Il entendait le métis haleter derrière son dos ; il s'essoufflait vite ; on lui avait probablement fait boire beaucoup trop de bière dans la capitale. Et le prêtre, avec un bizarre mélange de tendresse et de mépris, se mit à songer à tout ce qui leur était arrivé en commun depuis cette première rencontre dans un village dont il ne savait même pas le nom : où le métis, couché dans l'ardent soleil de midi, balançait son hamac d'un seul pied nu et jaune. C'était vraiment une mauvaise chance extrême pour ce pauvre diable d'avoir été contraint par le hasard de se charger d'un tel péché. Le prêtre jeta un rapide regard en arrière et aperçut les gros orteils sortant comme des limaces des sandales de tennis sales. L'homme choisissait l'endroit où il posait le pied, sans cesser de grommeler... Son mécontentement chronique ne l'aidait pas à respirer. « Pauvre type, pensa le prêtre, il n'est, en réalité, pas assez profondément méchant. »

Et il n'était pas non plus assez vigoureux pour ce genre de marche. Quand le prêtre eut atteint le fond de la *barranca*, l'autre était à cinquante mètres en arrière. Le prêtre s'assit sur une roche et s'essuya le front. Longtemps avant d'être arrivé à sa hauteur, le métis se mit à geindre :

« Pourquoi tant se presser ?... »

On aurait dit que plus il voyait approcher le moment de trahir, plus ses griefs contre sa victime augmentaient.

« N'avez-vous pas dit qu'il agonisait ? demanda le prêtre.

— Eh oui, il agonise. Mais ça peut durer longtemps.

— Plus ça durera, mieux cela vaudra pour nous tous, dit le prêtre, sans doute avez-vous raison. Je vais me reposer ici. »

Mais, en enfant gâté, le métis avait hâte de repartir.

« Vous ne faites rien modérément, dit-il. Ou vous galopez, ou vous vous asseyez.

— Ne suis-je vraiment bon à rien ? » demanda le prêtre pour le taquiner. Puis montrant tout à coup qu'il voyait clair, il ajouta d'un ton sec : « Je suppose qu'ils me laisseront lui parler.

— Bien sûr, répondit le métis, qui se reprit tout de

suite. Ils, ils ? Qu'est-ce qui vous prend maintenant ? D'abord, vous vous plaignez de ce que le village est vide et puis vous parlez de « ils... »

Il avait des larmes dans la voix. « Vous êtes peut-être un brave homme, pleurnicha-t-il, vous êtes peut-être un saint, qu'est-ce que j'en sais ? Mais pourquoi ne parlez-vous pas net, avec des mots qu'un pauvre homme comme moi puisse comprendre ? C'est assez pour vous rendre mauvais catholique.

— Voyez-vous cette sacoche ? dit le prêtre. Inutile que nous l'emportions plus loin. Elle est lourde. Je crois que cela nous ferait du bien à tous les deux de boire un peu. Nous avons besoin de courage, autant l'un que l'autre, n'est-ce pas ?

— Vous avez de quoi boire, mon Père ? » dit le métis avec agitation, en regardant la bouteille que déballait le prêtre. Ses yeux ne le quittèrent pas une seconde pendant que celui-ci buvait : ses deux crocs découverts par la convoitise tremblaient légèrement sur la lèvre inférieure. Ensuite, il colla lui aussi sa bouche au goulot.

« C'est illégal, je suppose, dit le prêtre avec un petit rire, de ce côté-ci de la frontière... Si nous sommes de ce côté-ci. »

Il but une nouvelle rasade lui-même et passa la bouteille : elle fut bientôt vidée. Il la prit alors et la lança contre un rocher où elle explosa comme une grenade. Le métis sursauta.

« Faites attention, dit-il. On pourrait croire que vous avez un fusil.

— Quant au reste, dit le prêtre, nous n'en aurons pas besoin.

— Vous voulez dire que vous en avez d'autres ?

— Encore deux bouteilles. Mais nous ne pouvons pas boire davantage par cette chaleur. Mieux vaut les laisser ici.

— Pourquoi ne m'avez-vous pas dit que c'était lourd, mon Père ? Je vais les porter à votre place. Quand vous voulez que je fasse quelque chose, demandez-le-moi. Je suis toujours disposé à vous aider. Mais vous ne voulez rien me demander. »

Ils se remirent à escalader la colline, les bouteilles tintant doucement : le soleil tombait verticalement sur les deux hommes. Il leur fallut presque une heure pour arriver en haut de la *barranca*. Puis le promontoire où s'élevait la tour de la vigie s'ouvrit devant eux comme une mâchoire et les toits des huttes apparurent au-dessus des rochers qui surplombaient la route. Les Indiens ne construisent pas leurs villages au bord d'un sentier muletier, ils préfèrent s'en écarter et surveiller tout ce qui approche. Le prêtre se demanda à quel moment la police se montrerait : jusqu'ici, les gendarmes étaient restés très soigneusement cachés.

« Par ici, mon Père. »

Le métis prenait les devants, quittant le sentier pour le petit plateau, grimpant en s'aidant des pieds et des mains. Il avait l'air inquiet, presque comme s'il était étonné que rien encore ne se fût produit. Il y avait une douzaine de huttes, silencieuses, dressées comme des tombeaux sur le ciel lourd. Un orage montait.

Le prêtre se sentait agité d'une impatiente angoisse : il était entré volontairement dans le piège, le moins qu'ils pussent faire était de le refermer vite, pour en finir. Il se demanda si l'on allait tirer sur lui de l'une des huttes. Il était parvenu à la limite même du temps : bientôt, il n'y aurait plus ni veille, ni lendemain, rien que l'existence qui se prolongerait éternellement. Il commença à regretter de n'avoir pas bu un peu d'alcool. L'incertitude fit dérailler sa voix lorsqu'il se remit à parler :

« Bon, nous y voilà enfin. Où est ce Yankee ?

— Ah ! oui, le Yankee », dit le métis en tressaillant comme s'il avait momentanément oublié le prétexte. Il demeura bouche bée à contempler les huttes, perplexe lui aussi : « Il était ici quand je l'ai quitté, dit-il.

— Et il était hors d'état de se déplacer, n'est-ce pas ? »

S'il n'y avait pas eu ce message écrit, le prêtre aurait

douté de l'existence même de l'Américain... et si, par surcroît, il n'avait vu l'enfant mort, naturellement. Il se dirigea à travers la petite clairière silencieuse, vers la première hutte : allaient-ils tirer sur lui avant qu'il n'arrive au seuil ? Il avait l'impression de passer à la planche, les yeux bandés : l'on ne sait pas à quel moment précis le pied va tourner le vide, la chute dans l'éternité. Il eut un hoquet et mettant ses mains derrière son dos, les joignit pour les empêcher de trembler. Il avait eu une certaine joie à quitter la grille du jardin chez Miss Lehr : jamais il n'avait vraiment cru qu'il retournerait un jour aux travaux paroissiaux, à la messe quotidienne, aux pieuses apparences soigneusement entretenues. Mais malgré tout, il faut être un peu ivre pour accepter de mourir. Il atteignit la porte de la hutte. Silence. Puis une voix s'éleva :

« Mon Père... »

Il se retourna. C'était le métis dans la clairière, le visage bouleversé. Ses deux crocs sautaient tant il tremblait. Il avait l'air terrifié.

« Oui. Qu'y a-t-il ?

— Rien, mon Père.

— Pourquoi m'avez-vous appelé ?

— Je n'ai pas appelé. »

Il mentait. Le prêtre lui tourna le dos et entra dans la hutte. L'Américain y était : vivant ou mort c'était une autre affaire. Il était étendu sur une natte de paille, les yeux fermés, la bouche ouverte, et se tenait le ventre des deux mains comme un enfant qui a la colique... La douleur déforme un visage... à moins que la réussite dans le crime ne porte un masque spécial, comme la politique ou la dévotion. C'est à peine si l'on pouvait encore y trouver une ressemblance avec la photo de journal affichée sur le mur du poste de police : le prêtre avait vu là un homme rude, arrogant, un homme qui avait fait son chemin. Il ne restait ici qu'une tête de trimardeur où la souffrance physique, en dénudant les nerfs, avait mis un faux air de spiritualité.

Le prêtre s'agenouilla et avança l'oreille près de la bouche de l'homme, pour essayer d'entendre sa respiration. Une odeur lourde l'atteignit : odeur de vomissures, de fumées de cigare, mêlée à des relents d'alcool : il faudrait plus de quelques lis pour dissimuler tant de corruption. Une voix très faible lui murmura à l'oreille, en anglais : « Barrez-vous, mon Père... »

Devant la porte, baigné de soleil orageux, se dressait le métis, les yeux fixés sur l'intérieur de la hutte, les genoux tremblants de peur.

« Tiens, vous vivez encore, dit le prêtre d'un air guilleret, il va falloir nous dépêcher... Il vous reste peu de temps.

— Barrez-vous...

— Vous m'avez réclamé, n'est-ce pas ? Vous êtes catholique ?

— Barrez-vous, murmura une fois de plus la voix comme si ces mots étaient les seuls que l'homme eût retenus d'une leçon apprise et oubliée.

— Allons, allons, dit le prêtre. Depuis combien de temps ne vous êtes-vous pas confessé ? »

Les paupières s'ouvrirent et des yeux étonnés se levèrent vers lui. L'homme dit d'une voix pleine de stupéfaction :

« Dix ans, je pense. Mais que diable faites-vous ici, vous ?

— Vous avez réclamé un prêtre. Allons, parlez. C'est long dix ans.

— Il faut vous barrer, mon Père », dit l'homme. Maintenant, il se rappelait la leçon entière. Etendu là, tout de son long sur la natte de paille, les mains croisées sur le ventre, le peu de vitalité qui lui restait concentrée dans son cerveau, on eût dit un reptile dont un morceau du corps avait été écrasé. Il dit d'une voix étrange : « Quel salaud !...

— Appelez-vous ceci une confession ? s'écria le prêtre furieux. Comment ! J'ai fait cinq jours de voyage... et je ne puis tirer de vous que des invectives... »

Il lui semblait horriblement injuste que le sentiment de son inutilité lui revînt avec le danger. Il ne pouvait rien faire pour un pécheur de cette espèce.

« Ecoutez-moi, mon Père, dit l'homme.

— Je vous écoute.

— Barrez-vous, et plus vite que tout de suite. Je ne savais pas...

— Je n'ai pas fait ce long voyage pour parler de moi, lui répondit le prêtre, plus vite vous vous confesserez, plus vite je pourrai partir.

— Ne vous occupez pas de moi. Je suis foutu.

— Vous voulez dire damné, dit le prêtre en colère.

— Mais oui, damné, répondit l'homme en léchant le sang qui lui montait aux lèvres.

— Ecoutez-moi, dit le prêtre, se penchant plus près encore de la bouche à l'haleine fétide, je suis venu pour entendre votre confession. Voulez-vous, oui ou non, vous confesser ?

— Non.

— Le désiriez-vous quand vous m'avez écrit ce billet ?

— Peut-être.

— Je sais d'avance ce que vous avez à me dire : je le sais, comprenez-vous ? Laissons cela. Rappelez-vous seulement que vous allez mourir. Ne vous fiez pas trop à la miséricorde divine. Dieu vous a accordé cette chance de salut : qui sait s'Il vous en accordera une seconde ? Quelle vie avez-vous menée pendant toutes ces années ? Vous semble-t-elle maintenant aussi magnifique ? Vous avez tué beaucoup de gens... pas plus. C'est à la portée de n'importe qui, jusqu'au jour où le tueur est tué. Exactement comme on vous a tué. Et rien ne reste que la souffrance.

— Mon Père...

— Oui ? »

Le prêtre eut un soupir d'impatience et se rapprocha. Pendant quelques secondes, il espéra qu'il avait mis en branle une mince chaîne de regrets.

« Prenez mon revolver. Voyez ce que je veux dire ? Sous mon bras.

— Je n'ai pas besoin d'un revolver.

— Oh ! mais si ! »

L'homme décolla une main de son ventre et la ramena lentement vers le haut de son corps. L'effort était si grand que la vue en était intolérable.

« Ne bougez pas, dit vivement le prêtre. Il n'y est plus. »

Il voyait la gaine vide sous l'aisselle, et ce fut le premier indice qu'il eut d'une présence étrangère, qui n'était pas celle du métis.

« Quelles carnes ! » maugréa l'homme. Et sa main s'arrêta à l'endroit où elle était parvenue, sur son cœur. Son attitude était celle de la pudeur féminine chez les statues : une main sur le sein, l'autre au bas-ventre. Il faisait très chaud dans la hutte, la lumière plombée de l'orage pesait sur eux.

« Ecoutez, mon Père... »

Sans espoir, le prêtre s'était assis à côté de l'homme ; il n'était rien désormais qui pût diriger cette âme violente vers la paix : peut-être, un instant, des heures avant, lorsqu'il avait écrit ce message... mais le moment propice avait fui. Et maintenant, il parlait en chuchotant d'un couteau. Une légende répandue chez les assassins veut que les yeux des victimes gardent l'image du dernier objet qu'ils ont vu. Pourquoi les chrétiens ne croiraient-ils pas qu'il en est de même pour l'âme, qu'elle retient, au moment suprême, l'absolution et la paix après toute une vie de crimes révoltants ; tandis qu'il arrive à un homme pieux de mourir subitement, sans rémission de ses péchés, dans un bordel, et qu'une vie en apparence vertueuse soit marquée à jamais du sceau de l'impureté. Il avait entendu certaines gens discuter de l'injustice qui s'attache au repentir de la dernière heure — comme s'il était facile de rompre les habitudes de toute une vie, que ce soit pour le bien ou le mal. On peut douter de la

valeur d'une vie vertueuse qui se termine dans le vice...
autant que d'une vie de péché qui finit bien. Il fit un
dernier effort désespéré.

« Vous avez eu la foi jadis, dit-il. Essayez de comprendre. Il vous reste une chance de salut. La chance de la
dernière heure. Celle du bon larron. Vous avez assassiné
des hommes... peut-être même des enfants... ajouta-t-il,
en se rappelant le petit tas noirâtre au pied de la croix.
Mais ce n'est pas nécessairement d'une très grande
importance. Ce sont des choses qui appartiennent à cette
vie, si brève, qui dure quelques années à peine et déjà
se termine. Vous pouvez vous débarrasser de ce fardeau
ici même, dans cette hutte et pénétrer allégé dans la
vie éternelle... »

Il se sentait envahi de tristesse et de nostalgie à cette
évocation d'une vie qu'il ne pourrait jamais mener lui-
même... qu'exprimaient les mots : paix, gloire, amour !...

« Père, insista la voix. Laissez-moi. Occupez-vous de
vous-même. Prenez mon couteau... »

La main reprit ses tâtonnements douloureux, vers la
hanche cette fois. Les genoux se plièrent en un effort
pour se tourner sur le côté, et brusquement le corps
entier renonçant à sa tentative, abandonnant tout, rendit
l'esprit.

Le prêtre se hâta de chuchoter des paroles d'absolution conditionnelle pour le cas où, la seconde avant de
franchir le pas, l'âme se fût repentie. Mais il était bien
plus probable que cette âme avait quitté la terre, occupée à chercher son couteau, tendue vers un acte de violence qu'elle voulait accomplir par procuration. Il pria :
« Dieu de miséricorde, cet homme a pensé à mon sort,
après tout, c'est parce qu'il voulait me sauver... » Mais il
parlait sans conviction. En mettant les choses au mieux,
ce n'avait été qu'un criminel essayant d'en aider un autre
à s'évader... de quelque point qu'on examinât le cas, ni
l'un ni l'autre n'avait eu grand mérite.

III

« EH BIEN, avez-vous terminé ? » demanda une voix.

Le prêtre se releva et fit un signe d'effroi et d'assentiment. Il avait reconnu l'officier de police qui lui avait donné de l'argent à la prison. Sa silhouette sombre, correctement vêtue, se dressait dans l'ouverture de la porte et la lumière d'orage se reflétait dans ses leggings. Une main posée sur la crosse de son revolver, il regardait le bandit mort en fronçant les sourcils de colère.

« Vous ne vous attendiez pas à me voir ?

— Oh ! mais si, répliqua le prêtre. Je veux même vous remercier...

— Me remercier ? de quoi ?

— De m'avoir laissé seul avec lui.

— Je ne suis pas un sauvage, dit l'officier. Voulez-vous sortir maintenant, s'il vous plaît ? Il est tout à fait inutile de fuir. Regardez. »

Le prêtre quitta la hutte et vit une douzaine d'hommes armés qui faisaient le cercle.

« J'en ai assez d'être un fugitif », dit-il.

Le métis avait disparu : de lourds nuages s'amassaient

dans le ciel et rendaient par comparaison les vraies montagnes qu'ils dominaient semblables à de petits jouets brillants.

Le prêtre soupira et rit d'un rire nerveux :

« Quel mal j'ai eu à franchir ces montagnes, et maintenant... je suis ici...

— Je n'aurais jamais cru que vous reviendriez.

— Oh ! mon lieutenant, vous savez ce qui en est. Même un lâche peut posséder le sentiment du devoir... »

Le vent frais et pur qui souffle parfois juste avant qu'un orage éclate lui caressa la peau. Il ajouta avec une désinvolture mal imitée :

« Allez-vous me fusiller tout de suite ? »

Le lieutenant répéta d'une voix cassante :

« Je ne suis pas un sauvage. Vous serez jugé... selon les lois.

— Chef d'accusation ?

— Trahison.

— Faudra-t-il que je refasse ce long voyage ?

— Oui. A moins que vous ne tentiez de vous enfuir. »

Sa main restait posée sur son revolver comme s'il se méfiait du prêtre au point de ne pas s'en éloigner d'un mètre.

« Je jurerais que... mais où donc était-ce ? dit-il.

— Ah ! mais oui, expliqua le prêtre, vous m'avez vu deux fois. Quand vous avez pris un otage, dans mon village : ... vous avez demandé à mon enfant : « Qui est « cet homme ? » Elle a répondu : « C'est mon père », et vous m'avez laissé partir. »

Brusquement, les montagnes cessèrent d'exister : on eût dit que quelqu'un leur avait lancé de l'eau au visage.

« Vite, dit le lieutenant, rentrons dans la hutte. »

Il appela un de ses hommes :

« Apportez quelques caisses, pour que nous puissions nous asseoir. »

Ils entrèrent ensemble dans la hutte où ils retrouvèrent le mort, tandis que l'orage grondait autour d'eux.

Un soldat ruisselant de pluie leur apporta deux caisses d'emballage.

« Une bougie, ordonna le lieutenant qui s'assit sur une des caisses et sortit son revolver. Asseyez-vous, dit-il au prêtre, loin de la porte, là où je peux vous voir. »

Le soldat alluma la bougie, la ficha dans sa propre cire sur le sol de terre durcie, et le prêtre s'assit près de l'Américain : ramassé dans le geste qu'il avait tenté pour prendre son couteau, celui-ci donnait l'impression de se pencher vers son compagnon, afin de lui dire quelques mots en confidence... Ils étaient de la même race : tous les deux sales et la barbe non rasée. Le lieutenant semblait appartenir à une espèce absolument différente. Il dit avec dédain :

« Donc, vous avez un enfant ?

— Oui, répondit le prêtre.

— Et vous êtes prêtre !...

— Il ne faut pas vous imaginer qu'ils sont tous comme moi, il y a de bons prêtres et de mauvais prêtres, ajouta-t-il en regardant les lueurs de la bougie jouer sur les boutons brillants. Il se trouve simplement que je suis un mauvais prêtre.

— Alors peut-être rendons-nous un grand service à votre Eglise...

— Peut-être. »

Le lieutenant le regarda vivement comme s'il le soupçonnait de se moquer de lui.

« Vous avez dit : deux fois, reprit-il, que je vous avais vu deux fois ?

— Oui, j'étais en prison. Vous m'avez donné de l'argent.

— Je m'en souviens. » Furieux, il ajouta : « C'est le comble du grotesque ! Nous vous tenions et nous vous avons laissé filer. Sans compter que nous avons perdu deux hommes à vous courir après. Ils seraient vivants aujourd'hui... » La bougie grésilla sous les gouttes de pluie qui tombaient du toit. « Cet Américain ne valait pas le sacrifice de deux vies humaines. Il n'avait en réalité rien fait de très répréhensible. »

La pluie tombait en torrents ininterrompus. Ils attendirent en silence. Tout à coup, le lieutenant s'écria :

« Otez vos mains de vos poches !

— Je cherchais un jeu de cartes, c'est tout. Je pensais que, pour nous aider à passer le temps...

— Je ne joue pas aux cartes, dit le lieutenant d'un ton cassant.

— Non, non. Ce n'est pas pour jouer. Je voulais vous montrer quelques tours. Me le permettez-vous ?

— Allez-y, si ça vous amuse. »

Mr. Lehr lui avait fait cadeau de vieilles cartes.

« Tenez, voici trois cartes. L'as, le roi et le valet. Eh bien (il les étala en éventail sur le sol) dites-moi où est l'as.

— Ici, naturellement, répondit de mauvaise grâce le lieutenant, tout à fait indifférent.

— Vous vous trompez, dit le prêtre en retournant la carte, c'est le valet... »

Le lieutenant déclara d'un air de mépris :

« C'est un jeu de tricheurs... ou un amusement d'enfants.'

— Voici un autre tour, dit le prêtre, qui s'appelle le Valet en fuite. Je divise le jeu en trois tas. Comme ceci. Et je mets le valet de cœur dans le tas central. Comme ceci. Maintenant je tape du doigt les trois tas. » Son visage s'éclairait à mesure qu'il parlait ; il y avait si longtemps qu'il n'avait touché de cartes : il en oubliait l'orage, le mort et le visage hostile, obstinément fermé qui était en face de lui : « Je dis : Enfuis-toi, Valet », il coupa le tas de gauche et découvrit le Valet, « et le voici.

— Naturellement, il y a deux valets.

— Vérifiez vous-même. »

A contrecœur, le lieutenant se pencha en avant et examina le tas du centre.

« Je suppose, dit-il, que vous présentez ceci aux Indiens comme un miracle de Dieu.

— Oh! mais non, rétorqua le prêtre en riant. C'est un Indien qui me l'a enseigné. C'était l'homme le plus riche du village. Etonnez-vous! Avec des doigts de cette adresse. Non, non, ce sont les tours que je faisais autrefois pendant les fêtes que nous donnions dans la paroisse, au bénéfice des Confréries, vous voyez ce que je veux dire ? »

Une expression de dégoût physique passa sur les traits du lieutenant.

« Je me rappelle ces confréries, dit-il.

— Quand vous étiez petit ?

— J'étais assez grand pour en voir...

— Quoi ?

— La supercherie. »

Il fit brusquement explosion, furieux, une main sur son revolver, comme si l'idée lui était venue que mieux valait se débarrasser incontinent et pour toujours de cette vermine.

« Quel bon prétexte c'était! Quelle comédie. Vendre ses biens et tout donner aux pauvres, telle est la façon, n'est-ce pas ? et la scñora Untel, la femme du droguiste, décrétait que telle famille ne méritait pas vraiment qu'on lui fît la charité, et le señor Machin ou Chose, que si ces gens mouraient de faim, ils n'avaient que ce qu'ils méritaient ; car ils étaient socialistes, par-dessus le marché... Alors le prêtre — vous — le prêtre prenait bonne note des villageois qui avaient fait leurs Pâques et remis leur offrande pascale. »

Il avait élevé la voix : un gendarme inquiet passa la tête par la porte de la hutte pour savoir ce qui se passait, puis se retira sous les déluges de pluie.

« L'Eglise était pauvre, le prêtre était pauvre, par conséquent chacun devait vendre ce qu'il possédait et tout donner à l'Eglise.

— Comme vous avez raison! dit le prêtre, qui ajouta

vivement : Et comme vous avez tort aussi, bien sûr.

— Que voulez-vous dire ? demanda le lieutenant agressivement. Raison ? N'êtes-vous même pas capable de vous défendre...

— J'ai senti tout de suite votre bonté quand vous m'avez donné cet argent à ma sortie de prison.

— Je ne vous écoute, dit le lieutenant, que parce que vous êtes perdu. Perdu sans aucun espoir. Rien de ce que vous direz ne fera la moindre différence.

— Naturellement. »

Il n'avait pas du tout l'intention de mettre l'officier de police en colère, mais au cours des huit dernières années, il n'avait guère parlé qu'à des paysans et à des Indiens. Quelque chose dans son intonation irrita le lieutenant.

« Vous constituez un danger, cria-t-il. Voilà pourquoi nous vous tuons. Comprenez bien que je n'ai rien contre vous, en tant qu'homme.

— Mais naturellement. C'est contre Dieu que vous en avez. J'appartiens à l'espèce d'hommes que vous emprisonnez tous les jours, et à qui vous donnez de l'argent.

— Non, je n'irais pas combattre une légende.

— Mais je ne vaux pas la peine qu'on me combatte, moi ! C'est vous qui l'avez dit : menteur, ivrogne... Cet homme-ci était digne de vos balles bien plus que moi.

— Il s'agit de vos idées. »

Le lieutenant transpirait un peu dans cet air chaud et moite.

« Vous êtes tellement rusés, vous autres, poursuivit-il. Mais, dites-moi un peu : qu'avez-vous jamais fait pour nous, au Mexique ? Avez-vous jamais dit à un propriétaire terrien qu'il ne devait pas battre son *peón* ? Oh ! oui, je sais, vous le lui dites sans doute dans le confessionnal et votre devoir, n'est-il pas vrai, est de l'oublier immédiatement. Vous sortez de là et vous dînez avec ledit propriétaire et votre devoir est d'ignorer qu'il a massacré des paysans. On n'en parle plus : il a abandonné cette bagatelle dans votre boîte, à l'église.

— Continuez », lui dit le prêtre. Il était assis sur la caisse d'emballage, les mains posées sur les genoux et la tête inclinée : il ne pouvait, malgré tous ses efforts, concentrer ses pensées sur ce que disait le lieutenant. Il pensait : « Quarante-huit heures jusqu'à la capitale. Nous sommes aujourd'hui dimanche. Peut-être serai-je mort mercredi. » Il avait le sentiment d'être un traître, à constater qu'il n'avait pas plus peur de la souffrance causée par les balles que de ce qui viendrait après.

« Eh bien, nous aussi, nous avons nos idées, disait le lieutenant. Plus d'argent pour dire des prières, plus d'argent pour construire des édifices où l'on dit des prières. Au lieu de cela, nous donnerons à manger au peuple, nous lui apprendrons à lire, nous lui donnerons des livres. Nous veillerons à ce qu'il ne souffre plus.

— Mais si le peuple aime ses souffrances...

— Un homme peut aimer violer les femmes. Devons-nous le lui permettre parce qu'il en a envie ? Souffrir est un délit.

— Et vous, vous souffrez sans relâche, commenta le prêtre, les yeux fixés sur ce visage plein d'amertume, derrière la flamme de la bougie. Comme tout ce programme sonne bien ! Est-ce que le *jefe* poursuit le même idéal que vous ?

— Oh ! nous avons nous aussi nos brebis galeuses.

— Et qu'arrivera-t-il ensuite ? Je veux dire quand tout le monde aura assez à manger et pourra lire les bons livres... les livres que vous leur permettrez de lire ?

— Rien. La mort est un fait. Nous n'essayons pas de corriger les faits.

— Nous sommes d'accord sur un très grand nombre de points, fit remarquer le prêtre, distribuant négligemment ses cartes. Nous avons, nous aussi, nos faits que nous n'essayons pas de corriger : par exemple, que le monde est plein de souffrance, que chacun, riche ou

pauvre, souffre, à moins qu'il ne soit un saint, et que
les saints sont rares. Il est vain de se préoccuper ici-bas
d'un peu de douleur physique. Il y a au moins une chose
dont nous sommes sûrs, vous et moi : c'est que, dans
deux cents ans d'ici, nous serons tous morts. »

Il maniait les cartes, maladroitement, et les pliait en
essayant de les battre, parce que ses mains tremblaient.

« N'empêche qu'en ce moment, vous vous inquiétez
pour un peu de douleur physique, dit le lieutenant
méchamment en surveillant les doigts du prêtre.

— Ah ! mais, moi, je ne suis pas un saint, lui répondit-il. Je ne suis même pas un homme brave. »

Il releva les yeux avec appréhension : la lumière revenait, la bougie n'était plus nécessaire. Il ferait bientôt
assez clair pour entreprendre le long voyage de retour.
Il avait grande envie de continuer à causer avec le lieutenant pour retarder, ne fût-ce que de quelques minutes,
le moment du départ.

« Il y a entre nous une autre différence, dit-il. Il est
vain de travailler pour le but que vous poursuivez à
moins d'être vous-même honnête et bon. Or, votre parti
ne se composera pas toujours d'hommes honnêtes et
bons. Alors vous verrez revenir les famines d'autrefois,
les mauvais traitements, les fortunes acquises par tous
les moyens. Tandis que le fait que je sois un lâche... et
tout le reste... n'a pas tellement d'importance. Je peux
malgré cela mettre Dieu dans la bouche d'un fidèle, et je
peux lui donner l'absolution de Dieu. Et que tous les prêtres soient semblables à moi n'y changerait rien du tout.

— Voici l'autre chose que je ne comprends pas, dit
le lieutenant. Pourquoi vous, entre tous, êtes-vous resté
lorsque les autres ont pris la fuite ?

— Tous n'ont pas pris la fuite, dit le prêtre.

— Mais pourquoi êtes-vous resté ?

— Je me le suis demandé, répondit le prêtre, une fois.
La vérité, c'est qu'un homme ne se trouve pas placé brus-

quement devant deux partis à prendre, un bon et un mauvais. Il se trouve engagé peu à peu. La première année... mon Dieu, je ne croyais pas qu'il y eût réellement de nécessité de fuir. Ce n'était pas la première fois, dans l'Histoire, qu'on brûlait des églises. Vous n'ignorez pas que c'est arrivé souvent. Ça ne signifie pas grand-chose. Je pensais que je resterais, disons, encore un mois, pour voir si les choses allaient s'améliorer. Et puis... oh ! vous ne pouvez pas savoir comme le temps passe vite ! »

La grande clarté du jour était complètement revenue avec la fin de l'averse ; il fallait se remettre à vivre. Un gendarme qui passait devant l'entrée de la hutte les regarda tous les deux avec curiosité.

« Savez-vous, poursuivit le prêtre, que, tout à coup, je me suis rendu compte qu'il n'y avait plus d'autre prêtre que moi à des lieues à la ronde ! La loi qui obligea les prêtres à se marier leur donna le coup de grâce. Tous quittèrent le pays et ils eurent raison. Il y en avait un en particulier qui ne m'avait jamais trouvé de son goût. J'ai la langue bien pendue, savez-vous, et il m'était difficile de la tenir. Ce prêtre disait — et il avait raison — que mon caractère manquait de fermeté. Il s'est évadé. J'ai retrouvé la sensation, vous allez rire, que j'avais eue à l'école quand un maître brutal qui m'avait terrorisé pendant des années, devenu trop vieux pour pouvoir enseigner, fut mis à la retraite. C'est que je n'avais plus à tenir compte de l'opinion des autres. Les gens... ils ne me gênaient pas : on m'aimait bien... »

Il adressa, de biais, un vague sourire au corps recroquevillé de l'Américain.

« Continuez, dit le lieutenant, d'un air maussade.

— A cette allure, vous saurez tout ce qui me concerne, avant que nous n'arrivions... disons, à la prison.

— Il vaut mieux que je comprenne... ce qui concerne mes ennemis, je veux dire.

— Cet autre prêtre avait raison. C'est après son départ que j'ai commencé à m'effondrer. Tout s'est désagrégé peu à peu. Je me suis mis à négliger mes devoirs. J'ai pris l'habitude de boire. Je crois qu'il aurait mieux valu que je m'en aille, moi aussi. Car c'était l'orgueil qui sans arrêt me faisait agir. Ce n'était plus l'amour de Dieu. »

Il était assis sur sa caisse, le dos voûté, son petit corps rondelet serré dans les vêtements de rebut que lui avait donnés Mr. Lehr.

« L'orgueil est ce qui causa la chute des anges. L'orgueil est la pire des fautes. Je pensais que j'étais un type merveilleux d'être resté alors que tous les autres étaient partis. Puis j'ai pensé que j'étais si exceptionnel que je pouvais n'obéir qu'à mes propres lois. Je cessai de jeûner, je renonçai à la messe quotidienne, je négligeai mes prières... et puis un beau jour, simplement parce que j'étais ivre, que je me sentais seul... vous voyez ce qui a pu se passer... j'ai eu un enfant. Tout cela, je l'ai fait par orgueil. L'orgueil d'être resté. Je ne servais à rien, mais j'étais resté. Du moins, je ne servais pas à grand-chose. J'en suis arrivé à n'avoir même pas cent communions par mois. Si j'étais parti, j'aurais donné le bon Dieu à douze fois ce nombre de fidèles. C'est une erreur que l'on commet... de penser que parce qu'une chose est difficile ou dangereuse... »

Il battit l'air de ses mains.

D'une voix furibonde, le lieutenant l'interrompit :

« Eh bien, vous allez devenir un martyr, vous aurez cette satisfaction.

— Oh ! mais non ! Les martyrs ne me ressemblent pas du tout. Ils ne réfléchissent pas tout le temps. Si j'avais bu un peu plus de cognac, je n'aurais pas aussi peur, en ce moment. »

Brusquement, le lieutenant interpella un homme qui rôdait près de l'entrée :

« Qu'y a-t-il ? Pourquoi tournez-vous autour de moi ?

— L'orage est passé, mon lieutenant. Nous nous demandions quand nous allions partir.

— Nous partons immédiatement.

Il se leva et remit son pistolet dans sa gaine.

« Sellez un cheval pour le prisonnier, ordonna-t-il. Et que quelques hommes creusent une tombe pour le Yankee. Vite. »

Le prêtre empocha les cartes à jouer et se remit sur ses pieds.

« Vous avez écouté avec beaucoup de patience... dit-il.

— Les idées des autres, interrompit le lieutenant, ne me font pas peur. »

Dehors, une vapeur s'élevait de la terre, après la pluie, un brouillard qui leur montait presque aux genoux. Les chevaux étaient prêts. Le prêtre se mit en selle, mais une voix le fit retourner avant que la troupe n'ait eu le temps de s'ébranler. C'était la plainte maussade et geignarde qu'il avait entendue si souvent. Le métis !

« Mon Père...

— Tiens, tiens, dit le prêtre, encore vous.

— Oh ! je sais ce que vous pensez, mon Père, dit le métis. Vous n'avez guère de charité chrétienne. Vous n'avez jamais cessé de croire que j'allais vous trahir.

— Va-t'en, dit le lieutenant d'un ton sec. Tu as fini ta besogne.

— Puis-je lui dire un mot, lieutenant ?

— Vous êtes un homme bon, mon Père, interrompit vivement le métis, mais vous pensez trop de mal des gens. Je ne vous demande que votre bénédiction, c'est tout.

— A quoi vous servira-t-elle ? Vous ne pourrez pas la revendre.

— C'est que nous n'allons plus nous revoir. Et je ne voudrais pas qu'en partant, vous emportiez de mauvaises pensées.

— Vous êtes si superstitieux, dit le prêtre, que vous vous imaginez que ma bénédiction mettra un bandeau

sur les yeux de Dieu. Je ne peux pas l'empêcher de tout
voir. Vous feriez mieux de rentrer chez vous pour prier.
Et ensuite, si le Ciel vous accorde la grâce du repentir,
distribuez l'argent...

— Quel argent, mon Père ? dit le métis en secouant
furieusement l'étrier du prêtre. Quel argent ? Vous voyez
bien que vous recommencez... »

Le prêtre soupira. L'épreuve l'avait complètement vidé.
La peur peut fatiguer plus qu'une longue et monotone
chevauchée.

« Je prierai pour vous, dit-il, et il fit avancer son
cheval pour l'amener de front avec celui du lieutenant.

— Et moi, je prierai pour vous, mon Père », déclara
le métis avec une grande suffisance. Le prêtre se
retourna une seule fois, au moment où son cheval se
mit en équilibre pour descendre la pente raide, entre les
rochers. Il vit le métis debout au milieu des huttes, la
bouche entrouverte, montrant ses deux longs crocs. On
eût cru qu'il avait été interrompu au milieu d'un cri :
plainte ou requête... à moins qu'il n'eût été en train de
hurler qu'il était bon catholique. D'une main, il se grattait l'aisselle. Le prêtre lui fit un geste d'adieu ; il n'avait
contre lui nulle rancune, parce qu'il n'attendait rien
d'autre de l'humanité et qu'il avait du moins une raison
d'être satisfait : ce visage jaune et fourbe ne serait pas
présent à la « mise à mort ».

« Vous avez reçu une bonne éducation », dit le lieutenant. Il était couché à l'entrée de la hutte, en travers
de la porte, la tête posée sur son manteau roulé, son
revolver à côté de lui. Il faisait nuit, mais les deux
hommes ne pouvaient dormir ni l'un ni l'autre. Chaque
fois qu'il bougeait, le prêtre geignait un peu parce que
ses membres étaient engourdis et raidis par les crampes.
Le lieutenant avait hâte de rentrer chez lui, aussi

étaient-ils restés en selle jusqu'à minuit. Ils avaient quitté les montagnes et se trouvaient dans la plaine envahie par l'eau stagnante. Bientôt, toute la province serait divisée par des espaces marécageux : les pluies avaient commencé sérieusement.

« Oh ! non ! répondit le prêtre. Mon père n'était qu'un boutiquier.

— Je veux dire que vous avez vécu à l'étranger. Vous parlez l'anglais comme un Américain. Vous avez fait des études.

— Oui.

— Moi, j'ai dû tout découvrir tout seul. Mais on sait certaines choses sans avoir fréquenté l'école : par exemple, qu'il y a des riches et des pauvres. »

Il baissa la voix pour ajouter :

« J'ai fait fusiller trois otages à cause de vous. Pauvres bougres. C'est eux qui m'ont fait vous haïr.

— Ah ! oui », acquiesça le prêtre en essayant de se lever pour soulager sa jambe droite tordue par les crampes.

Instantanément, le lieutenant se redressa, revolver en main :

« Que faites-vous ?

— Rien. C'est une crampe. Rien de plus. »

Il se recoucha en gémissant.

« Ces hommes que j'ai fusillés, reprit le lieutenant, ils étaient de ma propre race. J'aurais voulu leur faire don de l'univers entier.

— Eh ! qui sait ? C'est peut-être ce que vous avez fait. »

Le lieutenant cracha tout à coup, méchamment, comme si quelque chose de sale s'était glissé sur sa langue.

« Vous avez toujours des réponses qui ne signifient rien, dit-il.

— Les livres ne m'ont pas appris grand-chose, dit le prêtre. Je n'ai aucune mémoire. Mais il y a chez les hommes de votre espèce une chose qui m'a toujours beaucoup intrigué. Dites-moi : vous détestez les riches et vous aimez les pauvres, n'est-il pas vrai ?

— Exactement.

— Eh bien, si je vous détestais, je n'élèverais pas mon enfant en sorte qu'il vous ressemblât. Cela n'aurait pas de sens.

— En ce moment, vous déformez...

— Peut-être. Je n'ai jamais su exactement ce que vous pensiez. Nous avons toujours proclamé que les pauvres étaient bénis, tandis que les riches auraient beaucoup de difficultés à entrer au Paradis. Pourquoi ferions-nous des difficultés aux pauvres aussi ? Oh ! je sais qu'on nous enseigne à donner aux pauvres, afin qu'ils ne souffrent pas de la faim... la faim peut pousser un homme à mal agir tout autant que l'argent... Mais pourquoi donnerions-nous aux pauvres le pouvoir ? Mieux vaut les laisser mourir dans la crasse et s'éveiller au ciel... tant que nous ne les enfonçons pas nous-mêmes plus loin dans la crasse.

— Comme je déteste vos arguments, dit le lieutenant. Moi, je n'en ai pas besoin. Lorsqu'ils voient quelqu'un souffrir, les gens comme vous raisonnent et raisonnent. Ils disent : « Peut-être la souffrance est-elle une bonne « chose, peut-être un jour s'en trouvera-t-il mieux ? » Moi, je veux laisser parler mon cœur.

— Au bout d'un fusil.

— Oui. Au bout d'un fusil.

— Ah ! bien, quand vous aurez mon âge, sans doute saurez-vous que le cœur est une bête dont il est prudent de se méfier. L'intelligence en est une autre, mais elle, du moins, ne parle pas d'amour. L'amour ! Une jeune fille se met la tête sous l'eau, ou un enfant est étranglé, et le cœur ne trouve à dire que : amour, amour... »

Ils restèrent un moment silencieux, et l'on n'entendit plus rien dans la hutte. Le prêtre crut le lieutenant endormi jusqu'à ce qu'il se remît à parler :

« Vous avez deux attitudes. A moi, vous me dites ceci

mais vous enseignez aux hommes... et aux femmes que :
Dieu est amour. Comme vous avez compris qu'avec moi
ça ne prendrait pas, vous changez de chanson. Vous ne
me servez que ce que je dois approuver.

— Oh ! mais cela, dit le prêtre, est tout à fait différent.
Dieu est vraiment amour. Je ne dis pas que le cœur de
l'homme n'ait une part de cet amour. Mais quelle part !
un tout petit verre d'amour mêlé à une grande cruche
d'eau boueuse. Vous ne pourriez jamais le distinguer, cet
amour de Dieu. Vos yeux risqueraient de le prendre pour
de la haine. Il est de nature à nous terroriser. L'amour de
Dieu ! Il a mis le feu à un buisson du désert, n'est-il
pas vrai ? Il a ouvert les tombes en brisant les dalles,
et c'est par sa puissance que les morts se sont levés
et ont marché dans les ténèbres. Oh ! un homme comme
moi ferait une lieue en courant pour fuir cet amour,
s'il le sentait rôder autour de lui.

— Vous n'avez pas grande confiance en votre Dieu,
me semble-t-il. Il ne m'apparaît d'ailleurs pas comme
un Dieu très reconnaissant. Si un de mes hommes me
servait aussi bien que vous l'avez servi, je le propose-
rais pour le grade supérieur et je lui ferais servir une
bonne pension... et s'il souffrait d'un cancer, je lui
tirerais une balle dans la tête.

— Ecoutez-moi, dit le prêtre ardemment, en se penchant en avant dans le noir, pressant d'une main son
pied tordu de crampes, je n'ai pas autant de duplicité
que vous le croyez. Pourquoi, à votre sens, irais-je dire
aux gens du haut de ma chaire, que si la mort les
prend à l'improviste, ils sont en danger d'être damnés ?
Je ne leur raconte pas de contes de fées auxquels je ne
crois pas moi-même. Je ne sais rien du tout de la miséricorde divine. Je ne sais pas dans quelle mesure le
cœur humain apparaît à Dieu comme un objet d'horreur.
Mais je sais ceci : que si jamais dans ce pays un seul
homme fut damné, alors je ne puis manquer d'être
damné aussi. »

Il ajouta lentement : « Je ne souhaiterais pas qu'il en fût autrement. Je ne demande que la justice, rien de plus. »

« Nous arriverons avant la nuit », dit le lieutenant. Six hommes à cheval les précédaient, six autres les suivaient. Parfois, dans les bandes de forêt qu'enserraient les bras du fleuve, ils étaient forcés d'avancer l'un derrière l'autre. Le lieutenant parlait peu et lorsque deux de ses hommes entonnèrent une chanson où il s'agissait d'un « gros boutiquier obèse et de sa margoton », il leur imposa brutalement le silence. Ce n'était certes pas une procession triomphale : le prêtre avançait, un maigre sourire figé aux lèvres. On aurait dit un masque qu'il s'était collé sur le visage pour pouvoir réfléchir tranquillement derrière sans que personne s'en aperçût. La pensée de la souffrance physique occupait plus qu'aucune autre son esprit.

« Je suppose, dit le lieutenant en regardant son prisonnier de travers, je suppose que vous comptez sur un miracle.

— Je vous demande pardon. Que disiez-vous ?

— Je disais : je suppose que vous comptez sur un miracle.

— Non.

— Vous croyez cependant aux miracles.

— Oui. Mais pas en ce qui me concerne. Je ne suis plus utile à personne, alors pourquoi Dieu me maintiendrait-il en vie ?

— Je ne peux pas comprendre qu'un homme tel que vous puisse encore croire à ces choses-là. Les Indiens, bon. Eux, la première fois qu'ils voient une lampe électrique, ils prennent ça pour un miracle.

— Et je suppose que si vous voyiez, pour la première fois, ressusciter un mort, vous penseriez la même chose. »

Il ricana sans conviction derrière son masque souriant.

« Oh ! oui, c'est amusant, n'est-ce pas ? poursuivit-il. Ce n'est pas qu'il ne se produise jamais de miracles, c'est que les gens leur donnent un autre nom. Voyez d'ici les médecins réunis au chevet d'un mort... Il ne respire plus, son pouls ne bat plus, son cœur s'est tu : il est mort. Alors, quelqu'un le rappelle à la vie et les médecins... quel est le terme ?... les médecins « réservent » leur opinion. Ils se refusent à parler de miracle, parce que c'est un mot qu'ils n'aiment pas. Et puis, voici que le fait se répète maintes et maintes fois — sans doute parce que Dieu se promène sur la terre — alors, ils disent : les miracles n'existent pas, mais nous avons élargi notre conception de ce qu'est la vie. Désormais, un homme vit encore après l'arrêt du souffle, du pouls, des battements de cœur. Et ils inventent un mot nouveau pour désigner cette forme de vie et déclarent qu'une fois de plus, la science a donné l'explication rationnelle d'un apparent miracle. » Il ricana de nouveau. « Impossible de les persuader. »

Ils avaient quitté le chemin forestier et cheminaient sur une route de dure terre battue. Le lieutenant éperonna son cheval et toute la cavalcade partit au galop. Ils étaient presque rendus. A contrecœur, le lieutenant déclara :

« Vous n'êtes pas un mauvais bougre. Si je peux faire quelque chose pour vous...

— Pourriez-vous m'accorder la permission de me confesser ? »

Ils arrivaient en vue des premières habitations : c'étaient de petites maisons de torchis qui tombaient en ruine, avec des colonnes classiques faites de boue recouverte de plâtre. Un enfant sale jouait parmi les détritus.

« Mais il n'y a plus de prêtres, dit le lieutenant.

— Le Père José.

— Oh ! le Père José, répliqua le lieutenant avec mépris, il n'est bon à rien.

— Il est assez bon pour moi. Je ne puis prétendre à découvrir un saint dans ces parages, n'est-ce pas ? »

Pendant un moment, le lieutenant continua d'avancer en silence ; ils arrivèrent devant le cimetière peuplé d'anges en miettes et dépassèrent le grand portique où s'inscrivait le mot : *Silencio.*

« Très bien, dit-il alors. Vous aurez le Père José. »

Il détourna les yeux en passant devant le mur du cimetière où l'on fusillait les condamnés. La route descendait en pente rapide vers la rivière ; à droite, sur l'emplacement où s'était élevée la cathédrale, les balançoires en fer se dressaient solitaires sous le soleil brûlant d'après-midi. Partout c'était une atmosphère de désolation beaucoup plus accablante que dans les montagnes, à cause de tout ce qui, jadis, y avait été vivant. « Ni pouls, ni souffle, ni battement de cœur, pensa le lieutenant et pourtant c'est encore la vie... il faut seulement que nous lui trouvions un nom. » Un petit garçon qui les regardait passer cria à l'officier : « Mon lieutenant vous l'avez attrapé ? » et le lieutenant se rappela vaguement ce visage, un jour au milieu de la plaza, une bouteille brisée ; il essaya de répondre par un sourire au sourire de l'enfant, mais ce ne fut qu'une étrange grimace amère où ne brillait ni le triomphe, ni l'espoir. Il faut se contenter de peu pour commencer.

IV

Le lieutenant attendit que la nuit fût tombée pour s'acquitter lui-même de la mission ; la confier à un autre serait dangereux : le bruit se répandrait aussitôt en ville que le Père José avait été autorisé à exercer une fonction religieuse à la prison. Il serait même sage de n'en pas informer le *jefe* ; on ne peut pas se fier à ses supérieurs lorsqu'on a réussi là où ils ont échoué. Il savait que le *jefe* était mécontent qu'il eût ramené le prêtre, à son point de vue une évasion aurait été bien préférable.

Dans le patio, il se sentit surveillé par une douzaine d'yeux : les enfants y étaient en groupe, prêts à crier des quolibets au Père José lorsqu'il se montrerait. L'officier regrettait d'avoir fait au prêtre cette promesse, mais il allait tenir parole... parce que ce serait un triomphe pour ce vieux monde corrompu, soumis à la tyrannie de Dieu, que de pouvoir montrer une supériorité quelconque, par son courage, sa loyauté, sa justice...

Il frappa, mais personne ne répondit : il attendit, debout dans l'obscurité du patio comme un solliciteur.

Puis il frappa de nouveau et une voix cria : « On vient, on vient. »

Le Père José, le visage collé aux barreaux de la fenêtre, demanda :

« Qui est là ? »

Il avait l'air de fouiller à tâtons près du sol.

« Lieutenant de police.

— Oh ! s'écria le Père, d'une voix de fausset, excusez-moi. C'est mon pantalon. Dans le noir... » Il fit le geste de soulever un fardeau avec ses épaules et l'on entendit un craquement sec comme si sa ceinture ou ses bretelles avaient cédé. De l'autre côté du patio, les enfants se mirent à pousser des cris aigus :

« Padre José, padre José ! »

Mais lorsque le Père José vint ouvrir la porte, il feignit de ne pas les voir et se contenta de murmurer tendrement :

« Petits démons !

— Je veux que vous veniez jusqu'au poste de police, dit le lieutenant.

— Mais je n'ai rien fait. Rien du tout. On ne peut être plus prudent que moi.

— Padre José », piaillaient les enfants.

Il continua d'une voix suppliante :

« Si l'on vous a parlé d'un enterrement, on vous a mal informé. Je n'ai même pas voulu dire une prière.

— Padre José, padre José !... »

Le lieutenant se retourna et traversa le patio. Il cria d'une voix furieuse aux petits visages derrière la grille :

« Taisez-vous. Allez vous coucher. Tout de suite. Vous m'entendez. »

Un à un, ils s'éclipsèrent, mais dès que le lieutenant eut le dos tourné, ils revinrent à leur poste d'observation.

« Personne ne peut venir à bout de ces enfants.

— Où es-tu, José ? s'enquit une voix de femme.

— Ici, ma bonne. C'est la police. »

Une énorme femme en chemise de nuit blanche roula vers eux comme une vague de fond. Il n'était guère plus de sept heures du soir. « Peut-être, pensa le lieutenant, vivait-elle dans ce costume, peut-être vivait-elle au lit. »

« Votre mari, dit-il en appuyant sur le mot avec satisfaction, votre mari doit se rendre au poste de police.

— Qui l'a dit ?

— Moi.

— Il n'a rien fait.

— J'expliquais justement à l'officier, ma bonne...

— Tais-toi. Laisse-moi parler.

— Cessez, tous les deux, de jacasser, dit le lieutenant. On a besoin de vous là-bas pour voir un homme... un prêtre. Il veut se confesser.

— A moi ?

— Oui. Vous êtes le seul.

— Pauvre homme, dit le Père José, dont les petits yeux roses firent le tour du patio. Pauvre homme. » Il se trémoussa d'un air gêné et lança un bref et furtif regard vers le ciel où tournoyaient les constellations.

« Tu n'iras pas, dit la femme.

— C'est contraire aux lois pourtant, dit le Père José.

— Ne vous occupez pas de cela.

— Oh ! il ne faut pas nous en occuper vraiment, dit la femme. Je vois bien ce que vous avez dans la tête. Vous ne voulez pas laisser mon mari en paix. Vous rusez pour le prendre en faute. Je connais vos méthodes. Vous envoyez des gens lui demander qu'il dise des prières... parce qu'il est bon. Mais rappelez-vous bien ceci : il est pensionnaire du Gouvernement. »

Le lieutenant parla, lentement :

« Ce prêtre... Il y a des années qu'il travaille en secret... pour *votre* Eglise. Nous l'avons arrêté et, bien entendu, il sera fusillé demain. Ce n'est pas un mauvais homme. Je lui ai permis de vous voir parce qu'il semblait croire que cela lui ferait du bien.

— Je le connais, interrompit la femme. C'est un ivrogne, et pas autre chose.

— Pauvre homme, dit le Père José. Un jour, il essayé de se cacher ici...

— Je vous promets, dit le lieutenant, que personne ne le saura.

— Personne ne le saura ! caqueta la femme. Demain la ville entière l'aura appris. Regardez ces enfants. Ils ne laissent jamais José en paix. On n'en verra pas la fin, tout le monde va vouloir se confesser et le gouverneur l'apprendra et on nous supprimera la pension.

— Pourtant, ma bonne amie, dit le prêtre, c'est mon devoir...

— Tu n'es plus prêtre, dit la femme, tu es mon mari. » Elle se servit d'un mot grossier. « C'est ça ton devoir maintenant. »

Le lieutenant les écoutait avec une âpre satisfaction. C'était comme s'il découvrait une ancienne croyance.

« Je n'ai pas le temps d'attendre que vous ayez fini de vous chamailler, dit-il. M'accompagnez-vous, oui ou non ?

— Il ne peut pas t'y forcer, dit la femme.

— Ma bonne amie, tout de même, vois-tu... après tout, je suis prêtre...

— Prêtre ! s'écria la femme. Toi ? prêtre ! »

Elle éclata d'un rire bruyant que les enfants postés derrière la fenêtre imitèrent aussitôt. Le Padre José couvrit ses yeux roses de sa main comme s'il souffrait.

« Ma bonne..., dit-il, mais le rire continua.

— Venez-vous ? »

Le Père José fit un geste de désespoir, comme pour dire qu'une défaite de plus ou de moins ne comptait guère dans une vie comme la sienne.

« Je ne crois pas, dit-il, que ce soit possible.

— Très bien », répondit le lieutenant en tournant brusquement les talons.

Il avait déjà perdu assez de temps à l'exercice de la

miséricorde. Il entendit derrière lui la voix suppliante du Père José :

« Dites-lui que je vais prier pour lui. »

Les enfants s'étaient enhardis. L'un d'eux lança d'une voix stridente :

« José, viens te coucher ! » ce qui fit rire le lieutenant. Son rire faible, peu convaincant, vint augmenter l'hilarité générale qui jaillissait autour du Père José et, le dépassant, montait vers les constellations disciplinées dont jadis il connaissait les noms.

Le lieutenant ouvrit la porte de la cellule : à l'intérieur, il faisait très sombre. Il referma soigneusement les verrous derrière lui, une main posée sur son revolver.

« Il ne veut pas venir », dit-il.

Dans le noir, un être humain était pelotonné : c'était le prêtre, accroupi sur le sol comme un enfant qui joue.

« Vous voulez dire : pas ce soir ?

— Je veux dire qu'il ne viendra pas du tout. »

Il y eut un moment de silence si l'on peut appeler silence l'incessant ronron de foreuse que faisaient les moustiques, et les petites explosions des cancrelats contre le mur. A la fin, le prêtre parla :

« Je suppose qu'il a eu peur.

— Sa femme n'a pas voulu le laisser venir.

— Pauvre homme ! »

Il essaya de rire, mais aucun son n'aurait pu être plus navrant que ce simulacre de joie. Sa tête retomba entre ses genoux : il avait l'air d'avoir renoncé à tout et d'être complètement abandonné.

« Autant que vous sachiez la vérité tout entière, dit le lieutenant. Vous avez été jugé et reconnu coupable.

— N'aurais-je pu assister à mon propre procès ?

— Cela n'y aurait rien changé.

— Non. » Il se tut, cherchant quelle attitude il allait

prendre. Enfin il demanda avec une désinvolture affectée :

« Et puis-je me permettre de vous demander... quand ?

— Demain. »

La promptitude et la brièveté de la réponse mirent fin à ses fanfaronnades. Sa tête retomba. Il semblait, autant qu'on pût en juger dans cette ombre, occupé à se ronger les ongles.

« C'est mauvais, dit le lieutenant, de passer une nuit comme celle-ci dans la solitude. Si vous le voulez, vous serez transféré à la cellule commune.

— Non, non. Je préfère être seul. J'ai beaucoup à faire. » Sa voix se brisa et siffla comme s'il avait un gros rhume. « Il faut que je réfléchisse à tant de choses.

— Je voudrais faire quelque chose pour vous, dit le lieutenant. Je vous ai apporté un peu de cognac.

— Au mépris de la loi ?

— Oui.

— C'est très gentil de votre part. » Il prit la petite gourde. « Sans doute n'en auriez-vous pas besoin à ma place, mais moi, j'ai toujours eu très peur de souffrir.

— Nous mourrons tous un jour, dit le lieutenant. L'heure et le jour me paraissent sans importance.

— Vous êtes vertueux : vous n'avez rien à craindre.

— Comme vos idées sont bizarres ! se plaignit le lieutenant. Il me semble parfois que tout ce que vous en faites, c'est pour me persuader.

— Vous persuader de quoi ?

— Oh ! je ne sais pas... de vous rendre la liberté, ou de croire aux préceptes de la Sainte Eglise catholique, à la communion des Saints... qu'est-ce qu'on dit donc après... ?

— La rémission des péchés...

— Vous n'y croyez guère, vous-même, à ça.

— Oh ! mais si, j'y crois, dit le petit homme avec entêtement.

— Alors, qu'est-ce qui vous inquiète ?

— Je vais vous dire : je ne suis pas ignorant. J'ai

toujours su ce que je faisais. Et je ne puis me donner l'absolution.

— Si le Père José était venu jusqu'ici, cela aurait-il fait une si grande différence ? »

Il attendit longtemps la réponse, et lorsqu'elle vint ne la comprit pas :

« Un autre homme... cela facilite...

— N'y a-t-il rien d'autre que je puisse pour vous ?

— Non, rien. »

Le lieutenant rouvrit la porte, en reposant machinalement la main sur sa crosse de revolver. Il se sentait triste maintenant que le dernier prêtre était sous les verrous, il ne lui restait rien pour occuper son esprit. Les ressorts de son activité semblaient s'être brisés. Il pensait aux semaines de recherches et de poursuite comme à une époque heureuse qui venait de se terminer et ne reviendrait plus. Il se sentait sans but, comme si la vie s'était retirée de son univers. Il dit au prêtre avec une bienveillance amère (il ne pouvait pas arriver à haïr ce petit homme creux) :

« Essayez de dormir. »

Au moment où il fermait la porte, une voix tremblante de peur l'arrêta :

« Mon lieutenant ?

— Oui ?

— Vous avez vu fusiller des gens. Des gens comme moi ?

— Oui.

— Est-ce que la douleur dure... longtemps ?

— Non, non, c'est l'affaire d'une seconde », répondit-il d'un ton bourru.

Il referma la porte et traversa sans y voir la cour aux murs blanchis à la chaux. Il entra dans le bureau. Les photographies du prêtre et du bandit restaient encore épinglées au mur ; il les en arracha, elles étaient devenues inutiles. Ensuite, il s'assit devant sa table et posant la tête sur ses mains s'endormit d'épuisement. Plus tard, il ne put se rappeler ce qu'il avait rêvé, si ce n'est un rire, un rire incessant, et un long couloir dont il ne parvenait pas à trouver l'issue.

Le prêtre s'assit à terre, la gourde de cognac entre les mains. Sans attendre, il en dévissa le bouchon et colla ses lèvres au goulot. L'alcool ne lui fit aucun effet : pas plus que s'il buvait de l'eau. Il reposa la gourde et commença une sorte de confession générale. Il se murmura à lui-même : « Je me suis livré à la fornication. » L'expression toute faite ne signifiait rien : on aurait dit une phrase de journal : impossible de se repentir d'une chose énoncée ainsi. Il recommença : « J'ai couché avec une femme », et essaya de s'imaginer l'autre prêtre lui demandant : « Combien de fois ? Etait-elle mariée ? — Non. » Sans penser à ce qu'il faisait, il but une nouvelle rasade d'alcool.

Au moment où le liquide toucha sa langue, il se rappela son enfant, entrant dans la hutte, entourée de lumière aveuglante, avec son visage triste, obstiné, assombri d'une science précoce.

« Oh ! mon Dieu, protégez-la, pria-t-il. Damnez-moi, je l'ai mérité, mais donnez-lui la vie éternelle. »

Cet amour était celui qu'il aurait dû ressentir pour les créatures humaines en général : toutes ses angoisses, tout son désir d'aider l'âme à se sauver, se concentraient sur cette unique enfant. Il se mit à pleurer : comme s'il était condamné à rester sur la rive et à la voir se noyer lentement, parce qu'il avait oublié les gestes qu'on fait pour nager. « C'est le sentiment, pensa-t-il, que je devrais éprouver pour tous les êtres, à tout moment », et il essaya de détourner d'elle ses pensées pour les fixer sur le métis, le lieutenant, la fillette du dépôt de bananes, et même un dentiste avec qui il avait passé un jour quelques instants ; il fit surgir ainsi une longue parade de visages qui tentaient en vain de forcer son attention, aussi rétive qu'une lourde porte qu'on ne peut ébranler.

Car tous ceux-là étaient eux aussi en danger. Il pria : que Dieu les aide, mais, au moment de la prière, l'image de son enfant près du tas d'immondices s'imposa à son esprit, et il comprit que c'était toujours pour elle qu'il priait. Encore un échec !

Au bout d'un moment, il reprit sa confession : « J'ai été ivre... je ne sais combien de fois. Il n'est pas un seul devoir que je n'aie négligé. Je suis coupable d'orgueil, de manque de charité... » Les mots redevenaient conventionnels, vides de sens. Il lui manquait un confesseur qui eût fait passer son esprit de la formule au fait.

Il but une nouvelle gorgée d'alcool et se levant, péniblement, à cause d'une crampe douloureuse, il alla jusqu'à la porte et à travers les barreaux contempla la cour carrée, chaude, baignée de lune. Il apercevait les gendarmes endormis dans leurs hamacs et parmi eux, un homme qui ne pouvait pas dormir et se balançait paresseusement, de-ci, de-là, de-ci, de-là. Un étrange silence régnait partout, même dans les autres cellules. On eût dit que le monde entier avait eu le tact de tourner le dos pour éviter de le voir mourir. Retrouvant son chemin à tâtons, il regagna le coin le plus éloigné et s'assit, la gourde d'alcool entre les genoux. « Si je n'avais pas été si inutile, pensait-il, si inutile... » Ces huit années dures et désespérées lui paraissaient n'être qu'une caricature de sacerdoce : quelques communions, quelques confessions, un mauvais exemple incessant. Il pensait : « Si seulement j'avais une âme à offrir, afin de pouvoir dire : voilà ce que j'ai fait... » Des gens étaient morts pour lui. Ils auraient mérité que ce fût pour un saint ; un peu d'amertume lui vint au cœur à cause d'eux et parce que Dieu n'avait pas jugé bon de leur en envoyer un. « Le Père José et moi, pensait-il, le Père José et moi... » Il but encore une gorgée d'alcool, en pensant au froid visage des saints qui allaient le repousser.

La nuit s'écoulait plus lentement qu'à son dernier

passage dans la prison parce qu'il était seul. Ce ne fut
que l'alcool, dont il but les dernières gouttes vers deux
heures du matin qui parvint à le faire un peu dormir.
La peur lui donnait la nausée, il avait mal à l'estomac
et l'alcool lui rendait la bouche sèche. Il se parlait tout
haut parce que tout à coup le silence lui était devenu
insupportable. Il se plaignait, lamentablement : « Tout
cela est très bien... pour les saints », et un moment
après : « Comment sait-il que c'est l'affaire d'une
seconde ? Combien de temps dure une seconde ? » Ensuite
il se mit à pleurer, en se frappant doucement la tête
contre le mur. Ils avaient donné au Père José une chance
de s'en tirer, mais pas à lui. Peut-être n'avaient-ils rien
compris du tout, du seul fait que, si longtemps, il leur
avait échappé. Peut-être pensaient-ils sincèrement qu'il
repousserait les conditions que le Père José avait accep-
tées, qu'il ne voudrait pas se marier, qu'il se montrerait
fier. Peut-être, s'il le leur proposait lui-même, était-il
encore temps d'échapper. L'espoir le calma pendant un
moment, et il s'endormit la tête appuyée au mur.

Il fit un rêve curieux. Il rêva qu'il était assis à une
table de café devant le maître-autel de la cathédrale. Une
demi-douzaine de plats s'étalaient devant lui, et il mangeait de grand appétit. Une odeur d'encens flottait, dans
une étrange atmosphère d'allégresse. Ces plats — comme
toutes les nourritures de rêve — n'avaient pas grand
goût, mais il avait le sentiment que lorsqu'il les aurait
achevés on lui servirait le meilleur mets de tous. Un
prêtre, en disant la messe, passait et repassait devant
l'autel, mais lui n'y prenait pas garde : le service religieux ne l'intéressait plus du tout. Enfin, les six assiettes
furent vides ; une personne invisible sonna la clochette du
Sanctus, et l'officiant s'agenouilla avant de présenter
l'hostie. Mais lui restait assis, sans bouger, et ne faisait
pas attention au Dieu sur l'autel, comme si ce Dieu
eût été là pour les autres, non pour lui. Puis, le verre
placé à côté de son assiette se remplit de vin et, levant les

yeux, il vit en train de le servir la fillette du dépôt de bananes.

« Je l'ai pris dans la chambre de papa, dit-elle.

— Vous ne l'avez pas volé ?

— Pas exactement, répondit-elle de sa voix précise et appliquée.

— C'est bien gentil de votre part, lui dit-il. J'ai oublié le code... comment l'appelez-vous ?

— Morse.

— C'est cela. Morse. Trois coups longs et un court. »

Et immédiatement, les coups se mirent à résonner : le prêtre à l'autel, toute une congrégation invisible dans la nef, frappaient trois coups longs et un court... toc, toc, toc... toc.

« Qu'est-ce que cela signifie ? demanda-t-il.

— Une nouvelle », répondit l'enfant qui le surveillait de son regard sévère, chargé de sympathie et du sentiment de sa responsabilité.

Lorsqu'il s'éveilla, l'aurore naissait. Il émergea du sommeil plein d'un immense espoir qui le quitta brusquement et complètement, dès qu'il revit la cour de la prison. C'était le matin de sa mort. Accroupi sur le sol, la gourde d'alcool vide entre les mains, il essaya de se rappeler un acte de contrition : « Oh ! mon Dieu, je regrette tous mes péchés et je vous en demande pardon... crucifié... et j'ai mérité vos châtiments les plus terribles. » Il s'embrouillait l'esprit ailleurs : ce n'était pas la bonne mort que nous demandons toujours dans nos prières. Il aperçut son ombre sur le mur de la cellule, elle avait un air de surprise et de grotesque futilité. Avait-il été assez insensé de croire qu'il aurait la force de rester, alors que tous les autres avaient pris la fuite. « Quel être impossible je suis, pensa-t-il et combien inutile. Je pourrais aussi bien n'avoir jamais vécu. » Ses parents étaient morts, lui-même bientôt ne serait pas même un souvenir. Après tout, était-il vraiment digne de l'Enfer ? Des larmes roulèrent sur son

visage ; à ce moment-là, il n'avait plus peur de la damnation, même la peur de la souffrance corporelle avait
reculé au second plan. Il ne ressentait qu'une immense
déception de devoir se présenter devant Dieu les mains
vides, parce qu'il n'avait rien fait du tout. Il lui sembla
alors qu'il eût été très facile d'être un saint. Il n'était
besoin que d'un peu d'empire sur soi, d'un peu de courage. Il avait le même sentiment qu'un homme qui a
laissé fuir le bonheur en arrivant quelques minutes trop
tard à un endroit fixé. Il savait maintenant qu'en fin de
compte une seule chose importe vraiment : être un saint.

QUATRIÈME PARTIE

QUATRIÈME PARTIE

MRS. FELLOWS était étendue sur son lit, dans une chambre d'hôtel étouffante, et elle écoutait la sirène d'un bateau qui passait sur le fleuve. Elle ne pouvait rien voir, car ses yeux et son front étaient couverts d'un mouchoir imbibé d'eau de Cologne. Elle appela brusquement :

« Chéri !... »

Mais personne ne répondit. Il lui semblait qu'on l'avait ensevelie prématurément entre les parois de bronze du grand mausolée de famille, toute seule, appuyée sur deux oreillers, sous un dais.

« Chéri ! » appela-t-elle de nouveau, d'une voix sèche. Puis elle attendit.

« Oui, Trixy ? »

C'était le capitaine Fellows. Il ajouta : « Je m'étais endormi, je rêvais...

— Mets un peu d'eau de Cologne sur mon mouchoir, chéri. Ma tête éclate.

— Oui, Trixy. »

Il avait l'air vieux, fatigué, d'un homme désœuvré et

qui s'ennuie. Il enleva le mouchoir, le porta à la table de toilette où il le fit tremper.

« Pas trop, mon ami. Nous ne pourrons plus en trouver d'ici je ne sais combien de jours. »

Il ne répondit pas, aussi lui dit-elle d'un ton acerbe :

« Tu as entendu ce que je t'ai dit, n'est-ce pas, mon chéri ?

— Oui.

— Tu es devenu tellement silencieux, depuis quelque temps. Tu ne te rends pas compte de ce que c'est que d'être malade et seule.

— Il me semble, répondit le capitaine Fellows, que tu dois comprendre...

— Mais, mon chéri, nous sommes convenus, n'est-ce pas, qu'il était plus sage de n'en plus parler, jamais. Il faut nous garder de devenir morbides.

— Oui.

— Nous avons notre propre vie à considérer.

— Oui. »

Il s'approcha du lit et posa le mouchoir sur les yeux de sa femme. Puis s'asseyant sur une chaise, il passa sa main sous la moustiquaire et lui prit la main. Ils faisaient l'effet, curieusement, d'être deux enfants perdus dans une ville inconnue, et privés de soins adultes.

« As-tu les billets ? demanda-t-elle.

— Oui, chérie.

— Je me lèverai un peu plus tard pour faire les valises, mais j'ai trop mal à la tête. As-tu dit au commissaire de venir prendre les caisses ?

— Non, j'ai oublié.

— Tu pourrais vraiment essayer de penser aux choses, dit-elle d'une voix languissante et maussade. Qui le fera pour toi, désormais ? »

Et tous deux sombrèrent dans le silence, à cause de cette phrase qu'ils auraient dû éviter.

« Il y a beaucoup d'agitation en ville, dit-il tout à coup.

— Ce n'est pas une révolution ?

— Oh ! non ! La police s'est emparée d'un prêtre et on le fusille ce matin, le pauvre diable. Je n'ai pas pu m'empêcher de me demander si c'est l'homme que Coral... je veux dire l'homme que nous avions caché.

— C'est peu probable.

— Oui.

— Les prêtres sont si nombreux. »

Il lâcha la main de sa femme et marchant jusqu'à la fenêtre regarda dehors. Des bateaux sur le fleuve, un petit jardin public plein de cailloux où s'élevait une statue. Des busards partout.

« Comme ce sera bon de se retrouver chez soi. J'ai souvent cru que j'allais mourir dans ce pays.

— Bien sûr que non, chérie.

— Ah ! ça peut arriver.

— Oui, ça peut arriver, répondit-il d'un air sombre.

— Allons, chéri, dit vivement Mrs. Fellows, ta promesse... Ma pauvre tête, soupira-t-elle.

— Veux-tu de l'aspirine ? demanda-t-il.

— Je ne sais pas où je l'ai mise. Je ne comprends pas pourquoi, rien n'est jamais à sa place.

— Veux-tu que je sorte et que j'aille t'en acheter ?

— Non, chéri. Je ne peux pas supporter de rester seule. »

Elle continua en parlant avec une vivacité de théâtre :

« J'espère que j'irai tout à fait bien quand nous serons chez nous. Je consulterai un bon docteur là-bas. Il m'arrive de penser que ce ne sont pas de simples migraines. T'ai-je dit que j'avais reçu une lettre de Norah ?

— Non.

— Donne-moi mes lunettes, chéri, que je te lise les passages qui nous concernent.

— Elles sont sur ton lit.

— Ah ! c'est vrai. »

Un des voiliers leva l'ancre et se mit à dériver vers la mer, sur le large fleuve paresseux. Mrs. Fellows lisait avec satisfaction :

« Chère Trixy, comme vous avez dû souffrir. Ce misérable... »

Elle s'interrompit brusquement :

« Oh ! oui... et ça continue ainsi :

« Bien entendu, Charles et toi, vous passerez quelque
« temps chez nous en attendant que vous ayez trouvé une
« maison. Si l'idée d'un petit pavillon ne vous déplaît
« pas... »

Le capitaine Fellows dit tout à coup d'une voix dure :

« Je ne rentre pas.

— « Le loyer n'est que de cinquante-six livres par an,
« frais compris, et il y a une salle de bain pour la
« domestique... »

— Je reste ici.

— « ... Fourneau à double usage ! » Qu'est-ce que tu
racontes là, chéri ?

— Je ne rentre pas.

— Nous avons discuté cette question trop souvent,
mon ami. Tu sais que cela me tuerait de rester.

— Tu n'as pas besoin de rester.

— Mais je ne peux pas rentrer seule, dit Mrs. Fellows.
Qu'est-ce que penserait Norah ? Oh ! et puis... Mais c'est
absurde.

— Il y a du travail d'homme à faire dans ce pays-ci.

— Cueillir des bananes... dit Mrs. Fellows avec un petit
rire glacé. Et même ça, tu ne le faisais pas tellement bien. »

Furieux, il se retourna vers le lit :

« Ça ne te fait donc rien, dit-il, rien du tout, de prendre
la fuite et de l'abandonner, elle...

— Ce qui est arrivé n'est pas ma faute. Si tu avais été
à la maison... »

Elle se mit à pleurer, recroquevillée sous la moustiquaire.

« Je n'arriverai pas vivante... »

Saisi de lassitude, il vint vers le lit et lui reprit la
main. Rien à faire. Ils souffraient tous les deux du
même abandon et devaient se soutenir mutuellement.

« Tu ne vas pas me laisser seule, dis-moi, chéri ? »
demanda-t-elle. La chambre empestait l'eau de Cologne.

« Non, mon petit.

— Tu te rends bien compte que ce serait absurde ?

— Oui. »

Ils demeurèrent silencieux pendant un long moment,
tandis que le soleil matinal montait dans le ciel et que
l'air de la chambre devenait étouffant.

A la fin, Mrs. Fellows demanda :

« A quoi penses-tu, chéri ?

— A rien. Je pensais à ce prêtre. Drôle de type. Il
buvait. Je me demande si c'est lui.

— Si c'est lui, il n'a que ce qu'il mérite.

— Mais ce qui reste mystérieux, c'est la façon dont
elle parlait, après, comme si ce prêtre lui avait révélé des
choses...

— Chéri, répéta Mrs. Fellows du fond de son lit, avec
une douceur agressive, ta promesse...

— C'est vrai. Excuse-moi. Je fais des efforts, mais
cela ne cesse de remonter, il me semble.

— Je te reste, chéri et tu me restes... », et l'on entendit
se froisser la lettre de Norah lorsque Mrs. Fellows
détourna son visage caché dans le mouchoir, pour le
soustraire à l'aveuglante lumière qui venait du dehors.

Mr. Tench, penché sur la cuvette émaillée, se lavait
les mains avec un savon rose. Il dit, dans son mauvais
espagnol :

« Pas besoin d'avoir peur. Dès que vous aurez mal,
vous me le direz. »

La chambre du *jefe* avait été transformée en une sorte
de cabinet dentaire provisoire, à grands frais, car il avait
fallu transporter non seulement Mr. Tench lui-même,
mais la chaise, la vitrine d'instruments de Mr. Tench,
sans compter toutes sortes de mystérieuses caisses d'emballage qui ne paraissaient contenir que de la paille
et qui, sans doute, ne s'en retourneraient pas vides.

« Il y a des mois que j'ai ça, dit le *jefe*. Vous ne pouvez pas vous imaginer ce que j'ai souffert.

— C'est de la folie de votre part de ne pas m'avoir fait appeler plus tôt. Vous avez de la chance d'échapper à la pyorrhée. »

Il acheva de se laver et se relevant brusquement, le torchon à la main, eut l'air perdu dans ses pensées.

« Qu'est-ce que vous avez ? » demanda le *jefe*.

Mr. Tench s'éveilla en sursaut et, s'approchant de sa vitrine, se mit à étaler les aiguilles et les burins en un petit alignement métallique évocateur de souffrance. Le *jefe* le regardait faire avec appréhension.

« Comme votre main tremble, dit le *jefe*. Etes-vous sûr que vous êtes assez bien portant ce matin ?

— C'est ma douleur d'estomac, répondit Mr. Tench. Quelquefois, j'ai des taches qui dansent devant les yeux en si grand nombre qu'il me semble porter une voilette. »

Il fixa une aiguille dans la foreuse dont il fit descendre le bras articulé.

« Ouvrez la bouche très largement. »

Il se mit à farcir la bouche du *jefe* de boulettes de coton.

« Je n'ai jamais vu de dents aussi abîmées que les vôtres... sauf une fois. »

Le *jefe* fit des efforts pour parler. Seul, un dentiste pouvait donner un sens à sa question inquiète et inarticulée.

« Non, pas un client. Mais je suppose qu'on a dû le guérir. Vous guérissez des tas de gens à coups de fusil, dans ce pays, hein ? »

Tout en creusant de plus en plus la dent, il essayait d'entretenir un flot ininterrompu de conversation : c'est ainsi que se font les choses à Southend.

« Une histoire étrange m'est arrivée, dit-il, juste avant que je quitte l'embouchure du fleuve. J'ai reçu une lettre de ma femme. Je n'avais pas eu la moindre nouvelle d'elle depuis... Oh ! vingt ans. Et puis, comme ça, tout à coup... »

Il se pencha, s'approcha et gratta furieusement avec son crochet ; le *jefe* battit l'air de ses mains et gémit.

« Rincez-vous la bouche, dit Mr. Tench qui se mit d'un air sombre à fixer son burin.

« Que vous disais-je ? Oh ! ma femme, oui, oui. A ce qu'elle écrit, elle vient de se toquer d'une religion. Un groupe de je ne sais quoi... Oxford. Je me demande ce qu'elle est allée faire à Oxford. Elle m'écrit pour me dire qu'elle m'a pardonné et qu'elle tient à rendre notre situation légale : c'est le divorce. Et c'est *elle* qui me pardonne ! »

Mr. Tench, perdu dans ses pensées, parcourut du regard la hideuse petite chambre, en gardant la main posée sur son instrument. Il eut un haut-le-cœur et, appuyant sa main libre sur son estomac, la pressa çà et là, pour essayer de trouver la place exacte d'une douleur obscure qui ne le quittait presque jamais. Le *jefe* épuisé se laissa aller en arrière la bouche grande ouverte.

« Ça va et ça vient, expliqua Mr. Tench, en perdant complètement le fil de ses pensées. Bien sûr, ce n'est pas grand-chose. Gastrite chronique. Mais ça me gêne rudement. »

Il plongea jusqu'au fond de la bouche du *jefe* un regard aussi rêveur que s'il pouvait, entre les dents cariées, lire sa destinée dans un miroir. Puis, comme mû par un effort de volonté terrible, il se pencha en avant, fit descendre le bras de son instrument et se mit à pédaler. Grrr, zzzz, grrr, zzzz. Le *jefe* se raidit de la tête aux pieds et s'accrocha aux accoudoirs du fauteuil tandis que le pied de Mr. Tench montait et descendait. Le *jefe* fit entendre des bruits étranges en agitant les mains.

« Tenez bon, dit Mr. Tench, tenez bon. Il ne reste plus qu'un tout petit coin... Presque fini... ça vient. Là... » Il lâcha tout brusquement et cria : « Bon Dieu ! que se passe-t-il ? »

Il abandonna le *jefe* et se mit à la fenêtre. Au-dessous

d'eux, dans la cour, un peloton de gendarmes venaient de reposer armes. La main sur l'estomac, Mr. Tench protesta : « Ce n'est pas une nouvelle révolution ? »

Le *jefe* se redressa en pesant sur la chaise et cracha un tampon d'ouate.

« Bien sûr que non, dit-il. C'est un homme qu'on va fusiller.

— Quel motif ?

— Trahison.

— Je croyais, dit Mr. Tench, que vous faisiez ça au cimetière, d'habitude. »

Une horrible fascination le retenait près de la fenêtre : il allait se passer une chose qu'il n'avait jamais vue. Lui et les busards plongèrent leurs regards au fond de la petite cour aux murs blancs.

« Cette fois-ci, il valait mieux s'en abstenir. Il aurait pu y avoir une manifestation : les gens sont tellement ignorants. »

Un petit homme sortit d'une porte latérale. Deux gendarmes le soutenaient, mais il était visible qu'il faisait de son mieux ; seulement ses jambes ne lui obéissaient pas très bien. On le mena, les pieds traînants, jusqu'au mur en face : un officier lui banda les yeux avec un mouchoir.

« — Bon Dieu ! pensa Mr. Tench. Mais je le connais ! Il faut faire quelque chose... »

Il lui semblait voir fusiller un de ses voisins.

« Qu'est-ce que vous attendez ? bafouilla le *jefe*, il y a de l'air qui pénètre dans ma dent. »

Naturellement, il n'y avait rien à faire. Tout se passa très vite, comme au cours d'exercices de routine. L'officier s'écarta, les fusils se braquèrent et le petit homme se mit à remuer les bras convulsivement. Il essayait de parler : quels sont donc les mots qu'ils disent tous à ce moment-là ? Cet effort, lui aussi, appartenait à une routine, mais sans doute sa bouche était-elle trop sèche, car il n'en sortit qu'un mot qui paraissait être : excusez... Le fracas des fusils secoua Mr. Tench : il se répercuta jusqu'au fond de ses entrailles. Il avait la nausée et dut fermer les yeux. Puis, il entendit une détonation isolée, et lorsqu'il rouvrit les yeux, il vit l'officier qui rengainait son revolver. Le petit homme n'était plus qu'un tas, au pied du mur. Il faisait partie de la routine, sous forme d'objet sans importance qu'il allait falloir balayer. Deux hommes aux genoux cagneux s'approchèrent aussitôt. On était dans l'arène, le taureau était mort, il n'y avait plus rien à voir, inutile d'attendre autre chose.

« Oh !... gémissait le *jefe* du fond du fauteuil, oh ! j'ai mal, j'ai mal. »

Il implorait Mr. Tench.

« Dépêchez-vous. »

Mais Mr. Tench, debout près de la fenêtre, était perdu dans ses souvenirs. Cherchant d'une main machinale le mal caché qui lui tordait l'estomac, il se rappelait le petit bonhomme amer et désespéré qui s'était levé de sa chaise, pour suivre l'enfant qui l'entraînait hors de la ville par cet après-midi aveuglant de soleil ; il se rappela un arrosoir vert, la photo de ses enfants, un moulage qu'il était en train de faire avec du sable pour un palais fendu.

« Le plombage... », implora le *jefe* et les yeux de Mr. Tench se posèrent sur la plaque de verre où se trouvait l'or. Des devises... il insisterait désormais pour être payé en devises étrangères ; cette fois, il allait filer, filer pour de bon. Dans la cour, tout avait été remis en ordre : un homme répandait du sable avec une pelle, comme s'il comblait une fosse. Mais il n'y avait pas de tombe, il n'y avait personne. Une affreuse sensation de solitude envahit Mr. Tench, provoquant une crampe d'estomac qui le plia en deux. Le petit bonhomme lui avait parlé anglais et connaissait l'existence de ses enfants. Il se sentit abandonné dans un désert.

« Et maintenant », la voix de la femme s'enfla triomphalement et les deux petites filles aux yeux ronds retinrent leur souffle, « et maintenant, le jour de la grande épreuve était arrivé. »

Même le garçon, debout près de la fenêtre, à regarder la rue sombre que le couvre-feu avait vidée, témoigna de quelque intérêt pour cette histoire, car on était arrivé au dernier chapitre, et dans le dernier chapitre les choses se passent toujours avec violence. Peut-être la vie entière était-elle ainsi... monotone, et puis pour finir une grande crise héroïque.

« Quand le chef de la police entra dans la cellule de « Juan, il le trouva en train de prier, à genoux. Il n'avait « pas dormi, il avait passé sa dernière nuit tout entière « à se préparer au martyre. Il était parfaitement calme « et heureux et souriant au chef de la police, il lui « demanda s'il venait le chercher pour le conduire au « banquet. Cet homme cruel, qui avait persécuté tant « d'innocents, en fut lui-même ému. »

« Si seulement on arrivait vite à l'exécution », pensait le petit garçon : le moment de l'exécution lui paraissait toujours palpitant et il attendait anxieusement le *coup de grâce* [1].

« Juan fut mené dans la cour de la prison. On n'eut pas « besoin d'attacher ses mains occupées à égrener un « chapelet. Dans ce court trajet de la prison au mur des « exécutions, le jeune Juan fit-il un retour en arrière sur « ces brèves, ces heureuses années qu'il avait vécues avec « tant de courage ? Se rappela-t-il les jours du séminaire, « les bienveillantes remontrances de ses aînés, la disci- « pline qui l'avait façonné, sans oublier les jours frivoles « où il avait joué le rôle de Néron devant le vieil évêque ? « Néron était à ses côtés, ce jour-là, et l'amphithéâtre « romain l'entourait. »

La mère commençait à s'enrouer légèrement : elle compta des doigts les pages qu'il lui restait à lire : cela

1. En français dans le texte.

ne valait pas la peine de s'arrêter ; elle continua, de plus en plus vite :

« Arrivé au mur, Juan se retourna et se mit à prier,
« non pour lui-même mais pour ses ennemis, pour le
« détachement de pauvres soldats indiens innocents
« alignés en face de lui, et pour le chef de la police
« lui-même. Il leva vers le ciel le crucifix de son chapelet
« et supplia Dieu de leur pardonner, d'éclairer leur igno-
« rance et de les accueillir enfin — comme Saül le persé-
« cuteur y fut accueilli — dans son royaume éternel. »

— Leurs fusils n'étaient-ils donc pas chargés ?
— Que veux-tu dire ?
— Pourquoi n'ont-ils pas tiré pour le faire taire ?
— Parce que Dieu en avait décidé autrement. »

Elle toussa et reprit :

« L'officier ordonna de présenter armes. A ce moment,
« une expression souriante de parfait bonheur et de
« sublime adoration se répandit sur le visage de Juan.
« On eût dit qu'il pouvait voir les bras de Dieu s'ouvrir
« pour le recevoir. Il avait toujours dit à sa mère et à ses
« sœurs qu'il avait le pressentiment qu'il monterait au
« ciel avant elles. Pour sa mère, la bonne et trop minu-
« tieuse ménagère, il ajoutait : « Je mettrai tout en
« ordre pour votre arrivée. » Et voilà que le moment
« était venu, l'officier donna l'ordre de faire feu et... »

Elle avait lu beaucoup trop vite, parce que l'heure du coucher des petites filles était déjà dépassée, et elle fut prise de hoquets.

« Feu..., répéta-t-elle, et... »

Assises côte à côte, les deux petites filles écoutaient placidement — elles avaient l'air à moitié endormies — c'était le passage du livre qu'elles aimaient le moins ; elles supportaient le reste à cause du théâtre d'amateurs, de la première communion et de la sœur qui entrait au couvent après de touchants adieux à sa famille au cha- pitre III.

« Feu, répéta la mère, essayant de reprendre sa lecture,

« et Juan, levant les deux bras au-dessus de sa tête, cria
« d'une voix forte et vaillante aux soldats et à leurs
« fusils braqués : « Vive le Christ Roi !... » L'instant
« d'après, il tombait percé de douze balles et l'officier,
« penché sur son corps, approcha son revolver de l'oreille
« de Juan et pressa la détente. »

Un long soupir monta du coin de la fenêtre.

« Ce dernier coup de feu était inutile. L'âme du jeune
« héros avait déjà quitté sa demeure terrestre et le sou-
« rire de félicité qu'ils voyaient sur le visage du mort
« montrait bien, même à ces hommes ignorants, où se
« trouvait Juan à présent. L'un des soldats avait été si
« ému par l'attitude du martyr qu'il trempa secrètement
« son mouchoir dans le sang, et ce mouchoir, découpé
« en une centaine de reliques, trouva sa place dans autant
« de pieuses familles. » Et maintenant, enchaîna rapidement la mère en frappant ses mains l'une contre l'autre,
au lit !

— Et, dit lentement le petit garçon, celui qu'on a
fusillé aujourd'hui. Etait-il aussi un héros ?

— Oui.

— Celui qui était venu chez nous, une fois ?

— Oui. C'est un des martyrs de l'Eglise.

— Il sentait une drôle d'odeur, dit une des petites
filles.

— Ne répète jamais une chose pareille, s'écria sa
mère, peut-être est-il devenu un de nos saints.

— Devons-nous le prier ? »

La mère hésita.

« Cela ne peut faire de mal. Toutefois, pour que nous
soyons sûrs qu'il est un saint, il faudra qu'il accomplisse
des miracles.

— A-t-il crié : « *Viva el Cristo Rey ?* » demanda le
garçon.

— Oui. C'était un des héros de la foi.

— Et le mouchoir trempé dans le sang ? continua le
garçon. Quelqu'un a-t-il fait ça ? »

La mère prit un air mystérieux et important pour répondre :

« J'ai quelque raison de croire... La señora Jimenez m'a dit... Je pense que si votre père veut bien me donner un peu d'argent, il me sera possible d'acquérir une relique.

— Cela coûte de l'argent ?

— Comment pourrait-il en être autrement ? Il n'y en a pas pour tout le monde.

— Bien sûr. »

Il s'accroupit dans la fenêtre, les yeux fixés sur la rue. Derrière lui, il entendait les bruits étouffés que faisaient les petites filles en se mettant au lit. Cela rendait les choses étonnamment réelles que d'avoir eu un héros dans la maison, ne fût-ce que vingt-quatre heures. Et c'était le dernier. Il n'y avait plus ni prêtres, ni héros. Il écouta avec colère un bruit de bottes qui approchait sur les pavés. La vie de tous les jours continuait autour de lui. Il descendit du rebord de la fenêtre et prit sa bougie : Zapata, Villa, Madero et les autres, tous étaient morts, tués par des hommes semblables à celui qui s'approchait en ce moment. Il eut l'impression qu'on lui mentait.

Le lieutenant suivait le trottoir. Il y avait dans sa marche quelque chose de vif et de volontaire, comme s'il se disait à chaque pas : « J'ai fait ce que j'ai fait. » Il regarda en passant le petit garçon qui tenait sa bougie et dont le visage lui paraissait vaguement familier. Il se dit intérieurement : « Je voudrais en faire beaucoup plus pour lui, pour eux, beaucoup plus ; il ne faut pas que la vie soit pour ces enfants ce qu'elle a été pour moi », mais l'amour dynamique qui avait fait peser son doigt sur la détente n'avait plus, ce soir-là, de force ni de vie. Naturellement, se dit-il, cet élan allait lui revenir. Comme l'amour qu'on a pour une femme, cet amour-là évoluait par cycles : il l'avait satisfait ce matin, et ce soir connaissait la satiété. Il adressa un sourire contraint à l'enfant debout à la fenêtre et lui dit : « *Buenas noches.* » Le garçon regardait son étui à revolver et le lieutenant se rappela qu'un jour, sur la place, il avait laissé un gamin toucher son arme ; c'était peut-être celui-ci. Avec un nouveau sourire, il posa sa main sur son étui pour montrer qu'il se rappelait ; alors le visage du petit se crispa, et il cracha à travers les barreaux avec tant d'exactitude qu'une goutte de salive vint s'aplatir sur la crosse du revolver.

Le petit garçon traversa le patio pour aller se coucher. Il dormait dans une petite pièce noire, sur un lit de fer qu'il partageait avec son père. Sa place était près du mur ; son père avait choisi le bord du lit, afin de pouvoir s'étendre sans éveiller son fils. Il enleva ses chaussures et plein d'une tristesse morne se déshabilla à la lueur de la bougie. Il entendait chuchoter des prières dans la pièce voisine. Il se sentait frustré et déçu, parce qu'il avait manqué quelque chose. Etendu sur le dos, dans l'étouffante chaleur, il regardait fixement le plafond et il lui semblait que le monde était vide, qu'il n'y restait plus que la boutique, les lectures à haute voix de sa mère et quelques jeux niais avec des gamins sur la place.

Mais il fut vite endormi. Il rêva que le prêtre qu'on avait fusillé le matin était de nouveau chez eux, vêtu des habits que son père lui avait donnés, son corps raide allongé, prêt à être enterré. Le petit garçon était assis à son chevet, et sa mère lisait tout haut un très long livre où l'on racontait que le prêtre avait joué devant l'évêque le rôle de Jules César : elle avait à ses pieds un panier de poissons qui saignaient, enveloppés dans son mouchoir. Le petit garçon se sentait envahi par une grande fatigue et un grand ennui. Dans le couloir, quelqu'un enfonçait des clous dans un cercueil. Tout à coup, le prêtre mort lui fit un clin d'œil... il ne put s'y tromper, un petit battement de paupières, comme ça.

Il s'éveilla aux coups répétés du marteau de la porte extérieure. Son père n'était pas sur le lit. Dans la pièce voisine régnait un silence complet. Des heures et

Des heures avaient dû passer. Il écouta sans bouger.
Il avait peur ; au bout de quelques minutes, les coups
reprirent, mais personne ne se levait dans la maison.
A contrecœur, il descendit de son lit... c'était peut-être
son père qui avait oublié les clefs. Il alluma la bougie,
s'enveloppa dans une couverture et s'arrêta pour écouter
un instant. Sa mère allait peut-être entendre et se déranger, mais il savait très bien que ce devoir lui revenait
à lui : il était le seul homme de la maison.

Il traversa lentement le patio, vers la porte de la
rue. Et si c'était le lieutenant, revenu pour se venger
à cause du crachat... Il fit jouer les verrous de la lourde
porte de fer et l'ouvrit toute grande. Un étranger apparut
sur le seuil ; c'était un homme de haute taille, pâle et
mince, à la bouche un peu amère. Il portait une petite
valise. Il prononça le nom de la mère du garçon et
demanda s'il était bien chez la Señora. Oui, répondit
l'enfant, mais elle dormait. Il essaya de refermer la
porte, mais un pied chaussé de soulier pointu s'interposa.

« Je viens de débarquer, dit l'étranger. J'ai remonté le
fleuve cette nuit même. J'ai pensé que peut-être... J'ai une
lettre d'introduction auprès de la Señora, de la part
d'un de ses très bons amis.

— Elle dort, répéta le garçon.

— Si vous voulez bien me laisser entrer, insista
l'homme avec un étrange sourire apeuré ; et baissant
tout à coup la voix, il dit à l'enfant :

— Je suis un prêtre.

— Vous ? s'écria le petit.

— Oui, dit l'autre avec douceur. Je suis le Père... »
Mais déjà l'enfant avait ouvert largement la porte et
posé ses lèvres sur la main du prêtre sans lui laisser
le temps de se nommer.

Imprimé en France sur Presse Offset par

BRODARD & TAUPIN

GROUPE CPI

La Flèche (Sarthe).
N° d'imprimeur : 24823 – Dépôt légal Éditeur : 49148-09/2004
Édition 30
LIBRAIRIE GÉNÉRALE FRANÇAISE – 31, rue de Fleurus – 75278 Paris cedex 06.

ISBN : 2 - 253 - 00693 - 9   ⟐ 30/0104/7